조선의 별빛

조선의 별빛

- 젊은 날의 홍대용

펴낸날 | 2021년 4월 30일

지은이 | 박선욱

편집 | 김동관
디자인 | 석화린
마케팅 | 홍석근

펴낸곳 | 도서출판 평사리 Common Life Books
출판신고 | 제313-2004-172 (2004년 7월 1일)
주 소 | 경기도 고양시 덕양구 중앙로558번길 16-16, 7층
전 화 | 02-706-1970 팩 스 | 02-706-1971
전자우편 | commonlifebooks@gmail.com

ISBN 979-11-6023-274-5 (03810)

잘못된 책은 바꾸어 드립니다.
책값은 뒤표지에 있습니다.

조선의 별빛

젊은 날의 홍대용

박선욱 장편소설

평사리
Common Life Books

차례

서연

한 무리의 선비들이 도포 자락을 휘날리며 삼각산 자락 초입을 향해 막 접어들고 있었다. 거문고를 등에 멘 아담한 체격의 중년 사내와 부채 수염을 기른 풍채 좋은 사내가 앞장을 섰다. 그 뒤로 몇몇 선비들이 뒤를 따랐다. 서너 걸음 뒤로 그들보다 머리 하나는 더 큰 거한이 가벼운 발걸음으로 비탈길을 오르고 있었다. 거한은 박달나무 지팡이로 땅바닥을 쿡쿡 찌르거나, 공중으로 휘휘 돌리곤 했다.

"어이, 거기 가는 길손들! 나 좀 봅시다."

그때, 수풀 속에서 난데없이 나타난 떠꺼머리 하나가 맨 앞에서 걸어가던 아담한 체격의 중년 사내를 향해 다짜고짜 몽둥이를 휘둘렀다.

"어딜!"

몸을 살짝 돌려 피한 중년 사내는 품속에서 꺼낸 부채로 떠꺼머리의 뒤통수를 후려쳤다.

"아얏!"

떠꺼머리는 머리를 부여잡으며 비명을 질렀다. 중년 사내는 거문고를 바로 옆 소나무에 세워 놓은 다음 호통을 쳤다.

"웬 놈이냐?"

"어쭈! 책상물림인 줄만 알았더니 제법이시군. 보아하니 삼각산으로 소풍 오신 모양인데, 통행세나 내고 가슈."

떠꺼머리는 뒤통수가 화끈거리는지 인상을 찌푸리면서 말했다.

"뭐? 통행세?"

"말귀를 못 알아듣는 양반들이군. 얘들아, 나와라!"

떠꺼머리가 손짓을 했다. 그러자, 수풀 여기저기서 몽둥이를 든 수십 명의 왈짜패들이 나타났다.

"너희들이 지금 숫자만 믿고 덤비려는 거냐?"

"우린 숫자도 많지만 다들 한가락씩 하지요. 거 뭣이냐, 곱게 통행세를 내고 가시든지, 아니면 호되게 경을 치든지 알아서 하슈. 가만, 이게 뭐지? 거문고 아니오? 이것, 꽤나 값이 나가겠는 걸?"

떠꺼머리는 소나무 쪽으로 다가오더니 거문고를 확 낚아챘다. 그자가 거칠게 잡아 끄는 바람에 거문고 줄 하나가 팅, 하는 소리를 내며 끊어졌다.

"네 이놈! 무슨 돼먹지 못한 수작이야! 썩 꺼지지 못해?"

이때, 선비들 중에서 물소처럼 이마가 튀어나온 작달막한 사내가 큰소리로 말했다.

"초정! 잠깐만."

거문고를 빼앗긴 중년 사내가 눈짓으로 물소 이마를 제지했다. 그는 부채를 다시 품속에 넣으며 떠꺼머리에게 한마디 했다.

"여보게들! 이쯤에서 시비를 그만두고 가는 게 어떤가?"

"거 참. 댁들은 여태 삼각산 땅벌떼에 대한 소문도 못 들었소? 얘들아, 이 분들이 아직 매운 맛을 못 본 모양이니, 손님 대접 좀 후하게 해드려라!"

떠꺼머리가 손뼉을 두 번 마주치자, 왈짜패들이 선비들을 에워싸며 몽둥이를 흔들어댔다.

"두목! 오래간만에 몸 좀 풀겠군요, 우히히힛."

왈짜패들은 입맛을 다시며 괴성을 질렀다.

"영재 형! 형님들을 부탁해!"

사태가 심상치 않게 돌아가자, 물소 이마가 비슷한 또래의 젊은 선비에게 당부하며 일전을 겨룰 태세를 갖췄다.

"알겠네!"

그는 곧 일행을 안전한 곳으로 이동시켰다.

"히히힛! 네깟 게 혼자서 뭘 어쩌려구? 얘들아! 저자를 떡메 치듯이 쳐라!"

"알겠소, 두목!"

떠꺼머리의 부하들이 뱅글뱅글 돌면서 거리를 좁혀오더니 여럿이서 협공을 해왔다. 앞의 두 명은 물소 이마의 오른쪽 어깨와 머리를 방망이로 후려치려 들었고, 뒤의 두 명은 왼쪽 어깨와 등줄기를 노리며 달려들었다.

"흠!"

물소 이마는 유연하게 몸을 비틀어 공격권 내에서 벗어났다. 그와 동시에 눈앞의 두 명에게는 주먹으로 얼굴과 명치를 한 방씩 날렸다. 뒤의 두 명에게는 뒤돌아 차기로 복부를 가격했다. 실로 눈 깜짝할 사이에 벌어진 일이었다.

"으윽!"

"어으윽!"

네 명이 짚단처럼 쓰러지며 비명을 질러댔다. 입과 코에서 피가 흘러내렸다. 그 모습을 본 왈짜패들의 얼굴이 일그러졌다.

"흥! 내 아우들을 저 지경으로 만들다니. 각오해라!"

떠꺼머리가 다그치며 장검을 뽑았다. 떠꺼머리의 부하들 가운데 절반은 품속에서 단도를 꺼내들었다. 나머지 절반은 세 뼘쯤 되는 도끼와 쇠갈고리를 꺼내 들었다. 그러자, 아까부터 팔짱을 끼고 드잡이를 지켜보던 거한이 앞으로 성큼 나서면서 소리쳤다.

"초정! 맨손으로 병장기와 맞서는 건 위험해. 내가 상대하겠네."

"알겠습니다, 형님."

물소 이마가 뒤로 물러서고 거한이 등장하자, 떠꺼머리가 이죽거렸다.

"멀대같은 너는 또 뭐냐? 공연히 나섰다간 뼈도 못 추릴 줄 알아라!"

"나를 만난 이상 너희들은 곱게 가긴 틀렸다. 귀찮으니 한꺼번에 덤벼라!"

거한은 짚고 있던 지팡이를 두 손으로 비껴들었다. 호랑이가 여우를 노리는 자세였다.

"흐흥! 삼각산 땅벌떼의 무서움을 알게 해주마! 흐이야잇!"

떠꺼머리와 부하들이 일제히 괴성을 지르며 병장기들을 마구 휘둘러댔다.

"애송이놈들, 어림없다!"

거한은 몸을 빙그르르 돌며 지팡이를 휘둘렀다. 순식간에 거한의 모습은 보이지 않고 회전하는 지팡이만 보였다. 지팡이는 수십, 수백 개로 늘어나더니 거대한 날개처럼 원형의 그림자만 허공에 가득 찼다. 거한은 전광석화처럼 자세를 바꾸어 독수리가 병아리를 채가는 형상으로 왈짜패들을 향해 쏜살같이 쇄도해 들어갔다.

'쨍그렁, 쨍강.'

순식간에 떠꺼머리와 부하들의 손에 들려 있던 단검과 장검, 도끼와 쇠갈고리가 썩은 무처럼 땅바닥으로 떨어져 내렸다.

"아구구, 아이구구."

그와 동시에, 삼각산 땅벌떼라며 으스대던 왈짜패들이 길바닥에 나동그라졌다. 그들은 저마다 목덜미며 팔다리와 어깨, 허리춤을 부여잡고 고통스러운 신음 소리를 냈다. 숨 쉬는 것마저 아픈지 모두들 일그러진 얼굴들이었다.

"엄살 떨지 마라! 그저 지팡이로 스치기만 했으니 뼈는 상하지 않았을 것이다. 앞으로 이 삼각산에서 다시는 허튼 짓을 하지 마라. 알겠느냐?"

거한이 지팡이로 땅을 쿵쿵 울리며 우렁우렁한 목소리로 말했다.

"예, 협객님. 아, 알겠습니다."

떠꺼머리를 비롯한 왈짜패들이 기어들어 가는 목소리로 대답할 때, 중년 사내는 땅바닥에 떨어져 있던 거문고를 들어 올렸다.

"어이구, 우리 형님이 아끼는 거문고가 다 상했네."

그 모습을 본 거한은 안타까운 표정을 지었다.

"괜찮아."

중년 사내는 아무렇지도 않다는 듯이 거문고를 쓰다듬었다.

"네 이놈들! 이 귀한 거문고를 어떻게 변상할래?"

거한은 화가 치미는지 왈짜패들에게 돌연 고함을 질렀다.

"주, 죽을죄를 지었습니다. 요, 용서해 주십시오."

사색이 된 떠꺼머리가 무릎을 꿇고 빌었다. 다른 부하들도 땅바닥에 엎드려 고개를 푹 숙였다.

"영숙 아우! 그만하면 됐네."

중년 사내는 거한에게 손짓을 한 뒤, 왈짜패들에게 한 마디 했다.

"거문고 줄이야 새로 갈아 끼우면 된다. 그렇지만, 너희들! 지금껏 강도질로 빼앗은 행인들의 목숨과 상처는 어떻게 할 것이냐? 부디, 앞으로는 사람 사는 도리를 지키면서 살도록 하여라. 그리고, 이것은 너희들 치료비에 보태 쓰도록. 속히 의원에게로 가거라, 어서!"

중년 사내는 부드러우면서도 엄격한 말로 꾸짖은 뒤, 품속에서 엽전 꾸러미를 꺼내 떠꺼머리 손에 쥐어 주었다.

"아이고, 선비님! 고맙습니다요, 정말 고맙습니다요. 얘들아, 어서 가자."

떠꺼머리는 수차례 머리를 조아리며 절을 한 뒤, 부하들과 함께 산비탈 아래로 비틀비틀 걸어갔다.

"벗님들! 이제 제대로 소풍을 즐겨 봅시다. 하하핫."

왈짜패들이 떠난 뒤 거한이 일행을 향해 소리쳤다.

"영숙! 혼자서 그 많은 수를 감당해 내느라 수고 많았네. 그리고, 초정도 애썼네. 하지만, 다음부터는 드잡이보다 언설로 상대를 먼저 감복시키는 건 어떤가."

중년 사내가 타이르듯 말했다.

"제가 언설은 좀 약한 편이라서요."

거한은 공연히 뒷덜미를 긁적였다.

"오호! 담헌이 천하의 영숙을 들었다 놨다 하시는구려. 어쨌든, 영숙이 무예를 펼치는 모습을 보았으니, 오늘 우리는 눈 호강을 제대로 한 것 아닙니까? 하하하."

부채 수염의 사내가 하늘을 쳐다보면서 껄껄 웃어댔다.

"그런 셈인가? 헛헛."

이렇게 말하며 중년 사내가 빙긋 미소 짓자, 부채 수염 옆으로 다가온 일행 모두가 활짝 웃어젖혔다.

이때, 멀찍이 떨어진 곳에서 이 광경을 지켜보던 서너 명의 사내들이 저희들끼리 뭐라고 소곤대고 있었다.

"히야! 봤지? 저 협객의 번개 같은 동작 말일세!"

산에 놀러온 그들은 우연히도 이야기 속에서나 있을 법한 활극을 공짜로 구경하게 된 행운아들인 셈이었다.

"신들린 듯한 검술, 유연하기 짝이 없는 몸놀림은 인간의 솜씨가 아닌 듯싶더군."

좀 전에 목격한 긴박했던 상황이 도무지 믿기지 않는다는 듯, 그들은 연신 감탄을 금치 못했다. 그중에서 패랭이를 삐딱하게 쓴 사내가 바로 옆 동료의 어깨를 쿡 찌르며 귀엣말로 속닥였다.

"저 사나이가 바로 조선의 기남자일세."

"조선의 기남자? 그게 뭔 뜻이래?"

"조선에서 가장 멋진 사내라는 뜻일세. 방금 무뢰배들을 따끔하게 혼내준 저 사나이는 '무(武)로써 문(文)을 일궜다'는 평가를 받는 분이라네. 호는 야뇌, 자는 영숙이며, 조선에서 제일가는 창검술의 달인인 협객 백동수란 말일세."

“정말인가? 백동수라는 이가 신출귀몰한 협객이라는 소문을 듣긴 들었네만, 내 눈으로 직접 보게 될 줄이야! 과연 영웅호걸일세그려.”

“우리들이 오늘 계를 탄 셈이지.”

“그럼, 백 협객과 일행인 저 선비들이 누군지도 아는감?”

“당연히 알지. 저기 저 아담한 체격의 선비가 담헌 홍대용이란 양반일세.”

“오, 거문고를 메고 있던 분 말인가?”

“들리는 소문에 의하면, 저 양반은 뛰어난 학자인데 못 다루는 악기가 없을 만큼 음악에 관한 조예가 깊다네. 틈틈이 무예를 닦을 뿐만 아니라 천문, 역학, 수리에도 해박한 지식을 지닌 선비로 알려져 있지.”

“엥? 우리 같은 중인 신분의 사람들에게나 어울리는 천문, 역학 따위의 잡학에 밝단 말인가? 그렇다면, 그분 옆의 다른 사람들에 대해서도 아는 게 있는감?”

“암, 알다마다. 저기 저 점잖게 생긴 선비는 석치 정철조란 양반인데 기중기와 도르래, 수차 같은 기계뿐 아니라 천문 기기를 잘 만드는 별난 분일세. 연장 없이도 감쪽같이 벼루를 만들 만큼 신기한 재주를 지녔지. 그리고, 부채 수염의 풍채 좋은 남자는 문장가로 이름난 연암 박지원이란 양반일세. 임금님의 셋째 사위인 반남 박씨 박명원의 8촌 동생이기도 하다네.”

"뭐? 화평옹주와 결혼한 금성위 대감 박명원? 세손 저하의 고모부 말이지?"

"그렇다니까. 또, 그 옆의 호리호리하고 키 큰 남자는 박학다식하기로 소문난 청장관 이덕무, 깊은 눈매가 인상적인 남자는 이중 서이수, 짙은 눈썹에 이마가 툭 튀어나온 이는 문장과 그림에 조예가 깊은 초정 박제가일세."

"아까 맨손으로 왈짜패들과 맞선 선비 아닌가?"

"맞네. 학문도 뛰어나지만 장인인 이관상 영변도호부사에게서 배운 무예 솜씨도 출중하지. 참, 이 부사는 충무공 이순신 장군의 5대손이라네. 그리고, 귀공자 티가 나는 빼어난 미남자인 저이는 우리나라의 옛 역사에 관심이 많은 영재 유득공, 그 옆의 훤칠하고 해사한 젊은 선비는 낙서 이서구가 틀림없네. 담헌, 석치, 연암, 낙서는 집안 대대로 당상관을 배출한 유서 깊은 노론 가문의 후예들이지. 나머지 선비들은 모두 일신상의 학문과 무예가 빼어날지언정 세상이 알아주지 않아 서러움을 안고 사는 서얼들이라네. 다들 쟁쟁한 양반 사대부가에서 태어났지만, 첩실의 자식이라는 이유 때문에 벼슬길은 막히고 사는 일마저 답답한 처지의 저이들을 담헌과 연암이 어진 덕성으로 보듬어주는 것이라네."

"그걸 자네가 어찌 다 아는가?"

"언젠가 주막에서 술을 마시던 중 남산골딸깍발이들이 혀를 끌끌 차며 얘기하는 것을 얼핏 들어서 알게 된 사실이지. 그리고, 내가 누군가? 나야말로 한양에서 내로라하는 전기수 아닌가? 서책을 읽어주는 것으로 벌어먹고 살다 보니까 선비들에 관한 정보가 매우 유용하다는 걸 알게 되었지. 지금껏 경화사족들에 관해 주워 들은 게 꽤 많다네. 아, 한 가지 더 있구먼. 저이들은 큰절골 원각사지 십층석탑, 일명 백탑을 중심으로 자주 모여 시를 읊고 울분을 털어놓거나 미래를 꿈꾸는 선비들이라네. 한양의 선비들은 저이들을 가리켜 백탑파 문인이라고 부르지. 흠흠."

원래 원각사지 십층석탑이 있던 자리는 무척 큰 절이 있던 옛 절터였다. 이 때문에 사람들은 대사동이라는 마을 이름을 큰절골이라고 부르는 데 더 익숙했다.

"호오, 그렇다면 백 년 동안 다시 만나기 어려운 기인들을 만난 셈이로군."

"그렇지! 오늘은 운수 대통한 날인 게지. 푸후후후."

"운수 대통한 날이라. 그렇다면, 저 아래 주막집으로 가서 한 잔 하세나."

"좋지, 좋아!"

패랭이를 쓴 사내 일행은 흥분한 낯빛으로 수군거렸다. 그들은 한동안 서로의 어깨를 치거나 입을 가리며 웃는 등 끼들대다가, 홍대용 일행이 한적한 오솔길로 사라질 때쯤 술추렴을 하러 산자락 아래로 내려갔다.

전기수가 말한 것처럼 방금 신출귀몰한 무예 솜씨를 선보인 사람은 백동수였다. 그의 처남이자 벗인 이덕무, 그리고 서이수, 박제가, 유득공, 이서구 등은 이 모임의 고문 격인 홍대용과 정철조, 좌장인 박지원을 모시고 깊어 가는 가을을 즐기기 위해 삼각산으로 나들이 삼아 들른 참이었다. 졸지에 왈짜패들에게 봉변을 당할 뻔했지만, 다행히 조선 제일검으로 불리는 백동수가 그들을 모두 물리친 까닭에 산자락에는 다시 평온이 찾아왔다. 홍대용 일행은 단풍이 곱게 물든 자드락길과 등성이를 걷고 또 걸어 산 높고 물 깊은 골짜기로 찾아 들어갔다.

"여기에 돗자리를 깔면 되겠군. 늦가을 정취를 맛보기엔 제격인 곳이야."

홍대용이 너럭바위를 가리키자 일행은 돗자리를 꺼내 펼쳤다. 돗자리 위에 앉은 아홉 사람은 모처럼 시를 읊고 서로의 속내를 확인했다.

홍대용은 거문고를 무릎에 놓고 끊어진 줄을 조심스레 빼냈다. 괴나리봇짐에 있던 여분의 줄로 갈아 끼운 뒤, 기러기발을 조이거나 풀며 소리를 골랐다. 미세한 높낮이를 가려내려는 그의 표정은 몹시 진지했다. 소리 고르는 일이 끝나자, 그의 얼굴에 온화한 기운이 퍼졌다. 이윽고, 자세를 가다듬은 그는 술대를 치고 현을 뜯었다.

두루룽, 띠잉, 둥당.

맑고 웅장한 가락이 골짜기 너머로 울려 퍼졌다. 한 줄기 곡조가 끝난 뒤, 그들은 서로의 가슴속에 깃들어 있는 푸른 꿈을 꺼내 보이며 시를 읊거나 시조창을 뽑아내며 깊어 가는 가을을 만끽했다. 그들이 주고받는 다정한 대화들은 그 어느 때보다도 정겨움으로 가득 찼다. 그들의 푸근한 웃음소리는 서로의 귓등을 간질여 주고는 무성한 단풍잎 사이를 지나 계곡 바위틈으로 스며들어갔다. 고개를 들면, 눈 시리도록 파란 가을 하늘이 보였다.

"참 좋아! 빠져들고 싶을 만큼 깊은 색깔이군!"

홍대용이 하늘을 쳐다보며 말했다. 그의 낯빛에는 왠지 그늘이 져 있었다.

"그런데, 담헌의 얼굴은 밝지가 않구먼."

벗 정철조가 말했다.

"왈짜패들을 보고 생각이 많아졌기 때문이라네."

"어떤 생각인데요?"

궁금증을 못 이긴 듯, 박제가가 물었다.

"사농공상이라는 구획을 벽처럼 세워놓은 조선의 제도가 문제라는 생각 말일세."

"선비를 맨 꼭대기에 올려놓은 제도 말씀이시군요."

다른 이들의 말을 잠자코 듣고 있던 이서구도 모처럼 한 마디 했다.

"그렇지. 농부를 눈 아래로 보고 공업에 종사하는 사람이나 상인을 천시하는 현재의 제도는 오롯이 사대부만의 세상으로 짜여 있는 것 아닌가? 나는 북경에서 상인들이 수레를 이용하는 것을 보고

부러웠다네. 중국에서는 바퀴의 축을 일정한 크기로 통일시켜 놓았기 때문에 북경뿐만 아니라 지방 각지에서도 수레를 편리하게 이용하고 있더군. 그것을 보고는 사대부와 더불어 모두가 함께 살아가는 사회의 미덕을 배웠네. 우리 조선에서도 수레바퀴의 규격을 표준화시킨다면, 경향 각지의 문물이 전국 팔도로 이어질 수 있을 게야. 그런 세상이 온다면 저 왈짜패들에게도 일자리가 주어지지 않겠는가? 그런데, 조선의 사대부들은 우리가 배워야 할 청나라를 가리켜 오랑캐라고만 치부하고 있으니, 그저 안타까울 뿐일세."

"담헌 선생님의 말씀을 듣고 보니, 조선의 현실이 왜 오리무중인지 확실히 이해가 됩니다."

백동수가 깊은 한숨을 쉬었다. 일행은 하늘만 쳐다보았다. 다들 말이 없자 홍대용이 한 마디 덧붙였다.

"이런, 내가 너무 심각한 말을 했나? 이제부터는 즐거운 이야기를 해야겠구먼."

"담헌의 귀한 말씀이 저희에게는 약이 되었습니다. 그렇지만 귀한 약은 쓴 법이니 달달한 이야기도 곁들이면 어떨까요? 하하하."

박지원이 짐짓 쾌활하게 말하자, 그것이 신호라도 되는 듯 모두 밝은 표정을 되찾았다. 재미있는 농담도 술술 나오기 시작했다. 그 무엇으로도 채워지지 않는 헛헛함을 지니고 사는 그들이었지만, 이 날만큼은 눈이 시리도록 파란 하늘 아래에서 모두들 후련하게 웃고 떠들며 이야기에 빠져 들었다.

늦가을 소풍을 떠난 지 몇 달이 흘러, 계절은 겨울로 접어들었다. 1774년 갑오년 11월 말쯤, 궁궐의 관리가 남산골의 홍대용을 찾아왔다.

"조정에서 홍 선비님을 세자익위사의 시직에 제수했습니다."

"부족한 저에게 어찌……."

시직은 종8품으로 매우 낮은 품계의 벼슬이었지만, 세자의 학문과 왕도를 가르치는 스승의 위치에서 서연에 참여하는 까닭에 명예로운 직책이었다.

"부족하다니요? 당치 않습니다. 담헌의 학문이 높고 품성이 맑다는 것은 이미 널리 알려진 사실이기에, 시직 제수를 하는 데 아무도 이의를 제기하지 않았습니다."

"고맙습니다."

서연에 들어가 세손과 더불어 학문을 논하는 것도 자못 의미가 크다고 여겨졌다. 수락 의사를 확인한 관리의 입 꼬리가 올라갔다.

"담헌이 계방 식구가 된 것에 대해 세손께서도 크게 기뻐하실 것입니다."

"계방 업무는 언제, 어디서 보게 되는 것입니까?"

"오는 12월 초하루부터 서궐로 오시면 됩니다."

임진왜란 때 법궁인 경복궁이 잿더미가 된 뒤부터 창덕궁을 본궁으로 삼은 지는 오래되었다. 그즈음 경복궁의 동쪽에 위치한 창덕궁과 창경궁은 동궐, 도성의 서쪽에 위치한 경희궁은 서궐로 불렸다.

"언제 입시하게 되는지요?"

"아, 입시할 시간은 따로 알려드리겠습니다."

관리는 홍대용과 인사를 나눈 뒤 곧 궁궐로 되돌아갔다.

그해 음력 12월 1일, 경희궁 존현각에서 야대(夜對)가 열렸다. 야대란 임금이 밤중에 신하를 불러서 경연을 베푸는 자리이지만, 이날의 야대는 세손이 주관하는 서연을 가리킨다. 야대가 시작된 시각은 초경쯤, 대략 저녁 7시가 지난 무렵이었다. 익위사의 한 관리가 홍대용을 안내해 주었다.

"바로 이 건물입니다."

그보다 앞서 홍대용은 경희궁의 정문인 흥화문으로 들어와 금천교를 건너 익위사 건물에 가서 미리 대기하고 있었다. 홍문관 맞은편에 자리 잡은 익위사 건물에 이르려면 궁궐 의식에 사용되는 천막 따위를 관리하는 전설사, 대신들이 회의를 여는 빈청, 시강원, 도총부, 홍문관 건물을 지나쳐야 했다.

"지금 출발합시다."

초경이 가까워지자 관리가 의관을 정제하며 재촉했고, 홍대용도 옷매무새를 가다듬고 채비를 갖췄다.

두 사람이 익위사 건물을 나와 북쪽을 향해 걷다 보니 임금의 침전인 융복전과 왕비의 침전인 회상전이 먼발치로 보였다. 회상전

남쪽에는 임금이 대소 신료들을 접견하고 강연을 베푸는 홍정당 건물이 있고, 그 동쪽 방향에는 석음각 건물이 서 있다. 석음각 오른편으로 돌아서자 기다랗게 늘어선 존현각 건물이 눈앞으로 다가왔다. 존현각은 역대 임금들이 세자로 있을 때 글 선생인 궁료들과 더불어 고전을 강독하던 곳이었다.

"저는 여기서 이만."

익위사의 낮 당번인 관리는 퇴청하기 위해 홍화문 쪽으로 되돌아갔다. 홍대용은 고맙다는 인사를 한 뒤, 돌아서서 건물을 올려다보았다. 1층의 존현각 위층에는 주합루와 관문루가 덩그렇게 올라앉아 있었다.

"담헌 선생님. 요즘 제가 쓴 문집을 정리하고 있습니다. 한번 봐주십시오."

얼마 전 이덕무가 원고 뭉치를 들고 남산골로 찾아왔던 일이 떠올랐다. 그가 가져온 원고 더미를 훑어보다가 주합에 관한 글귀를 보고 무릎을 쳤던 것도.

'청장관은 주합을 일컬어 천지를 풀무질하는 것이라 했지. 천지는 만물을 감싸주기 때문에 만물의 풀무라 한다니, 참 그럴듯한 해석이야. 또한, 주합의 뜻은 위로 하늘 위에 통하고 아래로 땅 아래에 이르고 밖으로 사해(四海) 밖에 나가며, 천지를 뭉뚱그려서 한 뭉치로 만들고 흩으면 틈 없는 데까지 이른다고 표현했으니, 이 얼마나 오묘한 뜻풀이인가. 주합의 뜻을 이보다 과감하게 넓혀서 글

로 표현해 놓은 이가 또 있을까.'

홍대용이 이덕무의 글을 떠올리며 주합루를 바라보고 있을 때 춘방의 정4품 필선 벼슬인 서유신, 정6품 벼슬인 겸사서 신재선이 앞서거니 뒤서거니 도착했다.

"일찍 오셨군요."

홍대용은 그들을 향해 먼저 인사했다. 두 사람도 정중하게 고개를 숙였다. 홍대용은 그들과 함께 존현각의 방안에 들어섰다. 세손 이산은 동쪽 벽을 등지고 서쪽을 향해 앉아 있었다. 바로 앞의 서안에는 서책이 펼쳐져 있었고, 세손의 양 옆에는 내관이 한 사람씩 서 있었다.

"저하께 문안드리옵니다."

홍대용은 서유신, 신재선과 함께 세손을 향해 두 번 절을 올렸다.

"어서들 오오."

세손의 음성은 맑은 중저음이었다. 스물세 살 혈기 왕성한 청년 세손은 상상했던 것보다 풍채가 좋았다. 먹으로 그린 듯한 눈썹, 우뚝 선 콧마루, 굳게 다문 입술 아래 다부져 보이는 턱 선이 전체적으로 강인한 인상을 주었다. 부리부리한 눈에는 지혜와 담대함이 담겨 있었다.

세손의 왼편 아래쪽에는 세 개의 털방석이 놓여 있었다. 서유신은 세손과 가까운 동쪽에, 신재선은 가운데에, 홍대용은 맨 끝인 서쪽에 북쪽을 바라보는 자세로 각각 털방석 위에 앉았다. 궁중의 금지옥엽, 곧 왕위에 오를 동궁을 지척에서 알현하고 있어서일까, 바깥은 귓불이 날아갈 만큼 몹시 추운 날이었건만 홍대용의 이마에서는 오히려 땀이 났다.

"자, 시작해 봅시다."

세손의 주문으로 서연이 시작되었다. 이즈음 서연에서 강론하고 있는 책은 두 가지였다. 그 하나는 퇴계 이황이 명종 8년(1553년) 주자의 편지글 가운데서 뽑아 엮은 《주서절요》, 다른 하나는 율곡 이이가 선조 8년(1575년) 제왕의 학문 내용을 정리해 바친 《성학집요》였다.

서유신과 신재선이 《주서절요》 제7권 앞머리의 〈원기중에게 답한 편지〉 두 건을 강론했다. 서유신이 글 뜻을 이야기했고 신재선은 별로 아뢸 것이 없다는 의견을 말했다. 두 사람의 답변 뒤에 세손이 홍대용을 바라보며 말했다.

"계방은 학업이 매우 독실하다는 말을 들었는데."

"지나친 칭찬이옵니다."

"편지가 생각보다 긴 편이구려. 계방이 설명해 보오."

"별로 아뢸 만한 게 없습니다."

홍대용이 대답했다.

"원기중은 고집이 센 사람이었던 것 같은데, 주자는 어이하여 자세히 설명하여 의견을 통일시키지 않고, 다만 '입을 열어 다 말할 것 없이 각자 자신의 소신만 지키자.'라고 했소?"

아뢸 만한 게 없다고 했지만, 세손은 다시 물었다.

"원기중은 고집 센 사람이니, 주자가 그리 말한 것은 마땅합니다."

서유신이 하나마나한 말을 했다. 하는 수 없이 홍대용이 답변해야 했다.

"원기중이 마음을 열고 받아들이고자 했다면 주자도 반드시 그런 답변을 하지는 않았을 것입니다. 원기중의 자신만만한 태도를 본 이상 공연히 번거롭게 논쟁할 빌미를 만들고 싶지 않았던 것입니다. 춘방의 말이 옳습니다. 또 이것은 〈육상산에게 준 편지〉에 나오는 '나와 그대는 변함없이 늘 공부하고 연구하자.'라는 말과 같으니, 이른바 불설지교라는 것입니다."

홍대용의 답변으로 밋밋했던 문답 수준이 확 높아졌다. 불설지교는 맹자의 가르침인 불설지교회(不屑之敎誨), 즉 '가르치지 않고 돌보지 않음으로써 도리어 그 사람을 분한 생각이나 기운이 들게 하여 스스로 깨닫게 하는 교훈'에서 나온 말이다.

"나도 이 말을 가져다가 논증하려던 참이었소. 불설지교라는 것이 옳겠소."

세손의 얼굴이 밝아졌다. 자신과 같은 생각을 상대에게서 발견한 기쁨 때문이었다. '춘방의 말이 옳다'는 홍대용의 말에, 방금 전 빈말을 내놓았던 서유신도 덩달아 좋아라 했다.

홍대용은 석실서원에서 공부할 적부터 이러한 태도를 지녀 왔다. 상대방이 자신과 다른 견해를 갖고 있어도 트집을 잡지 않았다.

상대가 올바른 견해를 갖고 있다면 칭찬해 주었다. 설령 틀린 견해를 주장할지라도 결코 공격하지 않았다. 맹자의 불설지교를 담담하게 실천하는 것이다.

"춘방! 〈강원적에게 준 편지〉를 읽어 보도록 하오."

세손이 신재선을 향해 주문했다.

"예, 저하."

신재선이 7권의 한 대목을 읽었다. 그가 읽기를 마치자, 세손은 다시 홍대용에게 물었다.

"계방은 경학 하는 사람이니 소신을 갖고 있을 터, 이 편지에 대해 의견을 말해 보오."

대개의 선비들은 과거 시험에 통과하여 벼슬길에 오르자마자 경학 공부에서 손을 떼려 한다. 하지만, 홍대용은 어릴 적부터 줄곧 과거에는 별 뜻이 없고 경학에만 몰두했다는 얘기를 세손도 들은 바가 있었다. 그런 그가 어떤 대답을 할지 궁금했던 것이다.

"이 편지에서 눈에 띄는 것은 격물치지에 관한 것입니다."

"계속 말해 보오."

"예, 저하. 격물치지란《대학》에서 말하는 격물, 치지, 성의, 정심, 수신, 제가, 치국, 평천하 등 8조목 가운데 앞의 격물과 치지를 가리키는 것으로, 이는 모든 공부의 시작을 뜻하는 것이 아니겠습니까?"

"그러하오."

"따라서, 주자를 공부하는 유생들은 마땅히 격물치지에 힘써야 한다는 것이 이 편지에 들어 있는 깊은 의미입니다. 실력을 기르고 나서 반드시 실천하는 것이야말로 학문하는 자의 참된 도리라고 생각하옵니다."

"음, 그렇다면 이 편지는 과연 격물치지를 말한 것이구려."

"공부에 이르는 순서를 말한 것입니다."

"물론, 다 필요한 말이오. 앞의 것들은 얼마든지 학문을 익히면서 배워 갈 수 있다고 보오. 하지만, 나는 갈 길이 먼 사람이오. 나의 아버지를 죽게 한 세력들은 지금도 궁궐 안팎에서 나마저 제거하려고 기회를 노리고 있소. 그러한즉 지금의 나에게 정심이니 성의니 하는 것보다 치국, 평천하만큼 긴요한 말은 없을 듯하오."

"맞는 말씀이오나, 무릇 모든 학문의 시작점이 격물치지에 있다 함은, 아는 것에 그치지 않고 실천을 통해 열매를 맺는 것이야말로 격물치지의 핵심임을 웅변하고 있는 것이옵니다."

세손이 주저하지 않고 치국평천하를 내세우자, 홍대용 역시 물러서지 않고 격물치지를 거듭 강조했다.

"낮에 눈부신 해가 있다면 밤에는 어둠에 가려져 있는 것들을 은은히 비추는 달이 있소. 들판을 실핏줄처럼 흐르는 헤아릴 수 없는 냇물과 강물은 뭇 백성들과 신하들이오. 나는 만 개의 내와 강을 비추는 달빛이 되고자 하오. 그것이 내가 생각하는 치국평천하의 첫

걸음이 될 것이오."

"저하! 참으로 좋으신 말씀이옵니다."

"오늘 서연은 이것으로 마칠까 하오."

세손이 책장을 덮었다. 홍대용은 신재선, 서유신과 더불어 존현각을 물러나왔다.

홍대용이 할아버지를 잃었듯이, 세손은 아버지인 사도세자가 뒤주에 갇혀 세상을 떠나는 비운을 겪었다. 공교롭게도 두 사람은 열한 살 나이에 참척의 뼈아픔을 경험했다는 공통점이 있었다. 세손은 비극의 주인공이었음에도 무서울 만큼 침착했다. 장차 천하를 호령할 만한 기개가 넘쳐 보였다.

'영특한 세손 저하께서 실사구시의 구체적 실행자가 된다면, 만개의 내와 강을 비추는 진정한 달이 될 수 있을 것이다.'

홍대용은 이렇게 중얼거리며 터벅터벅 궁궐 뜰을 걸어 나갔다.

1775년, 을미년 새해가 열렸다. 세손은 스물넷, 홍대용은 마흔다섯이 되었다. 82세가 된 늙은 임금 영조는 51년째의 재위 기간을 채우고 있는 중이었다.

"이제부터는 세손이 대리청정을 맡으라."

이즈음 눈에 띄게 허약해진 영조가 세손에게 하교했다.

"명을 받들겠나이다."

그동안 몇 번이나 극구 사양했던 세손으로서도 병세가 깊어가는 임금의 명을 더 이상 거역할 수는 없었다. 효심 깊은 세손은 영조가 몸져눕게 될 때마다 득달같이 달려가 극진히 수발을 들었다. 이런 일이 빈번해지면서 무거운 심정으로 대리청정을 맡게 된 것이다.

세손은 조정의 크고 작은 일에 대한 보고를 받고 지시를 내리는 일에 있어서 조금도 소홀함이 없었다. 정사를 돌보면서도 와병중인 임금의 처소로 찾아가 자주 병수발을 들었다. 별안간 서연이 열리지 않거나 시간이 지체되는 것은 이 때문이었다.

"저하! 평안하셨사옵니까?"

얼마 전부터 스물여덟 살의 새파란 권력자인 홍국영이 존현각에 출석하기 시작했다.

"물론이지."

세손은 홍국영과 스스럼없이 지내는 사이였다. 그도 그럴 것이, 국영은 세손의 외가인 풍산 홍씨 집안의 사람이었다. 영조는 몇 해 전 정시에 급제한 그를 손자처럼 귀엽게 여겼다.

"국영아! 내 너를 세자시강원으로 들여보내는 뜻을 알고 있느냐? 시절이 하수상하니, 너는 늘 세손 곁에서 보필해야 한다."

영조의 명은 은밀했다.

"전하! 제 목숨을 바쳐서라도 세손 저하를 지키겠사옵니다."

비장한 각오를 다진 홍국영은 정7품 설서 벼슬로 세자시강원에 들어갔다. 서연 참석은 홍대용보다 1년 빨랐지만 그는 몇 개월 동안 얼굴을 비치지 않았다. 그러다가 새해 들어 다시 존현각에 출입하게 된 것이다.

홍국영은 학문의 깊이는 짧지만 말주변이 좋고 몸놀림도 빨랐다. 그는 홍대용에게 호감을 나타내며 자주 말을 걸어왔다. 홍대용은 그가 가벼이 행동하고 나서기 좋아하는 성격임을 알게 된 뒤부터 곁을 주지 않았다.

궁중에는 입이 많았고 귀도 많았다. 하루는 궐내에서 친분을 쌓은 어떤 인사가 홍대용에게 넌지시 귀띔을 해주었다.

"담헌! 요즘 홍 설서가 연암에게 원한을 품고 있다 하오. 그대는 연암과 가까운 벗이 아니오? 그래서 알려주는 것이오."

"그게 정말이오?"

홍대용은 깜짝 놀라 물었다.

"그렇소. 가까이 지내는 벼슬아치로부터 제가 직접 들었소이다. 홍 설서가 장차 연암에게 꼼짝 못할 명분을 씌운 뒤 제거하려고 벼르는 중이랍니다."

"그게 무슨 말씀이온지……?"

"벽파로 몰아서 누명을 씌우는 짓 말이외다. 임금님과 세손의 총애를 입고 있는 홍 설서의 권세는 나는 새도 떨어뜨릴 정도라오. 그런 그가 칼을 갈고 있으니 각별히 조심해야 할 것이오."

영조가 아들 사도세자를 뒤주에 가둬 죽게 했을 때 조정에서는 두 파로 나뉘어 대립했다. 그때 노론 세력인 벽파는 사도세자에게 벌을 주어 마땅하다고 핏대를 올렸다. 이와 달리, 남인 세력인 시파는 사도세자를 구명하기 위해 궐 마당에 엎드려 눈물을 뿌렸다. 사도세자가 비운의 죽임을 당하게 된 뒤 시파는 몰락하고 말았다. 이 같은 일을 떠올리자 홍대용은 마음이 급해졌다.

"홍 설서가 그리 생각하고 있다면 큰일이 아닐 수 없군요. 연암에게 빨리 이 사실을 알려야겠습니다."

서연이 끝난 뒤, 홍대용은 큰절골 박지원의 집부터 들렀다.

"연암! 외척 홍국영이 그대를 제거하려 한다는 이야기를 믿을 만한 사람에게서 들었소이다. 어서 빨리 대비책을 마련하시오."

"큰일이군요. 당장 사람들 눈에 띄지 않는 곳으로 가야겠습니다."

다음날, 박지원은 백동수와 함께 길을 떠났다. 그들이 도착한 곳은 황해도 금천 땅 화장산 속에 위치해 있는 연암골이었다. 지리에 밝은 사람이 아니고서는 좀처럼 찾을 수 없는 첩첩산중이었다. 잡초 무성한 연암 골짜기를 휘둘러본 백동수는 안타까운 마음이 들었다.

"연암 선생님과 제가 이곳을 찾았던 것이 벌써 십여 년 전인데, 이 척박한 두메산골은 아무것도 변한 게 없군요. 선생님께서 백년도 되지 못하는 인생을 여기서 갇혀 지내실 것을 생각하니 가슴이 미어집니다. 이곳 말고 다른 곳으로 거처를 정하는 게 어떻겠습니까?"

"아닐세, 영숙! 이곳에 터를 잡고 살겠네. 이런 두메산골이라야 홍국영의 끄나풀들이 나를 못 찾겠지. 걱정 말게, 하하."

박지원은 백동수의 어깨를 탁 치며 너털웃음을 웃었다. 그의 고집을 꺾을 수 없었던 백동수는 내키지 않는 발걸음을 돌려 한양으로 향했다.

희끗희끗 눈발 날리는 날, 박지원은 길도 없는 자갈밭 투성이의 둔덕에 너와집을 짓느라 무릎에 피멍이 들었고, 돌짝밭을 일구느라 손가락 끝이 찢어졌다. 그것도 감지덕지였다. 홍국영의 마수로부터 벗어나려면 깊은 산골짜기에 납작 엎드려 있는 수밖에 없었다.

"담헌! 이곳의 밤은 무수히 흩뿌려진 별빛만으로도 황홀할 지경입니다. 저는 연암골에 새로이 집을 지어 이슬 피할 곳을 마련했습니다. 무성한 가시덤불을 베어내 나무를 기둥 삼아 너와지붕을 얹을 때 말할 수 없는 슬픔과 기쁨이 교차했습니다. 백탑의 벗들이 사무치게 그리워서 골짜기를 이불처럼 덮고 있던 달빛을 한참이나 넋 놓고 바라보았습니다."

달포쯤 뒤, 홍대용은 인편에 보내온 박지원의 편지를 읽었다. 박지원의 호는 연암 골짜기에서 비롯된 것이었다.

'밭을 일구느라 평생 글만 읽던 연암의 손이 갈퀴처럼 거칠어졌겠구나.'

편지를 읽는 내내 홍대용의 가슴은 먹먹해졌다.

우수 경칩이 지나면서부터 얼었던 산천이 풀리기 시작했다. 온 세상에 짙게 드리워진 회색빛을 지우고 여리디여린 연둣빛이 돋아났다. 목련꽃이 소담스럽게 피던 어느 봄날, 서연이 열렸다. 세손이 홍대용에게 물었다.

"우리나라 소금과 쇠는 어떻게 만들고 있소?"

"조선의 은과 무쇠는 산에서 납니다. 바둑돌을 늘어놓은 것처럼 되어 있습니다. 소금은 삼면 해안가에서 구워내는데 무진장 있으니, 참으로 재화의 보물창고입니다. 다만, 산과 바다의 이익을 다 개척하지 못하는 까닭에 백성과 나라가 함께 가난함을 면치 못하고 있습니다. 이 모두가 적절한 법이 없기 때문입니다. 저하! 소신 생각에는 장차 나라 법을 고쳐서 염전과 광산을 개발하는 것이 좋다고 사료되옵니다. 그렇게 하면 나라의 곳간이 튼튼해질 것이 틀림없을 것입니다."

홍대용의 답변은 실학자로서 평소 지니고 있던 뜻을 내비친 것이었다. 그렇지만, 이는 몇 년 전 북경의 선진 문물을 직접 체험해 보지 않았다면 감히 내세울 수 없는 주장이기도 했다. 이 때문에 한 걸음 나아가 구체적인 방법론까지 덧붙일 수 있었던 것이다. 세손은 호기심 어린 눈으로 홍대용을 쳐다보더니, 이내 화제를 돌렸다.

"좋은 생각이오. 하지만, 나는 아직 그럴 만한 힘이 없소이다. 또한, 그보다 더 급한 것이 있기도 하고. 가만, 계방은 북경에 가 보았소?"

그는 실사구시에는 그리 큰 관심이 없는 듯했다. '그보다 더 급한 것'이 무엇인지에 대해서도 끝내 말하지 않았다. 홍대용은 지난번 서연 때의 문답으로 미루어 짐작 가는 바를 생각해 볼 뿐이었다.

'세손께서 조금만 관심을 기울여 주신다면, 북경에서 내가 듣고 보고 겪었던 이야기들을 남김없이 털어놓을 텐데. 그리고, 당장 도입해도 좋을 여러 좋은 제도와 문물에 대한 의견을 빠짐없이 내놓을 텐데. 만약 이 문제를 조정의 중요한 의제로 채택해 시행해 나간다면 나라가 이전보다 몇 배는 더 부강해질 텐데…….'

홍대용은 문득 북경에 갔었던 때를 떠올렸다. 북경의 곳곳은 조선과는 비교할 수도 없는 별천지였다. 조선의 선비들이 오랑캐라 부르는 것과는 달리 북경 유리창의 서점에서는 헤아릴 수 없는 책들이 넘쳐나고 있었다. 수레마다 가득 쌓인 짐을 싣고 다니는 상인들, 벽돌로 쌓은 깨끗한 집들, 북적이는 길을 지날 때 어깨를 부딪치지 않으려 서로 조심하는 행인들, 도성 밖 농촌마다 말똥을 주워 농사에 힘쓰는 농부들의 부지런한 모습들은 농업과 상업이 조화롭게 운영되는 실상을 보여주는 증표였다. 그중에서도 수레와 선박을 이용한 청나라의 편리한 운송 수단은 당장 조선에서도 시행해야 할 훌륭한 본보기였다.

청나라의 발달된 문명과 넘치는 문물들을 볼 때, 북경의 백성들은 조선의 백성들보다 더 나은 삶을 누리는 것처럼 보였다. 조선은 그들에게서 배울 점이 훨씬 많았다. 홍대용은 청나라에서 배워 온 것들에 대해 세손과 더 많이 토론하고 싶었다. 하지만, 북경에 대한 세손의 질문은 너무나 빨리 끝나 버렸다. 그것이 못내 아쉬웠다.

'만약 저하께서 북경의 풍광에 대한 것 말고 배워야 할 것에 대한 진지한 질문을 던졌다면, 몇 날이고 며칠이고 밤새워서라도 직접

보고 듣고 경험한 모든 것들에 대해 아뢰었을 텐데…….'

홍대용은 그 질문에 대한 답 또한 상세히 아뢸 수 있는 날이 오기를 간절히 바라면서 남 몰래 한숨을 내쉬었다. 하지만, 어쩌랴. 아쉬운 것은 아쉬운 대로, 흘러가는 것은 흘러가는 대로 둘 수밖에 없는 것을.

유년의 강

차령산맥이 남서 방향으로 뻗어 오다가 야트막한 동산을 부려놓고 멈춰선 곳에 작은 고을이 들어앉아 있었다. 동쪽의 매봉산, 남쪽의 백운산, 북쪽의 흑성산이 팔을 벌려 감싸 안은 곳에 자리 잡은 천원군 수신면 장산리 수촌마을이다. 뒷산 깎아지른 벼랑 아래로는 이 고장 문전옥답의 젖줄인 아오내가 흐르고 있었다. 금강의 상류를 이루는 아오내는 마을 왼편을 휘돌아 하류 쪽을 향해 흘러갔다.

이곳 마을에도 계절이 바뀌고 있었다. 산기슭과 언덕바지와 돌담 틈새마다 눈석임물이 흘러나온 지는 이미 오래였다. 무른 땅 위로는 이따금씩 아지랑이가 피어올랐다. 나뭇가지마다 새움이 돋는가 싶더니, 동네 어귀에 서 있는 생강나무 가지마다 여린 꽃망울들이 하나씩 터져 나와, 봄빛이 무르익어 가고 있었다.

바가지를 엎어놓은 것처럼 올망졸망 붙어 있는 초가집들 뒤쪽으로는 번듯한 기와집 몇 채가 서 있었다. 이 가운데 제법 규모가 잡힌 어느 기와집에서 경사스런 일이 일어났다. 청명 한식이 낀 어느 날, 알콩달콩 신혼살림을 이어 가던 젊은 선비 홍력 부부네 집에서 첫아이가 태어난 것이다.

며칠 뒤, 수촌마을에서 하인이 가져온 편지를 읽게 된 여주목사 홍용조는 크게 기뻐했다. 그는 몇 번이고 편지를 읽다가 혼자 웃기를 반복하더니, 이윽고 붓을 들었다.

"가만 있자, 우리 손주가 태어난 때가 신해(辛亥)년 3월 초하룻날이니까……."

그는 손가락으로 무엇인가를 여러 번 헤아려 본 다음 한지에 정성껏 적었다. 보름 후, 수행원 하나만 달랑 딸린 상태로 수촌마을에 들른 그는 미리 준비해 놓았던 흰 봉투를 아들 내외에게 내밀었다. 봉투 안에서 꺼낸 한지에는 단정한 먹글씨가 적혀 있었다.

"우리 남양 홍씨 맏손주의 이름이다. 클 대, 얼굴 용, 홍대용! 세상에 쓰일 큰 그릇이 되라는 뜻이다. 어떠냐?"

"대용이라는 이름, 부르기도 좋고 뜻도 좋습니다. 마음에 쏙 듭니다, 아버님."

종이를 받아 든 맏아들 홍력이 만족스러운 표정으로 말했다.

"아버님께서 깊은 뜻을 담아 이름을 지어 주셨으니, 아이가 장차 바른 삶을 살아 갈 것입니다."

며느리 청풍 이씨도 환한 얼굴로 웃으며 감사한 마음을 담아 고개를 숙였다.

"애 낳느라 고생한 네가 더 고맙지. 어쨌든, 너희 둘 다 그 이름이 마음에 든다니 다행이다. 헛헛헛. 어디, 우리 손주 좀 볼까?"

홍용조는 며느리에게서 아기를 받아 안았다. 아기의 몸은 가볍고, 따스하고, 부드럽고, 사랑스러웠다.

"까르릉, 까꿍. 헛헛헛."

홍용조는 아기를 몇 번 어르는 동안 하회탈처럼 웃었다. 행복해 보이는 웃음이었다. 홍용조는 아들 홍력에게 손자를 건넸다. 홍력이 조심스레 아기를 품에 안았다. 엷은 분홍빛을 띤 아기는 새싹 같았다. 아기가 배냇짓을 했다.

"어구구, 웃었어? 기분이 좋아서 웃는 게야? 하하하."

홍력은 아버지와 아내 이씨의 얼굴, 그리고 아기의 얼굴을 번갈아 쳐다보면서 연신 벙글거렸다.

"당신도 참."

어린아이처럼 좋아하는 남편의 모습을 보고 있던 아내 이씨는 미소를 머금었다.

"허, 그 녀석. 아범을 닮아 이목구비가 뚜렷하구나. 내 너를 보고자 여주에서 말을 타고 달려왔느니라. 허허헛."

홍용조는 손자가 태어났다는 것이 기뻤다. 무엇보다도, 결혼한 지 얼마 안 되는 아들 내외가 집안의 대를 이을 맏손자를 낳아 준 것이 고마웠다. 그날도, 그 이튿날도, 집안에서는 연일 웃음꽃이 피어났다.

어린 대용은 몸이 약했다. 잔병치레가 많았고 신경도 예민한 편이었다. 또래에 비해 영특한 편이었고 호기심과 질문이 많았다. 그 무렵 양반가에서 그러하듯, 대용도 다섯 살 때부터 아버지에게서 글을 배웠다. 하나를 배우면 둘을 알았다. 누가 시키지 않아도 예습과 복습을 바지런하게 했다. 글공부의 성취는 나날이 영글어 갔다.

세월은 빠르게 흘렀다. 벼슬을 내려놓은 홍용조는 집으로 돌아와 《천자문》을 뗀 대용에게 《소학》을 가르쳐주고 있었다. 그러던 어느 날, 수촌마을에 한양의 관리가 말을 타고 찾아왔다. 그는 두루마리를 펼쳐 나라에서 준 임명장을 읽었다.

"전 여주목사 홍용조를 삼화 부사에 임명하노라."

임명장을 두 손으로 받들어 관리에게 예를 취한 뒤, 홍용조는 한양을 향해 큰절을 올렸다. 관리가 떠난 뒤, 홍용조는 뜻밖의 말을 했다.

"삼화에 갈 때 대용이를 데리고 갈까 한다."

그 말을 들은 홍력이 조심스럽게 여쭈었다.

"아버님, 이제 열한 살밖에 안 된 어린애인데요."

"걱정 마라. 여럿이 함께 가는 것이니 괜찮을 것이다. 무엇보다도, 우리 손주한테 세상 구경을 시켜 주고 싶구나."

"그렇다면, 아버님만 믿겠습니다."

"좋다. 대용아! 이 할애비랑 함께 여행 가지 않으련?"

"정말요? 야, 신난다!"

대용은 두 팔을 하늘로 쭉 뻗으며 소리쳤다. 할아버지도 손자가 좋아하는 양을 보면서 껄껄 웃었다.

며칠 후, 한양으로 떠나는 날이 되었다.

"아버님, 부디 옥체 보존하옵소서."

"오냐, 내 걱정은 말아라. 아범과 어멈도 늘 건강하길 바란다."

"대용이 너도 몸조심하거라."

유난히 몸이 약한 아들을 떠나보내는 홍력 부부는 조금 염려스럽기도 했다. 하지만 걱정을 숨긴 채 환한 얼굴로 배웅했다. 부모님께 공손히 인사를 올린 대용은 할아버지를 따라 한양으로 향했다. 길을 가는 동안, 어머니의 붉어진 눈시울을 문득 떠올린 대용은 가슴 한구석이 저릿해 옴을 느꼈다.

한양에 도착한 뒤, 홍용조는 맨 먼저 궁궐부터 들렀다. 임금님께 인사를 올린 뒤 삼화로 가야 하는 것이다. 궐 밖으로 나온 뒤에는 오랜만에 그리운 벗들을 만났다. 기와지붕과 황토 담이 잘 어울리는 어느 음식점에서였다.

"여보게들, 반갑네. 그동안 다들 별고 없으셨지?"

홍용조가 옛 벗들을 보며 활기차게 말했다. 그의 친구들은 귀밑머리가 희끗희끗한 중늙은이들이었다. 그들은 저마다 인사말을 늘어놓으며 반색을 했다.

"어이구, 이게 누구신가?"

"실로 몇 년 만에 만나는 것인가? 정말 반가우이."

오랜만에 만난 그들은 다들 활짝 웃으며 옛 친구를 반겨 주었다. 전에 함께 벼슬살이를 하던 사이였기에 스스럼이 없었다.

"인사해라. 할애비 친구들이다."

대용은 손을 앞으로 모은 자세로 허리 굽혀 인사했다.

"그 먼 길을 선뜻 따라나서다니, 대견하구나."

홍용조의 벗들은 공손히 절하는 어린 대용을 보면서 칭찬을 아끼지 않았다.

"그나저나, 삼화라면 평안남도 용강군 아닌가?"

"그렇지. 한양에서 한참 북쪽으로 올라가야 한다네."

"먼 길인데 몸조심 하시게나."

이 말을 끝으로, 오랜만에 만난 옛 벗들은 서로의 안부를 걱정하며 헤어졌다. 뜰로 나오자 어스름이 깔리기 시작했다. 음식점을 나온 홍용조는 대용을 데리고 남산 자락 아래에 사는 일가친척들을 만나 두루 인사를 한 다음, 남산골 집으로 들어갔다.

"이 집은 대용이 너의 5대조인 정사공신 홍진도 할아버지 때부터 있어 온 남양 홍씨의 종갓집이란다."

홍용조가 설명을 해주었다. 그 집은 남산 밑의 높은 지대에 자리한 암리문 마을에 있어서 한양 도성이 한눈에 내려다보였다.

"여기가 종갓집이에요?"

"할애비도 전에는 이곳에서 살았었지. 네 아버지랑 작은아버지도 모두 이곳에서 태어났느니라."

홍용조는 옛 생각을 더듬느라 눈을 가느다랗게 뜨며 말했다.

"정말요?"

"그렇단다. 할애비가 충청도 관찰사로 내려가게 되면서부터 문중 사람들의 상당수가 그쪽으로 자연스레 이사를 갔지. 경기도 화성의 남양에 있던 우리 홍씨 문중 또한 전의마을과 수촌마을 쪽으로 옮겨간 것이고. 그러고 보니, 문중의 일가친척들이 한양을 떠나 청주를 본거지 삼아 내려와 살게 된 것은 대략 그때부터인 셈이로구나. 하지만, 남산의 종갓집은 여전히 여기 이렇게 남아 있단다."

"할아버지. 그런데, 우리 조상님들은 언제부터 높은 벼슬을 했었나요?"

"고려시대부터지."

"굉장히 오래 전부터였네요."

"그렇고말고. 고려조에 이름을 떨친 분은 금오공 할아버지란다. 그 후로도 굵직한 벼슬에 오른 조상님들이 많아서 우리 가문의 명성을 모르는 이가 없을 정도지."

실제로 남양 홍씨 가문은 조선조에 와서도 대대로 높은 벼슬에 오른 인물들을 꾸준히 배출했다. 문벌로 이름을 떨치며 당상관에 오른 집안 어른들이 많은 까닭에 그의 가문은 줄곧 노론의 중심 세력을 유지하고 있었다.

다른 경화세족들과 마찬가지로 남양 홍씨 가문은 충청도에 넓은 전답이 딸린 본가가 있었고 한양에도 별도의 집을 지니고 있었다. 홍용조는 충청도 관찰사와 여주목사 직을 수행하는 동안에도 가끔 한양에 들를 때마다 남산골의 집에서 머물다 내려오곤 했다.

수일 후, 창덕궁 앞에서 홍용조 부사가 삼화를 향해 출발했다. 오색 깃발이 나부끼는 가운데 길잡이가 크게 외쳤다.

"물렀거라! 삼화 부사 행차시다!"

나팔 소리가 길게 이어졌다. 말 탄 관리와 군졸들이 보무도 당당하게 행진했다. 부사를 호위하는 병사들은 구경꾼들이 밀고 들어오지 못하게 단속했다. 하인, 장사꾼 등 수백 명의 인파가 그 뒤를 따랐다. 행인들은 진귀한 구경을 놓치지 않겠다는 듯 고개를 늘여 빼며 장사진을 쳤다. 부사를 향해 허리를 숙여 인사하는 이들도 있었다. 관복 차림의 홍 부사는 가마 위에서 위엄 있게 고개를 끄덕이며 손을 흔들어 주었다. 시간이 지남에 따라 길가에는 불어난 구경꾼들로 더욱더 북적였다. 할아버지 옆에 앉아 이 모습을 지켜보던 대용은 공연히 어깨가 으쓱해지는 기분이 들었다.

"할아버지! 삼화는 어떤 곳이에요?"

지나가는 행인들과 한양의 이곳저곳을 둘레둘레 쳐다보던 대용이 홍용조의 곁으로 바짝 당겨 앉으며 들뜬 목소리로 물었다.

"옛적부터 고려자기를 굽는 곳으로 유명한 곳이란다."

늠실늠실 흔들리는 가마 위에 앉은 홍용조는 허리를 꼿꼿하게

편 자세로 대답했다.

"그리고요?"

"대동강 하구 쪽에 자리 잡고 있어서, 군사적으로 매우 중요한 곳이지. 오랑캐가 쳐들어오지 못하도록 평안도와 황해도를 지켜야 하는 곳이니까."

"그럼, 할아버지도 중요한 분이시겠네요? 삼화 부사로 그곳에 가시는 거잖아요."

"흠, 틀린 말은 아니로구나. 허허헛."

도성을 빠져나갈 때쯤에는 어느덧 구경꾼들도 사라지고 없었다. 길은 끝도 없이 이어졌다. 황톳길과 자갈길, 곧고 넓은 길, 좁고 굽은 길이 번갈아 나타났다. 강과 내를 몇 개씩 건너야 했고, 날이 저물면 근처 관아에서 묵기도 했다. 여러 날이 지나간 뒤, 석축 위로 우뚝 솟은 성곽이 눈앞에 나타났다.

"평양성에 다 왔구나."

성문 안으로 들어간 뒤, 홍용조는 맨 먼저 평안감사에게 인사를 올렸다. 감영 내의 여러 관리들과 만나 인사를 나누고 업무에 관해 논의하는 일은 생각보다 오래 걸렸다. 모든 절차가 끝난 뒤, 홍용조는 대용을 데리고 성 안을 두루 구경시켜 주었다. 우뚝 솟은 대동문을 지나갈 때는 대용의 눈이 저도 모르게 휘둥그레졌다. 홍용조가 언덕 위의 한 지점을 가리켰다.

"연광정이란다."

"아!"

벼랑 위에 날아갈 듯 서 있는 연광정은 무어라 표현하기 힘들 정도로 아름다웠다. 석회를 바른 성가퀴가 구불구불 이어지는 가운데 우뚝 솟은 연광정은 그림 속을 뚫고 나온 듯했다. 아래를 내려다보니 연광정의 그림자가 강물 위에서 출렁였다. 물결무늬에 흐느적이는 풍경을 보고 있노라니 마치 꿈을 꾸고 있는 것처럼 느껴졌다.

건물 옆에는 진한 솔잎 향을 풍기는 커다란 소나무 몇 그루가 늠름하게 서 있었다. 길 양옆으로는 앙증맞은 흰 꽃들을 피워낸 수유나무 수풀이 끝도 없이 이어져 있었다.

"이 누각은 고구려 때 평양성과 함께 지어졌단다. 그때에는 장수가 전투를 지휘하던 내성의 동쪽 장대로 쓰였지. 고려 때에는 정자로 고쳐서 다시 지었다는구나. 저 아래 대동강 기슭으로 뻗어 나온 것이 덕암 바위란다. 집채만 한 너럭바위 위에 연광정을 지어 올린 옛 사람들의 솜씨가 놀랍지 않으냐?"

"정말 멋진 곳이에요, 할아버지!"

구름에 휩싸인 모란봉, 비단 폭처럼 펼쳐진 능라도는 마치 딴 세상 같았다. 연광정 뜰을 거닐던 대용은 아름드리 왕버들을 만져보았다. 늘어뜨린 가지마다에서 금세 초록빛이 뚝뚝 떨어질 것만 같았다.

"할아버지, 옛날이야기 좀 해주세요, 네?"

대용이 별안간 홍용조를 올려다보며 재촉했다.

"옛날이야기? 음……병자호란에 대해서는 들어봤겠지?"

홍용조가 대용의 어깨를 지그시 잡으며 말했다.

"조금은요."

"그래, 잠시만."

홍용조는 몇 번 목을 가다듬고 나서 옛 기억을 더듬어나갔다.

"북방의 야만족에게 우리 강토가 짓밟혔을 때의 이야기다. 지금으로부터 백오 년 전인 병자년 12월에, 청나라의 십이만 대군이 쳐들어왔지. 농성전을 벌이는 동안 청나라 군대는 조선의 지원병들을 모두 격파하고 강화도까지 손아귀에 넣고 말았다. 강화도로 피신하려던 임금님은 할 수 없이 남한산성으로 들어가셨지. 하지만, 청나라 군대는 이십만으로 늘어난 대군을 끌고 와 남한산성을 겹겹이 포위했어. 군량미는 턱없이 부족하고 병사들의 사기마저 떨어질 때 성안에서는 오랑캐와 맞서 싸워야 한다고 주장하는 주전파와 화친을 하여 훗날을 도모하자는 주화파가 맞섰단다. 예조판서 김상헌 대감을 비롯한 주전파의 주장은 이조판서 최명길을 비롯한 주화파의 주장에 밀렸지. 결국, 임금님은 정축년인 이듬해 1월 30일 삼전도 나루터에서 항복을 하셨어. 불과 두 달도 못 버티고 말이다."

"……."

"눈발 흩날리던 그날, 인조 임금님과 소현세자께서는 남한산성을 나와 칼바람을 맞으며 삼전도 나루터까지 걸어가셨단다. 그때, 두 분은 치욕스럽게도 남색 옷을 입으셨지. 청나라 태조를 우러러

섬긴다는 뜻으로 신하들의 옷을 입으신 게야."

대용은 이야기를 듣는 동안 가슴이 답답해졌다. 화가 났고 분했다.

"그래서요?"

"임금님과 세자께서는 금빛 의자 위에 높다랗게 앉아 있는 청 태종을 향해 삼배구고두례라는 절을 했단다. 세 번 큰절을 하고 아홉 번 머리를 땅에 찧어야 하는 고약한 절이었지. 임금님의 이마에서 피가 흘러내리자, 그것을 지켜보는 신하들과 백성들은 모두 흐느끼며 울었어. 임금님이 무릎 꿇고 절하는 모습을 보며 창자가 끊어지는 슬픔을 느꼈던 게지. 그날은 그러니까, 그동안 북쪽 오랑캐라고 업신여기던 여진족에게 문명국이라 큰소리치던 조선이 처참하게 무너진 날이었어."

홍용조는 이야기하는 내내 어두운 표정이었다. 대용도 마음속 어느 한 군데가 갈기갈기 찢어지는 듯한 통증을 느꼈다.

"항복식이 끝난 뒤, 청나라는 소현세자와 봉림대군을 인질로 잡아 심양으로 끌고 갔단다. 그리고, 끝까지 전쟁을 해야 한다고 주장한 척화파 세 분도 끌고 갔구나."

"그분들이 누구예요?"

"홍익한, 윤집, 오달재, 세 학사들이다. 청나라에 협조하라는 청 태종의 말을 끝끝내 거절했던 세 분은, 안타깝게도 심양에서 사형을 당하셨지. 세 분 가운데 홍익한 학사는 우리 윗대 할아버지시니라."

"홍익한 학사, 그분이 우리 윗대 할아버지라고요?"

"그래. 홍익한 할아버지를 잊지 말아라. 조선을 무너뜨린 청나라 또한 잊어서는 안 된다. 지난 세월 속에서 조상님들이 겪었던 아픈 일들, 떠올리기 싫은 못난 일들도 다 기억해야 한다. 나중에 후손들에게 부끄러운 역사를 물려주지 않으려면 말이다."

"……네."

대용은 간신히 대답을 했다. 수많은 생각들이 어지럽게 떠올랐다. 가슴속에서 들끓는 뜨거운 기운을 삭이며 강물을 내려다보았다. 대동강 한가운데에 길쭉하게 자리 잡은 능라도가 보였다. 건너편 강기슭에 비단실처럼 가지를 늘어뜨린 능수버들이 굽이진 강가를 휘돌아 줄지어 서 있었다. 그 옛날, 이 땅이 오랑캐에게 짓밟혔다고 생각하니 몸서리가 쳐졌다. 그때, 홍용조가 대용의 어깨를 두 손으로 지그시 잡고서 말했다.

"이런! 이 할애비의 이야기가 너무 심각했나 보구나."

"아니에요. 유익한 말씀이었어요."

"그렇게 말해 주니 고맙구나. 대용아, 여기서 북쪽으로 조금만 더 올라가면 의주란다. 의주에서 압록강을 건너면 요동 벌판과 만나게 될 게다. 지금은 중국 땅이지만, 옛날에는 고구려인들의 발자취가 찍힌 우리 선조들의 땅이었단다."

"요동 벌판이요?"

"그래. 끝도 보이지 않을 만큼 드넓은 땅이란다. 그곳에 가면 또 다른 세상이 펼쳐질 것이다. 언젠가 너도 그 땅을 꼭 밟아 보았으면

좋겠구나."

끝도 보이지 않을 만큼 드넓은 땅을 밟아 보라는 이야기에 귀가 솔깃해졌다. 어둡고 쓸쓸한 역사 이야기를 듣는 내내 가슴에 휘몰아치던 거센 바람이 잔잔해지고, 새로운 호기심이 고개를 내밀었다.

'요동 벌판은 어떻게 생겼을까? 이다음에 커서 꼭 한번 가봐야지.'

대용은 유유히 흘러가는 대동강 물을 보며 주먹을 꼭 쥐어 보았다. 아직 한 번도 가보지 못한 벌판이 눈앞에 아른거렸다. 어디선가 땅을 박차고 달리는 말 울음소리가 들려오는 듯했다. 가슴이 마구 뛰었다.

그날 밤, 홍용조는 연광정 안에 돗자리를 깔았다. 더운 낮에 비해 밤의 기온은 서늘했다.

"오늘 밤은 여기서 지내자."

돗자리 위에 벌렁 누웠다. 밤하늘에 가득 찬 별빛이 금방이라도 마룻바닥 위로 쏟아질 것만 같았다. 비스듬히 올려다본 하늘은 한 폭의 그림이었다. 밤하늘을 가르며 북쪽에서 남쪽으로 흐르는 별무리, 하얗게 띠를 이은 은하수가 끝없는 하늘 가로 길게 이어져 있었다. 고향에서 보던 별들과 비슷하면서도 어딘지 조금 달라 보인다는 게 신기했다.

"무얼 보느냐?"

"별들이 무척 많아요. 그리고 예뻐요, 할아버지."

"그래. 별들은 예쁘기도 하고 아름답기도 하지. 너도 저 별들처럼 어둠을 밝히는 조선의 인물이 되거라."

홍용조가 대용의 머리를 가만가만 쓰다듬는 동안 대용의 눈꺼풀이 조금씩 무거워졌다. 배흘림기둥 아래에서는 모깃불이 피어오르고, 솔숲에서는 부엉이가 울었다. 연광정이 둥둥 떠서 별들 속으로 흘러들어가는 듯했다.

삼화 도호부에 부임한 이래 홍용조 부사는 늘 바쁘게 움직였다. 어느 날, 홍 부사는 향청의 우두머리인 고덕만 좌수와 차담상을 사이에 두고 마주 앉았다.

"고 좌수께서는 삼화 인근을 통틀어 학식과 덕망이 높다고 소문이 자자하시더군요."

"원, 별말씀을. 부사께서 저에게 하실 말씀은 무엇인가요?"

"다름 아니고, 우리 도호부의 관리들과 병사들에게 학문을 가르쳐 주십사 하는 청을 드리고 싶어서 이리 모셨습니다."

"호오, 놀랍군요."

"무엇이 그리 놀라우십니까?"

"그동안 수많은 분들이 이곳 삼화에 부임했다가 떠났소이다. 하지만, 이 같은 부탁을 하신 분은 홍 부사가 처음이기에 그렇습니다."

"결코 농담이 아닙니다. 무에만 관심을 기울이고 문을 소홀히 해서는 안 된다는 게 저의 지론입니다. 문과 무, 그것은 고루 발전시켜야 할 두 개의 날개와 같기 때문이지요."

"부사께서 그토록 깊은 뜻을 담아 말씀하시니, 어찌 제가 그 청을 거절하겠습니까?"

"고맙습니다, 고 좌수!"

홍용조와 고덕만은 동갑내기였다. 두 사람은 서로의 의견이 같다는 것을 알고 크게 기뻐했다.

며칠 뒤부터 고 좌수의 강의가 시작되었다. 도호부의 하급 관리를 비롯해 무관에 이르기까지 이때부터 사흘에 한 번 꼴로 고 좌수에게 사서삼경을 배우기 시작했다. 고 좌수는 강의에 앞서 한 마디 했다.

"전에 이미 공부했다 해도 다시 들춰보면 새로운 법이오. 새삼스레 옛 책을 들여다보며 초심을 다진다는 생각으로 임해 주신다면 고맙겠소."

강의를 들으러 온 사람들의 눈빛은 여느 때보다 초롱초롱했다. 다들 공무에 바쁜 몸들이라, 내용을 깊이 있게 파헤치며 심화 학습까지 이어지는 것은 쉽지 않았다. 그렇지만, 학문의 주춧돌을 다시금 매만지는 심정으로 공부를 하게 되었다는 점에서 모두들 좋아했다.

그러던 어느 날, 홍 부사는 좌랑 민영욱에게 도호부에서 무예에 가장 뛰어난 교관을 데려오라고 명했다. 잠시 후 민 좌랑이 한 사내를 데리고 동헌 뜰 앞에 섰다.

"부사 어른! 김명수 종사관을 데리고 왔습니다."

홍 부사는 대청마루 위의 의자에 앉아서 민 좌랑 옆의 사내를 내려다보았다. 그는 키꼴이 크고 몸집이 단단해 보였다.

"소인, 김명수 종사관입니다."

"김명수 종사관! 그대가 뛰어난 무예 솜씨를 지니고 있다고 들었다. 앞으로 병사들의 무예 훈련을 맡아 줄 수 있겠는가?"

"예."

"좋다. 기대해 보겠다."

그날 오후, 홍 부사는 병졸들을 병기창 앞으로 모이도록 한 뒤 다음과 같이 지시했다.

"들으라! 김명수 종사관이 앞으로 너희들의 무예 지도를 맡을 것이니라. 앞으로 김 종사관이 무예 훈련을 시킬 때, 부사인 나의 명이라 여기며 잘 따르기를 바란다."

"명을 받들겠습니다."

곧이어 병기창 앞마당에서 무예 교관인 김 종사관의 무예 시범이 이루어졌다. 넓은 마당에 도열한 병졸들이 김 종사관의 동작을 따라 하기 시작했다. 그 뒤부터 매일 두 차례씩 교관의 지도가 이루어짐에 따라 병졸들의 쩌렁쩌렁한 기합 소리가 병기창 담장 너머까지 울려 퍼지게 되었다.

"할아버지! 저도 무술을 배우고 싶습니다."

"좋다. 사내가 자기 몸은 지킬 수 있어야지."

간단하게 허락을 받은 대용은 병기창 마당 한 구석에서 나무칼을 들고 무예를 배우기 시작했다. 김 종사관은 가끔 다가와서 자세를 바로잡아 주거나 칼을 제대로 휘두르는 법을 가르쳐 주었다.

홍 부사는 매일 아침 병기창 앞에서 짧은 조회도 열었다. 그는 나라를 어떻게 지켜야 하는지에 대해 날마다 강조하고 또 강조했다.

"우리 도호부가 있는 이곳 삼화는 한양과 멀리 떨어진 변방이다. 우리에게 외적을 지키는 일만큼 중요한 것은 없다. 날마다 바닷가를 살피며 행여 외적의 그림자라도 이곳에 발을 못 붙이도록 해야 한다. 알겠느냐?"

"예!"

삼화에 온 뒤로 홍 부사는 거의 매일이다시피 부하들을 거느리고 삼화 지역 순시에 나섰다. 그는 맨 먼저 광량진부터 둘러보았다. 광량진은 대동강 하구의 광량포에 설치된 조선 수군진성이었다.

"옛적, 중종 임금님 때 왜선 세 척이 이곳으로 침입했다고 들었다."

포구 너머, 철썩이는 바다를 바라다보던 홍 부사가 부하들에게 말했다.

"그렇습니다. 그때는 왜구들을 방비할 수군진성이 없었습니다."

병사 하나가 대답했다.

"당시 왜구들의 만행으로 이 지역에 피해가 컸겠구나."

"그때 용강군 여러 면이 불탔고 삼화면 일대는 쑥대밭이 되었습니다."

"지금은 왜구들을 대적할 만큼 방비가 되었느냐?"

"예, 부사님. 이제는 방비가 튼튼해졌습니다."

"적들은 언제 또 들이닥칠지 모른다. 모름지기 만전을 기해야 할 것이다. 그런데, 저곳은 왜 무너졌느냐?"

홍 부사가 허물어진 성벽 한쪽을 가리켰다.

"지난여름에 폭우가 쏟아져서 무너졌습니다."

병사가 뒷머리를 긁으며 대답했다.

"그걸 변명이라고 하느냐? 당장 허물어진 곳을 보수하도록 해라!"

"예, 부사 어른! 곧 시행하겠습니다."

부임 첫날부터 시작된 홍 부사의 강행군은 몇 개월이 지나도록 멈출 줄 몰랐다. 아침부터 저녁까지 몸소 용강군 일대를 두루 다니며 순시했다. 이 일을 하루도 거르지 않고 반복하면서도 지칠 줄 몰랐다.

음력 6월 13일, 무척 더운 여름날이다.

대용은 지금 할아버지랑 뜰을 거닐고 있다. 연광정 앞이다. 할아버지를 따라 평양성에 왔을 때 맨 먼저 들러 하룻밤 묵었던 바로 그곳이다. 뜰 한쪽에는 아름드리나무들이 늘어서 있다.

"왕버들을 쳐다보는 거냐?"

할아버지가 묻는다.

"네."

"허허. 연광정의 빼어난 모습보다 저 왕버들이 더 좋더냐?"

부드러운 목소리다. 왕버들 옆에는 잣나무와 전나무, 소나무가 사이좋게 서 있다. 그 옆에는 몇 그루 수유나무가 서 있다. 무성한 가지마다 피어 있는 작고 흰 꽃들이 앙증맞다. 대용은 손으로 이마를 가리며 높다란 가지를 올려다본다. 꽃잎 사이로 햇살이 부서져 내린다. 눈이 부셔서 고개를 돌린다. 벼랑 쪽에 함초롬한 꽃망울 하나가 눈에 띈다.

"할아버지! 저기 보라색 꽃 좀 보세요."

"어디?"

"비탈 쪽이요."

"오라, 제비꽃 말이냐?"

대용은 재빨리 다가간다. 한 손으로 꽃을 움켜쥐려 한다. 벼랑 아래로 유유히 흐르는 대동강이 보인다. 일렁이는 물결은 검푸른 빛이다.

"위험해!"

할아버지가 외치는 순간, 대용은 발이 미끄러져 낭떠러지로 굴러 떨어진다.

"아악!"

허우적거리며 눈을 떠보니, 방안이다.

'히유! 꿈이었네.'

대용은 땀을 닦으며 가슴을 쓸어내렸다. 서책을 읽다가 설핏 선잠이 들었나 보다. 매무새를 가다듬는 바로 그때, 땅거죽을 흔드는 커다란 소리가 들렸다.

"콰광! 콰콰광!"

굉음이 연달아 울렸다. 바깥마당이 어지러웠다. 길고 짧은 비명 소리, 급히 뛰어가는 발자국 소리……. 대용은 그제야 정신이 번쩍 들었다.

'외적이 쳐들어왔나?'

얼른 방문을 열어 보니, 희부연 하늘 위로 시뻘건 불길이 치솟고 있었다.

"불이야! 불!"

병사들이 목쉰 소리로 외쳐대며 사방팔방으로 뛰어다니고 있었다.

"빨리 불을 꺼라!"

다급히 명령하는 소리도 들렸다. 대용은 불길이 치솟는 곳을 향해 정신없이 뛰어갔다. 고약한 화약 냄새가 확 끼쳐왔다. 사람들의 어지러운 그림자 뒤로 너울거리는 불꽃이 보였다. 무기고 쪽에서 커다란 불덩이가 하늘 높이 치솟아 올랐다.

매캐한 연기를 뚫고 정신없이 뛰어갈 때, 좌수 고덕만이 막아섰다. 허연 수염이 바람에 흩날렸다.

"위험해! 폭약이 또 터질지 몰라."

"좌수 어른. 왜, 왜 이렇게 된 거예요?"

대용은 고 좌수의 소맷자락을 붙잡고 물었다.

"무기고에서 폭발 사고가 있었다고 하는구나."

"할아버지는 어디 계세요?"

고 좌수의 표정이 금세 어두워졌다.

"부사께서는……방금 전에 돌아가셨다."

"예에?"

대용은 소스라치게 놀라 비명을 질렀다. 고 좌수가 대용을 가만히 안아주었다. 불길은 여전히 기세 좋게 타오르고 있었다.

"안타깝구나. 외적을 물리치기 위해 설치해 둔 무기고에서 폭약이 터지다니……. 너는 여기 있는 게 좋겠다."

고 좌수는 이렇게 말하며 병영 뒤뜰로 갔다. 대용은 도리질을 하면서 그를 따라갔다. 연기 속에서 여러 군졸들이 다가오는 게 보였다. 횃불을 든 군졸들이 앞섰고, 뒤의 군졸 몇은 들것을 들고 있었다. 병방 김찬해가 군졸들 앞으로 나서며 말했다.

"좌수 어른! 부사님의 시신과 유품을 수습해 왔습니다."

그의 손에는 홍 부사의 깃털 달린 모자와 긴 칼이 들려 있었다. 김찬해의 눈짓에 따라 군졸들이 들것을 조심스레 내려놓았다. 들것 위에는 거적이 덮여 있었다. 불빛이 일렁이는 가운데, 거적 밖으로 검게 그을린 한쪽 발이 삐져나와 있었다. 그것을 본 대용은 숨이 멎는 듯했다.

"잘 모셔왔나?"

"예, 좌수 어른."

김찬해는 고개를 숙였다. 그의 눈에 이슬이 맺혀 있었고 어깨가 심하게 떨렸다.

"부사님! 이게 다 어인 일이시오?"

거적을 들추던 고 좌수는 잠긴 음성으로 말을 맺지 못했다.

"할아버지이! 엉엉엉."

피투성이가 된 시신을 본 순간, 대용의 무릎이 꺾였다.

"부사님! 부사니임!"

군졸들이 통곡을 했다. 그들의 찢어진 옷자락에도 붉은 피가 묻어 있었다. 멀리, 무너진 건물 더미에서는 아직도 매캐한 연기가 자욱했다. 병사들이 쉴 새 없이 물을 끼얹는 가운데 불길은 조금씩 잡혀 갔다.

"자, 이제 그만 일어나야지."

고 좌수가 대용의 어깨에 손을 올렸다. 울다가 지친 대용은 소리도 제대로 나오지 않았다. 도후부 내에 빈소가 마련되었다. 좌수가 향을 사르고 덕석을 깐 자리 위에서 두 번 절을 올렸다. 도호부청의 관리들, 지휘관, 병사들이 차례차례 망자에 대한 예를 갖췄다.

"할아버지! 왜 이렇게 되셨나요?"

갑작스럽게 상주가 된 대용은 하늘이 무너지는 것 같았다. 문득, 어디선가 낯익은 음성이 들리는 듯했다.

'언젠가 네가 크면 요동 벌판을 꼭 밟아 보거라.'

대용은 덩그러니 놓인 할아버지의 관모를 가만히 만져 보았다.

석실서원

햇볕이 따사롭게 내리쬐던 어느 날, 대용은 삼촌 홍억과 함께 한적한 시골길을 걷고 있었다. 살구나무에는 연분홍빛 꽃들이, 왕벚나무에는 하얀 꽃들이 피어나 무르익은 봄을 노래하는 듯했다. 길은 끝없이 뻗어가다 강변으로 이어졌다. 팔당을 지날 무렵, 대용이 코를 킁킁대며 말했다.

"삼촌, 무슨 냄새가 나요."

"물비린내란다. 옆에 강이 흐르고 있잖니?"

"이게 무슨 강이래요?"

"한강이지. 저기 두 갈래로 갈린 물줄기가 하나로 합치는 지점이 보이지? 저게 바로 두물머리야."

"두물머리?"

강변길을 걷던 두 사람은 널따란 논을 지나 다시 산길 쪽으로 접어들었다. 산길에는 곳곳마다 채소밭이 펼쳐져 있었다. 중턱쯤 올라가니, 한강의 경치가 한눈에 내려다보였다. 거대한 강폭을 이루며 흐르는 한강에는 돛을 펼친 몇 척의 배가 오가고 있었다. 나루터 쪽에는 조그마한 고기잡이배들이 한가롭게 떠 있었다. 밭두둑을 지나자 제법 넓은 길이 나타났다.

"다 왔구나."

"벌써요?"

"그래. 이 일대가 바로 양주군 미음면 석실리란다. 서원이 있는 곳이라는 뜻에서 서원마을로 불리고 있지."

언덕을 따라 걸어 올라가자, 길 끝에 세워진 솟을대문이 나타났다. '석실서원'이라 쓴 커다란 현판 아래를 지나 안으로 들어가자 여러 채의 기와집들이 있었다. 대용은 삼촌을 따라 아담한 어느 건물 안으로 들어갔다. 마당을 가로질러 가니, 대청마루 위의 서안 앞에 중년의 선비가 단정한 모습으로 앉아 있는 게 보였다. 낭랑한 목소리로 서책을 읽던 그는 인기척이 나자 고개를 들어 이쪽을 쳐다보았다. 삼촌은 얼른 댓돌 가까이 가서 선비에게 공손히 절을 했다. 그는 이곳 석실서원의 김원행 원장이었다.

"미호 선생님, 제 조카 대용이를 데리고 왔습니다."

대용도 두 손을 배꼽에 모으고 허리 숙여 절을 했다.

"어서 오너라."

김 원장이 서책을 덮고 이쪽을 쳐다보며 말했다. 삼촌과 대용은

신발을 벗고 대청마루로 올라가 서안 맞은편에 꿇어앉았다.

"작년에 부사님 장례식 때 슬피 울던 네 모습이 잊히지 않는구나. 올해 몇 살인고?"

원장이 부드러운 음성으로 물었다. 대용은 고개를 들어 그를 마주보았다. 그의 눈빛은 깊고 서늘했다.

"열두 살입니다."

"어린 나이에도 학문에 뜻을 두어 이곳까지 찾아왔으니 참으로 기특하구나. 내가 너에게 5촌 고모부라는 것은 알고 있겠지? 하지만, 여기서는 스승과 제자의 예를 갖추어서 대해야 한다. 늘 깨어 있을 것이며, 참된 학문을 위해 정진할 것이며, 모르는 것이 있다면 마땅히 물어보고 의논해야 할 것이다."

나직하나 위엄이 서린 목소리였다.

"네."

간단한 문답을 마친 대용은 그날부터 석실서원의 학동이 되었다. 기숙사는 두 곳이었다. 강당 오른편의 동재는 나이 많은 상급생들 차지였고, 강당 왼쪽 편의 서재는 신입생을 비롯해 어린 학동들이 지내는 곳이었다. 대용은 서재에 짐을 풀었다.

서원에서는 누구나 아침 일찍 일어나 밤늦게까지 공부하는 생활수칙을 충실히 지켰다. 꽉 짜인 생활에 맞추는 것은 힘겨웠다.

'시작도 해보기 전에 지레 물러서고 싶은 생각은 없어.'

약해지지 않으려고 매일 다짐했다. 남들보다 일찍 일어났고 늦게까지 책을 읽었다. 계절이 몇 번 바뀌는 동안 서원 생활에도 서서히 익숙해져 갔다. 양주에 온 지 두 해째로 접어들 무렵, 수촌마을에서 편지가 왔다. 대용은 마루 위에 앉아서 겉봉을 열고 편지지를 꺼내 읽었다.

"네 아버지가 사마시를 통과하셨단다."

어머니의 궁서체 글씨를 보니 몹시 반가웠다. 어깨춤이라도 추고 싶을 만큼 기뻤다.

"대용아! 축하한다. 참으로 경사스러운 소식이구나."

뒤돌아보니, 김이안이 싱글거리고 있었다.

"미안. 너를 보러 왔다가 그만 어깨 너머로 편지를 읽고 말았구나. 용서해 주겠니?"

"좋은 일이니까 용서해 줄게요, 삼산재 형님."

그의 넉살에 대용도 장난스럽게 말했다. 잠시 후, 둘은 눈을 마주친 뒤 깔깔거리며 웃었다. 김원행 원장의 아들인 김이안은 대용에게는 아홉 살 많은 6촌 형이었지만, 촌수와 상관없이 석실서원에서 제일 가깝게 지내는 선배였다. 둘 다 천문과 역법, 수리에 관심이 많은 터여서 이야기가 잘 통했다.

새로운 강학이 시작된 날, 김 원장은 학생들에게 신년 인사말을 했다.

"우리 서원에서는 성리학을 학문의 그루터기로 삼고 있다. 하지만, 의술이나 지리와 같은 자연과학에 관해서도 눈을 넓혀야 한다. 한 분야만 고집하면 앙상하게 되고, 고인 물은 썩게 마련이니라."

스승의 말을 듣는 동안 대용은 가슴이 부풀었다. 조선은 유교의 나라이니만큼 성리학 공부에 전념하는 것은 당연한 일이었다. 그럼에도, 자연과학에 관해 문호를 개방한다는 취지가 마음에 쏙 들었다.

석실서원의 서고인 장서각에는 서책들이 빼곡히 채워져 있었다. 성리학에 관한 것들뿐만 아니라 서양의 과학 기술에 관한 책들도 제법 많았다. 대부분은 김원행 원장이 중국에 들어가는 사신에게 부탁해 북경 유리창에서 구해 온 것들이었다. 대용은 장서각을 자주 드나들며 여러 서책들을 찾아 읽었다. 우주와 별자리의 법칙을 깨우쳐 주는 천문, 하늘의 움직임에 따라 시간과 날짜의 순서를 매기는 이치에 대해 써 놓은 역법, 숫자를 이리저리 굴려 문제를 풀이하는 수리는 늘 재미있었다.

"김석문 선생이 쓴《역학도해》를 보는구나. 어때, 읽을 만하지?"

어느 날, 햇볕 잘 드는 곳에 앉아서 책장을 넘길 때, 김이안이 다가오며 말했다.

"네, 형님. 지구가 제자리에서 스스로 돌고 있다는 주장에 마음이 이끌리더군요."

"하늘의 별자리나 수리의 법칙도 재미있지 않던? 알면 알수록 빠져들게 하던데."

"맞아요. 며칠 전《주역》을 읽었어요. 우주의 원리가 적혀 있는 대목을 발견하고는 어찌나 기뻤는지 몰라요."

"《서경》도 한번 읽어 봐. 혼천의가 별자리의 운행을 추적하는 데 쓰였다는 기록이 흥미로울 테니."

"그래야겠네요."

다음날, 대용은 다시 장서각에 들렀다. 서가의 기다란 벽에는 널빤지가 가로로 붙박여 있었다. 대용은 그 널빤지 위에 놓여 있던 서책들 중에서 《서경》을 꺼내 읽기 시작했다. 한참 책장을 넘기던 그의 눈길이 어느 한 곳에 멈추었다. 그곳에는 이런 구절이 적혀 있었다.

'혼천의는 예로부터 선기옥형, 혼의, 혼의기라 불렀다. 길이는 8척, 둘레는 25척, 가로는 8척에 그 지름이 한 치이다. 기형의 기(璣)는 쇠구슬처럼 둥근 하늘 모양을 의미한다. 또한, 해와 달과 별들의 운행을 설명할 수 있는 천구의(天球儀)를 가리킨다. 형(衡)은 천구의를 통하여 천체를 관측할 수 있는 관, 대롱이다. '혼천의'의 혼(渾)은 둥근 공으로서 같은 중심과 여러 개의 원으로 구 모양을 만든 것을 뜻한다.'

오랜 물음에 대한 대답이라도 들려주는 것처럼, 책은 다정하게 속삭여 주었다. 비록 낮은 음성이었지만 마음의 귀를 울려 주기에 충분했다. 대용은 장서각에서 《서경》을 비롯해 몇 권의 서책을 빌려왔다. 이후로는 저녁 시간을 온전히 그 책을 읽는 데 바쳤다. 옛날의 고사를 인용한 부분이 많았기에, 그 대목을 알기 위해서는 또 다른 고전을 뒤적여야 했다.

'옛 사람들의 기록은 참 오묘한 데가 있어. 읽으면 읽을수록 빠져든단 말이야. 독서는 한 번도 가보지 않은 세계를 향해 길을 떠나는 것과 같아. 길을 가는 도중에는 때때로 안개 속을 헤맬 때가 많으니 말이야. 도무지 갈피를 잡을 수 없을 때도 있지만 모르는 곳은 모르는 대로, 아는 곳은 아는 대로 헤아려 넘어가야 하는 거겠지.'

대용은 책갈피를 넘기면서 혼잣말로 중얼거렸다. 뽀얗게 먼지를 뒤집어쓴 여러 서책들을 연신 뒤적이던 대용의 눈이 어느 대목에서 멈췄다. 혼천의가 신라시대 때부터 있었다는 기록이었다. 그뿐만 아니라 고려조에 이어 조선조에서도 제작해 사용했다는 기록도 있었다. 놀라웠다.

'참으로 대단한 선조들이야!'

대용은 그 구절들을 눈으로 훑은 다음 깊은 숨을 들이마셨다. 그러고는 목소리를 가다듬어 그 다음 문장들을 소리 내어 읽어 보았다.

"세종 임금이 명을 내리니 정초, 정인지 등이 고전을 조사했다. 옛 문헌을 바탕으로 이천, 장영실, 김빈과 같은 뛰어난 재주꾼들이 나무로 혼천의를 만들었다."

자신의 목소리가 텅 빈 방의 한쪽 구석을 맴돌았다. 그 소리는 천장과 창문에 부딪힌 뒤 제 귀에 되돌아왔다. 그 짧은 순간을 음미하는 일은 기분 좋았다. 어진 임금과 지혜로운 신하들이 머리를 맞대고 혼천의를 만들었다고 생각하니 가슴이 뛰었다.

기록에 의하면, 나무 혼천의가 만들어진 것은 세종 15년(1433년) 6월의 일이었다. 그 뒤에 구리 재료로 혼천의를 만들어 썼고, 물레바퀴의 힘으로 움직이는 시계 장치와 맞물려 천체의 운행에 맞게 돌아가도록 했다.

혼천의는 임진왜란 때 모두 불타 없어졌다. 그 뒤, 효종 8년(1657년)에 전라북도 김제의 군수 최유지가 물의 힘으로 움직이는 혼천의를 제작했다. 또한, 현종 10년(1669년)에는 이민철과 송이영이 이것을 개조하여 각각 새로운 혼천의를 만들었다. 이 가운데에서 송이영의 것은 추를 시계 장치의 동력으로 이용해 서양식 자명종의 원리와 특징을 잘 살려 만들었다.

대용은 이 같은 내용이 적힌 구절들을 찬찬히 살피면서 책장을 넘기다가 눈길을 끄는 문장을 발견했다.

'혼천의는 천체의 움직임을 읽는 천문 시계이다. 천문 관측뿐만 아니라 달력을 만드는 데 없어서는 안 될 귀한 물건이다.'

그 문장을 몇 번이고 되풀이해 읽던 대용은 혼잣말로 중얼거렸다.

'이 혼천의로 천체의 움직임을 읽을 수만 있다면 얼마나 좋을까. 아니, 그보다는 농부들에게 필요한 달력을 만드는 데 도움을 줄 수 있다면 그 얼마나 좋을까.'

반가운 마음에 두 번, 세 번……열 번까지 읽어 보았다. 거듭 읽다 보니, 그 문장들이 피부에 새겨지고 혈관을 타고 흐르는 듯한 기분이 들었다. 생각할수록 멋진 혼천의였다. 어린 시절부터 좋아하던 별들을 혼천의 위에 가지런히 놓아두고 싶어졌다. 그것은 새로운 꿈, 가슴 설레는 꿈이었다.

모처럼 강학이 없는 날 아침이었다. 대용은 보던 책을 밀쳐두고 기지개를 켰다. 그때, 밖에서 낯익은 목소리가 들렸다. 방문을 열고 마루로 나가니, 김이안이 활짝 웃고 있었다.

"잠깐 시간 좀 내 줄래?"

김이안은 다짜고짜 이렇게 말하며 성큼성큼 앞서 나갔다. 햇살이 부드럽게 감싸고 있어 산책하기에 알맞은 날씨였다. 대용이 그 뒤를 따라가며 물었다.

"어딜요?"

"가보면 알 거야."

김이안이 걸음을 멈춘 곳은 서원 뒤꼍의 연못 근처였다. 연못 앞 널찍한 바위 위에는 둥그스름한 물체가 놓여 있었다. 대나무를 알맞게 구부려서, 열십자 받침대 위에 구(球)의 형태를 올린 것이었다.

"아니, 이것은 혼천의가 아닌가요?"

깜짝 놀란 대용의 목소리가 높아졌다.

"하하. 알아보는구나. 제대로 된 것은 아니고, 그냥 혼천의 모형이지. 휴대용이랄까. 간편하게 손에 들고 다니면서 천체를 관측할 수 있게 만든 거야. 손재주가 별로 없는 편이라 좀 엉성하지?"

"아니에요. 참 잘 만드셨어요. 저도 얼마 전에 장서각에서 오래된 서책들을 뒤적이다가 혼천의에 관한 기록을 읽은 일이 있었어요."

"오호, 그래?"

"예. 그런데, 오늘 혼천의 모형을 보게 되니 정말 놀랍군요."

장서각의 고문서를 읽은 지 불과 보름 만에 김이안이 만든 혼천의 모형을 보게 되다니. 가슴이 벅찼다. 모형이긴 하지만, 책을 통해 알고 있던 것을 직접 눈으로 보는 기쁨은 말로 표현할 수 없었다.

"아주 오래 전, 이것을 선기옥형이라 불렀다는 것을 대용이 너도 서책에서 봤을 거야."

"예, 중국 한나라 때부터 혼천의라는 명칭이 사용되었다는 기록을 읽었어요."

"맞아. 여기, 가장 바깥을 둘러싼 고리는 지평환이야. 중간에 위치한 고리는 자오환, 맨 안쪽에 자리 잡은 고리는 적도환이지. 이렇게 세 겹의 고리로 이루어져 있는 것이 선기옥형의 기본 구조란다."

김이안이 구체를 구성하는 세 개의 고리를 가리키며 말했다.

"지평환은 지평과 평행을 이루어 하늘을 위아래로 나누고, 자오환은 천구자오선과 딱 맞는 큰 원을 이루고, 북극과 남극, 하늘의 꼭대기가 큰 원에 들어 있어 지평환과는 지평에서 직각으로 만난다……."

대용이 책에서 읽었던 대목을 외워 읊자, 김이안이 그 뒤를 받았다.

"적도환은 천구적도와 딱 들어맞는 둥근 고리로서 자오선과는 직접 만나지만 지평환과는 엇비슷하게 만난다. 이 고리들을 육합의

(六合儀)라고 한다. 왜 그럴까?"

"이들 세 개의 고리가 서로 붙음으로써 그곳에서의 하늘 모양을 알 수 있고, 하늘의 위아래와 사방을 어림짐작할 수 있기에 그 고리들을 육합의라고 하지요."

두 사람은 마치 스무고개를 하듯이 자신들이 읽은 책의 구절들을 짜 맞추어 나가고 있었다.

"가운데 층은?"

"황도환과 백도환으로 이루어져 있지요."

"그것으로 무엇을 관측할 수 있을까?"

"해와 달입니다."

"가운데 층을 다른 말로 하면?"

"삼진의라고 합니다. 황도는 태양의 길을 뜻하고 또……."

"백도는 달의 길을 뜻하지. 그렇다면, 이 혼천의를 만드는 데 가장 큰 공헌을 한 인물은?"

"세종 임금님 때 서운관원으로 일했던 이순지!"

서로가 서로의 말을 잇고 늘이는 동안 저절로 가락이 배어나왔다. 상대가 말을 맺기도 전에 가로채거나, 보충해서 말을 하는 맛도 그만이었다. 대화에 신명이 무르익자, 마치 놀이처럼 흥겨워졌다.

"맞아. 이순지가 정교한 이론을 세우지 않았다면 제아무리 뛰어난 기술자인 장영실이라 할지라도 완벽한 혼천의를 만들 수 없었을 거야."

"이순지의 정교한 이론도 뛰어나지만 장영실이 세운 업적이 없다면 모래 위에 지은 누각에 지나지 않지요. 장영실은 정말 놀라운 사람 아닌가요?"

"두 말 하면 잔소리!"

"그렇지만, 명문 집안의 문과 급제자인 이순지와, 노비 출신인 장영실을 차별 없이 뽑아 천문학자가 되게 한 세종 임금님은 진짜로 대단한 분이셨어요!"

"아무렴. 하늘이 내려준 분이랄까."

"그때나 지금이나 역법이나 산법(算法)이라면 어렵다고 두 손을 홰홰 젓기 마련 아닌가요?"

"산법이 어렵기도 하거니와, 그와 관련된 일은 주로 중인들이 도맡아 하도록 되어 있는 까닭에 문과 급제자로서는 다들 꺼려하는 풍토도 무시할 순 없지. 그럼에도 그 일을 맡긴 세종 임금님이나, 흔쾌히 맡아 직무를 수행한 이순지나 모두 존경받아 마땅한 분들이지, 암. 그런데, 이순지가 임금님의 눈에 띄었던 일화는 알고 있니?"

"예, 그것도 서책에서 읽었어요. 세종 임금님의 명령으로 산법을 익힌 이순지는 우리나라가 북극에서 나온 땅이 38도 강(强)이라고 말씀을 올린 적이 있었지요. 똑똑한 세종 임금님도 처음엔 이순지의 말을 믿지 않았대요. 하지만, 그 무렵 중국에서 온 사신이 임금님께 역서를 바치면서 '고려는 북극에 나온 땅이 38도 강이옵니다.' 라고 말해 주었답니다. 그제야 세종 임금님은 이순지의 말이 틀리지 않다는 것을 알게 되었고, 더욱 이순지를 신임하게 되었지요."

북극고도란 북위를 가리키는데, 한양이 38선 남쪽에 있으므로 세종은 이순지의 말이 틀렸다고 생각했다. 하지만 중국에서 구입한 천문학 책을 읽던 도중 이순지가 말한 값이 맞다고 확인한 세종은 이순지를 더욱더 신뢰하며 중용했다.

"그 일화는 나도 재미있게 읽었단다. 세종 임금님은 그 일이 있은 뒤 이순지에게 명하여 수많은 천문관측 기구를 바로잡게 했지. 참, 너도 이순지가 쓴 서책들을 알고 있겠지?"

"예, 얼마 전에 원장님께서 권해 주신 책을 읽고 있습니다."

"어떤 책인데?"

"일곱 개의 움직이는 별을 계산한 책입니다."

"옳거니! 《칠정산 내외편》 말이지? 네가 내 아우라는 게 자랑스럽다."

해와 달을 비롯해 수성, 금성, 화성, 목성, 토성 등 다섯 행성의 위치를 계산하여 미리 예보하는《칠정산 내외편》은 조선 최고의 천문학 책으로 꼽혔다.

"형님도 참."

대용은 쑥스러운지 혼천의 모형 이곳저곳을 어루만지며 화제를 바꾸었다.

"그런데, 어떻게 하면 이런 둥근 모양이 나오나요?"

"대나무를 불에 대고 여러 번 구부려야 해. 좀 더 잘 만들려고 하다 손을 델 뻔한 적도 있었지. 하하."

김이안이 엄살 섞인 표정을 지었다.

"참 멋진 물건입니다."

"옛 사람들의 가르침대로 만들었으니 크게 틀린 건 아닐 거야."

둘이서 한참 얘기에 열중할 때였다. 갑자기 등 뒤에서 커다란 웃음소리가 들렸다.

"와하하하! 이게 대체 뭐하는 물건인가? 참 괴상하게도 생겼군!"

얼마 전 진사시에 붙은 서원의 10년 선배였다. 그가 불쑥 나타나 이죽거리는 것이었다.

"자네가 여긴 웬일인가? 웃지 말게, 김 진사! 《서경》에 나오는 선기옥형을 본뜬 모형일세!"

김이안이 못마땅한 듯 이맛살을 찌푸렸다. 둘은 나이가 비슷했다.

"선기옥형? 흥! 물고기 담는 바구니로도 못 쓰게 생겼군 그래."

"선배님! 원장님께서는 서양의 자연과학까지 두루 품을 수 있어야 한다고 말씀하셨습니다."

대용이 김 진사에게 뼈 있는 말을 했다.

"강학 첫날 나도 들었어. 그래서, 뭐 어쩌라고?"

김 진사는 대용을 노려보며 이죽거렸다.

"성리학 공부를 하면서도 한쪽에 치우치지 않으려면 열린 자세를 지녀야 한다는 가르침이었습니다."

"너, 지금 나에게 설교하는 거냐?"

"숙종 임금님 때 살았던 김석문이라는 학자가 쓴 서책에는 지구가 매일 한 번씩 스스로 돈다는 대목이 있더군요. 그걸 알아내기 위해서라도 천문관측 기구를 만들어야 하지 않을까요?"

"뭐? 지구가 돌아? 그러면 사람들이 어떻게 땅에서 쓰러지지 않고 서 있겠냐? 바다의 배는 또 어떻고? 너야말로 돌았군."

"학문 하는 사람들은 끝없이 질문하고 또 질문해야 한다고 배웠습니다. 질문은 의심으로부터 나옵니다. 하늘이 도는지 지구가 도는지 의심하고 연구해야 진리를 붙잡을 수 있지 않겠습니까?"

대용이 지지 않고 대꾸를 이어갔다.

"가만히 있는 땅 위로 하늘이 돈다는 건 애들도 다 아는데 뭘 의심해?"

김 진사는 약이 오른 듯 얼굴이 붉어졌다.

"김 진사, 쓸데없는 시비 말고 《역학도해》나 보길 바라네. 잘 알지도 못하면서 몰아세우는 버릇은 오랑캐 본색 아닌가?"

두 사람이 팽팽하게 맞서자, 보다 못한 김이안이 거들며 나섰다.

"뭐, 오랑캐 본색? 자네 말 다 했어? 그리고, 나는 그런 개뼈다귀 같은 서책은 쳐다보기도 싫어! 대용이 너도 지구가 돈다는 둥 미친 소리 집어치우고, 성리학 한 구절이나 더 외우라구!"

"저는 눈만 뜨면 성리학 책을 끼고 삽니다. 선배님이나 공부에 신경 쓰시지요!"

듣다 못한 대용이 야무지게 쏘아붙였다.

"김 진사! 공연히 시비하지 말고 빨리 가게나. 자네와 더 할 말 없으이!"

김이안도 차갑게 쏘아붙였다.

"뭣이? 이것들이 쌍으로 덤비는군! 에잇, 우라질 것들!"

김 진사는 두 사람을 향해 한바탕 욕설을 퍼붓고는 씩씩대며 마당을 가로질러 가 버렸다.

"정말 꽉 막힌 사람이군요!"

대용이 그를 노려보며 중얼거렸다.

"하늘 시계도 못 알아보는 멍청이와 무슨 얘기를 나누겠니?"

김이안은 노기 띤 얼굴로 김 진사의 뒷모습을 쳐다보며 말했다. 두 사람은 한동안 침묵하며 마음을 가라앉혔다. 그러고는 천천히 연못을 다섯 바퀴나 돌았다. 심호흡을 하며 뛰박질하는 가슴을 다스린 뒤 대용이 말했다.

"어쨌든, 형님 덕분에 혼천의를 구경하게 됐으니 참으로 좋아요."

"네가 이처럼 좋아하는 모습을 보니 보람이 느껴지는구나."

김이안은 이제 평소의 온화한 얼굴로 되돌아와 있었다.

"저도 이다음에 진짜 혼천의를 꼭 만들고 싶습니다."

이렇게 말하는 대용의 표정은 밝았다.

처음에 혼천의를 생각할 때, 대용은 조금 막막한 느낌이었다. 그런데, 김이안이 만든 모형 혼천의를 막상 보고 나니까, 이제는 그것이 가슴속으로 마구 밀고 들어오는 느낌이었다. 그것이 꿈이라면, 꿈의 씨앗이라면, 이제 거기에서 무언가가 싹이 트고 있다고 느꼈다. 소중한 꿈을 이루기 위해 앞으로 많은 세월을 품고 가다듬어야 하리라는 생각도 들었다.

"그래? 내가 네 마음에 공연히 불을 질렀나 보구나. 하하."

"맞아요. 형님이 제 마음에 불을 놓았어요. 책임질래요? 아하하."

두 사람의 웃음소리가 연못의 수면 위를 지나, 이제 막 봉오리를 열고 있는 연꽃 사이로 울려 퍼졌다.

회강(會講)이 있는 날이었다. 서원 마당에는 회강에 참여하는 열 명 남짓한 학생들이 옹기종기 모였다. 모두들 아침밥을 든든히 먹고 나온 까닭인지 생기 있는 얼굴들이었다. 저마다 어깨에 괴나리봇짐을 메었다. 보나마나 그 속에는 책 몇 권과 필기도구, 낮에 점심으로 먹을 삶은 감자 몇 알, 주먹밥 따위가 들어 있을 터였다.

"자, 나루터 쪽으로 출발하자!"

김원행 원장이 앞장서서 학생들을 인솔했다. 오늘 회강에 참여하는 이들 속에는 대용도 들어 있었다. 학생들은 서원마을 아랫길로 내려갔다. 한 줄로 서서 질서정연하게 움직이는 모습이 자못 평화로워 보였다. 그들은 나루터에서 서성이는 동안에도 짐짓 점잖은 표정을 지었다. 황포돛배에 오른 뒤에도 마찬가지였다.

이윽고, 배가 서서히 미끄러져 갔다. 앞으로 나아가는 동안 나루터의 모든 것들이 작아지기 시작했다. 아침나절이어서인지, 포구에는 옅은 안개가 깔려 있었다. 강물에는 이따금 수면 위로 올라오는 물고기가 잔잔한 물 위에 파문을 던지고 있었다.

두미천의 골짜기를 따라 흐르던 강물은 다시금 두 줄기로 나뉘어 방장도 서북쪽으로 흘러갔다. 학생들은 어느 샌가 삼삼오오 모여 서서 경치에 대하여, 물빛과 하늘빛에 대하여 두루 얘기를 나누었다. 두 갈래로 흐르던 물줄기는 잠시 좁은 물목으로 이어진 뒤, 남쪽으로 휘돌아 흘렀다. 그 물줄기의 북쪽 기슭이 방금 떠나온 서원마을 나루터였다.

"한 폭의 그림이야. 아니, 그림 속 풍경과 똑같아."

김이안이 나직하게 말했다.

"형님! 겸재 선생의 그림을 말씀하시는 거지요?"

"그래."

둘이 뱃전에 서서 얘기를 나눌 때, 뒤에서 누가 다가오는 게 느껴졌다.

"오! 둘 다 〈석실서원도〉를 봤단 말이렷다?"

김원행 원장이었다. 자세를 고치려 하자, 원장은 편하게 있으라며 손을 내저었다.

"예. 숲속 산언덕 위에 우뚝 서 있는 기와집이 이채로운 그림이었습니다. 그 아래로 어깨를 맞댄 초가집들도 정겨워 보였지요. 맨 왼쪽에 자리 잡은 석실서원의 강당이 손에 잡힐 듯 그려져 있던 게 기억납니다."

대용은 그림을 눈앞에 두고 말하듯이 자세하게 묘사했다.

"기억력이 뛰어나구나. 그림 속에서 계절을 알 수 있더냐?"

"나무들이 연초록 빛깔로 채색되어 있어서 새봄의 기운을 느낄 수 있었습니다."

"좋구나!"

"나루터 앞, 고고하게 떠 있는 고깃배 한 척에서 느껴지는 운치 또한 일품이었습니다."

김이안도 한 마디 거들었다.

"삼산재도 그렇게 생각했느냐? 나 또한 동감이다. 겸재 선생은 우리 석실서원에서 공부했던 대선배님이셨다. 〈석실서원도〉가 세상에 나오자 사람들은 '진경산수화를 활짝 열어젖힌 그림이다.'라고 입을 모아 상찬했지. 겸재 선생은 우리 석실서원을 빛낸 큰 인물일 뿐만 아니라 조선의 문인화를 높은 수준으로 끌어올린 거장으로 기억될 것이다."

김원행의 설명을 듣는 동안, 대용은 겸재 정선에 대해 우러르는 마음이 생겼다.

"물안개가 참 멋있다!"

그때, 고물 쪽에서 몇몇 학생들이 탄성을 터뜨렸다. 스멀스멀 피어오른 물안개가 배의 뒷부분에 두터운 장막을 쳐놓은 듯했다. 방금 전까지 보이던 풍경들이 거짓말처럼 사라지고 없었다. 혼자 있으면 두려움에 사로잡힐지도 모를 광경이었다. 뱃전 여기저기서 짧게 감탄사를 토해 내는 소리가 연이어 들려왔다.

배가 앞으로 나아가는 동안 굽이굽이 이어지던 강물이 조금씩 제 모습을 드러냈다. 두터운 안개도 서서히 걷혔다. 느릿느릿 흐르는 것 같지만, 강물은 쉼 없이 변화를 거듭했다. 금세 안개에 휘감기다가도 산기슭을 휘돌아나가다 보면 돌연 청명해지곤 했다. 유유히 흘러가는 강의 조화는 가늠하기 어려웠다.

배는 드넓은 강물 위로 한참 동안 미끄러져 나아갔다. 방금 전까지 뱃전에 모여 잡담을 나누던 학생들도 잠잠해졌다. 몇몇은 시장기가 도는지 괴나리봇짐을 끌러 육포를 나누어 먹었다. 몇몇은 누룽지를 꺼내어 동료들과 더불어 와드득 소리가 나게 씹어 먹었다. 갈매기가 끼룩끼룩, 울음소리를 떨어뜨리며 날아다녔다. 장난기 많은 학생 하나가 씹던 육포를 잘게 조각내 허공에 던졌다. 갈매기가 번개같이 날아와 육포를 낚아채 갔다. 그 모습을 본 학생들은 박장대소를 했다. 멀리, 황금빛 들판이 언뜻언뜻 보이기 시작했다. 바람을 맞아 돛폭을 부풀리며 기세 좋게 가던 황포돛배가 산모퉁이 하나를 돌아 나올 즈음, 누런빛 넘실거리는 들머리가 나타났다.

"여강이다!"

이물 쪽에 서 있던 학생 하나가 외쳤다. 여강을 젖줄로 한 여주평야에는 튼실한 벼가 빼곡하게 들어차 있었다. 여주 한가운데를 지나는 남한강은 경치가 수려했다. 그 모습을 물끄러미 바라보던

김원행이 입을 열었다.

“강원도 원주에서 발원한 물줄기를 따라 흐르는 섬강은 용인 지역을 휘도는 청미천과 만나게 되지. 세 물줄기가 합쳐져 흐르는 곳에 맞닿아 있는 이 지역을 점동면 삼합리라고 한다. 여주 앞을 흐르는 물굽이는 경치가 몹시 아름다운 까닭에, 예로부터 가라말 려(驪)를 붙여 여강이라 부르게 된 것이니라.”

방금 김원행의 설명을 들은 탓인지, 검은 말을 뜻하는 가라말처럼 여강의 물줄기가 더욱 깊어 보였다. 굽이굽이 이어지는 강폭은 학생들을 태운 배를 품은 채 기운차게 말달리듯 휘돌아 나아갔고, 여울목은 수면 아래 물고기가 보일 정도로 물이 맑았다.

김원행은 새로운 설명을 이어 갔다.

“고려 말에 혜근이라는 스님이 있었다. 나옹선사로 잘 알려진 분이었지. 공민왕 때 홍건적이 개경까지 쳐들어왔는데, 신광사에 머무르던 나옹선사의 꿈에 한 도인이 나타나 절을 지켜달라고 부탁했구나. 그 뒤 나옹선사는 더욱 침착한 모습으로 설법과 참선 지도에 전념했고, 그의 위엄에 기가 질린 홍건적은 감히 쳐들어오지 못했다. 난이 평정된 뒤, 나옹 선사를 따르는 승려는 삼천 명이 넘었고 설법을 들으려는 중생들이 구름 떼처럼 몰려왔다. 그러던 어느 날, 두려움과 질투심 때문이었는지 임금은 나옹선사에게 절을 떠나라는 명령을 내렸다. 밀양 땅으로 가던 도중 중병에 걸린 그는 신륵사에서 열반에 들었다고 전해진다. 평소 여주 남한강을 사랑했고, 여강 가의 멋진 경치를 주로 노래했던 나옹선사는 선시 하나를 남겼느니라. 들어볼 테냐?"

김원행은 잠시 목청을 가다듬은 뒤, 뱃전에서 나옹선사의 시 〈물같이 바람같이〉를 읊조렸다.

청산은 나를 보고 말없이 살라 하고
창공은 나를 보고 티 없이 살라 하네
사랑도 벗어놓고 미움도 벗어놓고
흐르는 물처럼 바람처럼 살다가 가라 하네

시를 듣는 학생들의 분위기가 숙연해졌다. 그러는 동안에도 배는 출렁이는 물살을 가르며 앞으로 나아갔다. 이윽고, 배가 여강 나루터 가까이에 다가갔다. 가라앉은 분위기를 깨려는 듯, 김원행이 밝은 표정으로 입을 열었다.

"오늘은 이곳에서 회강을 하겠다."

"알겠습니다."

학생들이 합창을 하듯 입을 모았다. 배에서 내릴 때에는 다들 들뜬 표정으로 바뀌었다.

"공부란 책상머리에서만 하는 게 아니다. 바깥바람도 쏘이면서 해야 해. 선비가 공부한답시고 방안에만 틀어박혀 있으면 세상 물정에 어두워지느니라."

김원행은 평소 입버릇처럼 하던 말을 다시금 반복했다. 실제로 그는 제자들을 데리고 너른고을 광주와 여주, 양근에 나아가 공부하기를 좋아했다. 이 때문에 야외에서 맞이하는 회강은 소풍을 가는 듯한 설렘마저 있었다. 학생들은 다음번에는 언제 회강을 가나, 하고 은근히 기다리기까지 할 정도였다.

김원행과 제자들은 여강 갈대밭 둔덕에 차일을 친 뒤 돗자리를 깔았다. 자리가 정돈되자 묻고 답하는 토론이 시작되었다. 그 사이, 강가에 백로 몇 마리가 사뿐히 날아들었다.

"네가 좋아하는 구절을 한번 외워 볼 테냐?"

김원행이 대용에게 넌지시 물었다.

"덕건명립 형단표정."

"어디, 뜻을 한번 말해 보아라."

"덕이 세워지면 이름이 바로 서고, 차림새가 단정하면 겉모습이 바르게 되나니."

"그 구절에서 무엇을 배웠느냐?"

"선비란 덕을 열심히 쌓는 사람이어야 한다는 가르침을 배웠습니다."

"잘했다. 그 구절이 네 학문의 주춧돌이 되기를 바란다."

뜻밖의 칭찬이었다. 가슴 언저리가 간질간질, 귓불이 뜨거워졌다.

회강이 끝난 뒤, 김원행 원장은 여강 근처에 있는 자신의 집으로 학생들을 데리고 갔다. 김원행 원장이 나고 자란 생가는 소박했다. 학생들을 가르치느라 사랑채를 여러 칸 더 늘려 지은 까닭에 십여 명 남짓 되는 학생들이 유숙하기에는 충분했다. 학생들은 이곳을 여강 석실이라고 불렀다.

"오늘은 이곳에서 하룻밤 자고, 내일 점심 때 석실서원으로 떠나기로 하자."

학생들은 외지에서 머물게 된 것을 몹시 기뻐하는 눈치였다.

"형님도 이곳에서 태어나셨어요?"

저녁식사를 한 뒤, 산책길 동무를 하게 된 대용이 김이안에게 물었다.

"그렇단다."

"이곳은 경치도 좋고, 물도 맑고, 평야도 넓어서 좋군요."

"하하. 내 고향 자랑으로 팔불출 될까봐 염려했는데, 대용이가 칭찬해 주니 기분이 좋은걸?"

둘은 말없이 논둑길을 걸었다. 걷다 보니, 낮에 회강을 베풀었던 여강 위쪽 산길로 발길이 향하고 있었다. 땔나무꾼들 혹은 벌목꾼들이 나무를 베어 나르던 임도(林道)였다. 과거를 보기 위해 선비들이 걸어가던 길이었고, 이 마을 저 마을로 장사치들이 물건을 어깨에 메고 무른 메주 밟듯이 허구한 날 드나들던 장삿길이기도 했다. 두 사람은 좁다란 길로 접어들었다.

"이 길 이름은 아홉사리 길이란다. 원래 여주 점동면에 사는 사람들이 아홉 구비 산길을 돌고 돌아 장터로 가는 길이었지. 오래 전, 나무꾼들이 강안 산기슭의 깎아지른 비탈길 위를 오르내리면서 형성된 길 모양이 흡사 국수사리처럼 생겼다고 해서 아홉사리 과거(科擧) 길이란 이름이 붙었다는구나."

"아, 그렇군요."

김이안이 설명한 그 길은 강변마을 위 산굽이로 이어지는 한적한 오솔길이었다. 그 아래 강가로 내려가는 길에는 높다란 미루나무가 줄지어 서 있었다. 방풍림이었다. 미루나무 사이사이로 왕버들 여러 그루가 섞여 있었다. 오솔길을 한참 오르자, 조금 널찍한 공간이 나왔고 그 옆에는 맞춤한 바위 몇 개가 널려 있었다.

"여기서 잠깐 쉬어 갈까?"

김이안이 탁자처럼 길쭉한 바위에 걸터앉으며 말했다.

"예, 형님."

대용도 그 옆에 앉았다. 나뭇가지 사이로 별이 총총 돋아나는 게 보였다.

"별빛이 참 아름답구나."

"별들은 공평해요. 누구에게나 제 본모습을 숨김없이 보여주니까요."

"동감이야."

"과거 준비는 하니?"

김이안이 뜻밖의 질문을 했다.

"부모님께 걱정을 끼쳐 드리지 않으려면 해야겠지요."

대용은 발끝으로 돌멩이를 굴리며 대답했다.

"과거에 별 뜻이 없다는 듯한 말투로구나."

"아니라고는 말 못하겠군요."

"뭐, 사람마다 지향하는 바가 다를 수 있지. 그래, 장차 너는 어떤 사람이 되고 싶어?"

김이안의 두 번째 질문이 무겁게 다가왔다.

"백성들에게 폐를 끼치지 않는 선비가 되고 싶어요."

"어떻게?"

"좋은 뜻을 찾기 위해 애쓰면서, 그 뜻을 펼치기 위해 노력하는 자세로 살아가다 보면 언젠가 그런 선비가 되어 있지 않을까요?"

"너는 겸손하게 말했지만, 진짜 큰 선비가 될 조짐이 보여."

"저는 지금 진지하거든요."

김이안이 푹, 웃자 대용은 눈을 크게 뜨고 말했다.

"진리를 구하는 수도승처럼?"

"진리를 구하는 수도승처럼……그 표현이 참 좋군요. 그래요, 진리를 구하는 수도승처럼요."

"조선은 유교의 나라이니, 그렇다고 중이 되어서는 곤란하겠지? 하하하."

"에이, 말이 그렇다는 것이지요. 아하하."

두 사람은 목젖이 드러날 만큼 웃은 뒤, 한동안 말없이 하늘만 쳐다보았다. 아까보다 더 많은 별들이 밤하늘을 비추고 있었다.

잠시 뒤, 두 사람은 마을로 되돌아왔다. 달빛이 비춰주는 까닭인지, 사람들이 다니는 길은 어둠 속에서도 희부옇게 보였다. 강물처럼 흐르는 별무리들 속에서 별똥별 몇 개가 멀리 사선을 그으며 떨어지고 있었다.

지음을 찾아서

석실서원에 들어온 지도 어언 4년이 흘렀다. 열여섯 살이 된 대용은 서재를 떠나 동재에서 머물고 있었다. 그 무렵, 아버지의 편지를 받은 대용은 곧장 고향으로 향했다. 편지에 담긴 내용은 이랬다.

"관례를 치러야 하니 수촌마을로 오너라."

오랜만에 찾은 수촌마을 강가에는 버들개지가 흩날리고 있었다. 집에 도착하니 어머니와 아버지가 반갑게 맞이해 주었다. 몇 년 전 문경 현감으로 제수된 아버지는 관복 차림이어서 그런지 평소보다 더욱 위엄이 있어 보였다.

대용이 도착한 며칠 동안 집안은 관례 치를 준비로 바쁘게 돌아갔다. 관례는 사내아이가 열대여섯 살쯤 되면 성인이 되기 위해 꼭 치러야 할 관혼상제의 첫 번째 통과의례였다. 이윽고, 그날이 되었다.

"빈객으로 황 진사를 모셔 왔으니, 이따가 그 어른께 인사 드려라."

아버지가 대용에게 말했다. 관례 의식을 주관하게 될 빈객은 대체로 아버지의 절친한 벗 가운데에서 어질고 예법을 잘 아는 이에게 부탁하는 게 관습이었다. 대용은 황 진사 쪽으로 가서 공손히 절을 올렸다.

"진사 어른! 안녕하십니까?"

"오냐. 의젓한 청년이 되었구나."

황 진사는 호탕하게 웃으며 대용을 칭찬해 주었다. 모처럼 일가친척들이 모인 집안은 떠들썩했다. 빈객이 주례를 맡아 여러 의식을 치르는 동안 마을 사람들과 일가친척들은 빈객의 주도로 엄숙하게 집전되는 대용의 성년 의식을 하나도 빠뜨리지 않고 구경했다. 관례 의식이 거의 끝나갈 무렵, 빈객은 상투를 틀고 갓을 쓴 대용에게 흰 봉투를 내밀었다.

"열어 보아라."

"예."

봉투를 열고 한지를 펼쳐보니, 해서체로 쓴 먹글씨가 보였다.

"덕보, 그것이 네 자이니라. 모쪼록 한평생 덕을 지키며 살기를 바란다. 그리고 홍지라는 자도 따로 지어 주었으니, 번갈아 가며 사용하길 바란다."

"어르신, 고맙습니다."

"덕보! 오늘로써 성년이 되었구나. 멋진 일이다!"

"네가 어른이 되었다니! 이보다 기쁜 일이 또 어디 있을까?"

아버지와 어머니가 활짝 웃으며 축하해 주었다. 성년식 의례가 끝나자, 일가친척들과 마을 촌로들이 한 사람씩 다가와 대용의 자를 불러주며 축하해 주었다. 모두에게 성인으로 인정받는다고 생각하니, 대용은 괜스레 기분이 좋아졌다.

마당에 모여 있는 손님들은 이제 잔칫집처럼 흥겨운 분위기 속에서 떡과 과일을 배불리 먹었고, 식혜와 청주를 마시며 입가심을 했다. 대용에게 덕담을 들려주거나 어깨를 다독여주는 사람도 있었다. 오후 늦게까지 한동안 떠들썩한 웃음소리, 서로를 부르며 음식 나눠 먹는 소리로 소란하던 마당은 해질녘쯤 사람들이 썰물처럼 다 빠져 나간 뒤에야 절간처럼 조용해졌다.

'덕보! 빈객 어른이 지어주신 새로운 이름이 부끄럽지 않도록, 지금부터 더 성실하게 살아가도록 하자.'

대용은 자신의 방안에 홀로 앉아 황 진사가 준 먹글씨를 뚫어져라 쳐다보며 다짐을 했다.

식구들만 남게 된 저녁 무렵, 어머니와 아버지가 안방으로 대용을 불렀다.

"받아라. 이것은 관례를 치른 기념으로 주는 선물이다. 열여섯 살을 맞이한 너의 생일 선물이기도 하고."

어머니가 명주로 감싼 길쭉한 것을 내밀었다. 대용이 천을 벗기자 거문고가 나왔다.

"아!"

"백악지장이라, 거문고는 모든 악기의 으뜸이지. 이 거문고에는 봉래금이란 이름이 붙어 있다. 옛적에 봉래 양사언이라는 선비가 즐겨 타던 거문고인 까닭이다. 봉래 어른은 부제학을 지낸 초당 허엽의 외손자이자 거문고의 명인인 첨지 박종현에게 이 거문고를 선물로 주었고, 박종현 어른의 손녀 박씨가 우리 남양 홍씨 문중으로 시집오실 때 봉래금도 함께 가져오셨으니, 그분이 바로 덕보 너의 고조할머니가 되시는구나. 이 귀한 악기가 집안의 가보로 전해져 오게 된 것은 대략 이와 같다. 여기, 양사언 어른의 시도 있구나."

아버지는 봉래금의 유래를 설명한 뒤 몸통 뒷부분을 가리켰다. 대용은 몸통에 새겨진 시를 손가락으로 만져보았다.

녹기의 거문고요, 백아의 마음이라
종자기는 비로소 곡조를 알매,
한번 두드리고 다시 한 번 읊조리네
딩딩 거문고 소리 먼 봉우리에 일매
강의 달은 곱디곱고 강의 물은 깊도다

영롱한 돌 위의 오동, 한번 치고 한번 읊으매
삼십 년이 봄이로다

그 옛날 종자기 나를 버리고 가니
옥진과 금휘에 흰 티끌이 생겼네
양춘과 백설 또 광릉산을 봉래 산수 사람에게 붙여 줄거나

"봉래 선생은 거문고 몸통에 두 편의 시를 쓴 뒤, 제목을 〈지락가(至樂歌)〉라고 붙였단다. 이 시에 나타난 백아는 중국 춘추전국 시대 때의 뛰어난 거문고 명인이었고, 종자기는 나무꾼이었다. 백아가 거문고를 연주할 때, 오직 종자기만이 그 음을 알아주었지. 뒷날 종자기가 죽자 백아는 커다란 슬픔에 빠졌단다. 자신의 거문고 소리를 알아줄 사람이 없는 까닭에 백아는 거문고 줄을 끊고 다시는 연주를 하지 않았어. 봉래 선생은 백아와 종자기와 같은 지음(知音)을 그리는 심정을 시로 쓴 것이겠지."

"이 봉래금은 귀한 보물이군요."

대용이 거문고를 쓰다듬을 때, 곁에 있던 어머니도 한 마디 거들었다.

"거문고는 본래부터 선비의 악기로 불렸다. 학문에 전념하다 잡념을 물리치고 깨끗한 마음을 얻기 위해 줄을 골랐던 선인들의 지혜에서 비롯된 것이란다. 앞으로 이 거문고를 잘 간직하여라."

"네, 명심하겠습니다."

안방에서 자신의 방으로 돌아온 뒤, 대용은 봉래금을 가만히 어루만져 보았다.

‘이처럼 귀한 악기가 내 손에 들어오다니.’

저절로 감탄사가 우러나왔다. 거문고를 무릎 위에 올려놓고 손가락으로 현을 튕겨 보다가, 줄을 하나씩 짚고 술대로 뜯고 쳐 보았다. 오동나무와 밤나무를 붙여 만든 울림통에서 맑은 소리가 울려 나왔다. 명주실을 꼬아 만든 여섯 개의 줄, 그 줄 밑에 놓인 열여섯 개의 괘, 아래쪽의 안족이 마음을 건드렸다. 바닷가에서 나는 단단하고 검은 대나무, 해죽으로 만든 술대가 음악을 만들어 낸다고 생각하니 신기했다. 다시 줄을 고르자 둥, 하는 소리가 울려 나왔다. 맑고 깊은 소리였다. 구름 위를 걷는 기분이었다.

‘이 악기가 나에게 말을 거는 듯하구나.’

대용은 거문고 연주법을 배우고 싶었다. 다행히도 그는 타고난 음악적 감각과 재능이 있어서 혼자서도 여러 연주법을 익힐 수 있었다. 하지만, 더 나은 연주를 하고 싶은 마음은 새록새록 커져만 갔다.

대용은 아버지께 속마음을 털어놓았다.

“아버님, 혼자서 거문고를 연습하는 데는 한계가 있습니다. 스승님이 필요합니다.”

“제대로 배우고 싶단 말이지?”

“예.”

“음, 서쪽 바닷가 마을에 거문고를 잘하는 선비 한 사람이 살고 있으니, 그분께 가서 배우면 어떻겠느냐?”

"예, 그리 하겠습니다."

며칠 후, 대용은 수소문 끝에 그의 집을 찾아갔다. 그에게 여러 차례 간청한 뒤에야 제자로 받아들이겠다는 허락을 얻어냈다.

"정말로 나에게서 거문고를 배우고 싶으냐?"

"예, 가르쳐만 주신다면 열심히 배우겠습니다."

"오냐, 그럼 내일부터 거문고를 익혀 보도록 하자."

"고맙습니다, 스승님."

엎드려 큰절을 올리는 기쁨은 컸다. 다음날부터 대용은 그를 스승으로 모시고 거문고 연주법을 배워 나갔다. 반년이 지나갈 때까지 사흘에 한 번씩 스승을 찾아가 거문고를 배웠다. 일곱 달이 지날 때쯤부터는 스승이 보름에 한 번씩 와도 좋다고 허락했다. 여덟 달이 넘어설 무렵부터는 한 달에 한 번이 되었다.

"이제 너는 더 이상 나에게서 배울 게 없다. 지금부터는 오직 혼자서 배운 것을 반복해 익히도록 해라."

어느 날, 스승에게서 그만 와도 좋다는 말을 들었다. 그날 이후, 대용은 날마다 거문고를 끼고 살았다. 석실서원에 돌아와서도 뒷산에 올라가 남몰래 연습을 했다. 거문고 연습을 거듭할수록 왼손으로 지그시 눌러 음을 떨게 하는 농현의 묘미도 커졌다.

'이렇게 거문고에 빠져 사는 것도 나쁘진 않을 것 같아.'

대용은 혼잣말을 하다 말고 흠칫 놀랐다. 할아버지를 여읜 뒤, 꼬박 반 년 간 지독한 상실감 속에서 보낸 일이 불현듯 떠올랐던 것이다. 삼화에서 일어난 폭사 사건은 고작 열한 살짜리 아이가 감당하기 어려운 충격적인 사고였다.

그 사고 이후 대용은 부쩍 말수가 줄었다. 맑게 갠 날에도 그늘이 하늘을 뒤덮는 듯한 착각에 사로잡혔다. 날마다 거대한 구멍 속으로 빨려들어 가는 기분이었다. 그 속에서 어떻게 벗어났는지를 생각하면 아득할 뿐이었다.

"아버지, 내년부터 석실서원에 들어가서 공부할래요."

늦가을의 어느 날, 대용이 이렇게 말했을 때 그의 부모는 안도의 한숨을 쉬었다. 어두운 다락방에 한 줄기 빛이 들어오듯, 어린 아들이 가까스로 자신의 출구를 찾아가는가 싶어 반가웠던 것이다.

"석실서원에서 공부를 하겠다고? 정말 기특한 일이다."

아버지는 환하게 웃음 지으며 아들을 응원해 주었다. 어머니도 장한 일이라며 아들을 꼭 끌어안아 주었다.

이듬해, 작은아버지 홍억이 양주군 미음면까지 대용을 데려다주었다. 그 역시 석실서원에서 공부했던 유생이었다. 석실서원의 가장 어린 학동이 된 대용은 삼화에서의 끔찍한 기억을 비로소 털어낼 수 있었다. 그렇지만, 대용이 선뜻 석실서원에 들어가겠다고 결심한 데에는 할아버지가 들려준 이야기가 큰 작용을 했다는 것을 가족들은 알지 못했다. 대용이 이런저런 얘기를 주절거리지 않고, 그저 마음속에 담아두었기 때문이다.

"아득한 시절, 조상님들이 말 달리던 고구려의 옛 땅, 그 광활한 요동벌을 네 두 다리로 한번 밟아 봐야 하지 않겠느냐?"

연광정에서 들려주던 할아버지의 당부는 늘 생생했다. 대용은 그때부터 막연하게나마 청나라에 꼭 가보고 싶은 열망을 키울 수 있었다. 그와 더불어, 대용의 눈동자를 들여다보며 힘주어 강조하던 할아버지의 몇 마디 말씀도 잊을 수 없었다.

"글공부를 열심히 하는 것은 좋은 일이다. 그렇지만, 자기 자신만의 영달을 위해 글공부를 하는 것은 소인배나 하는 짓이다. 또한, 자기 가족만을 위해서 글공부를 풀어먹는 것 또한 지극히 이기적인 태도이지. 글공부를 통해 인격을 닦은 다음 나라와 군왕께 충정을 바치는 것은 군자의 도리이니라. 나아가, 글공부를 통해 쌓은 학문과 높은 식견은 모름지기 백성들을 위해서 사용하도록 해라. 백성들과 함께 하는 삶의 태도를 지니는 것이야말로 가장 뜻 깊고 보람된 삶을 사는 선비라 할 수 있는 것이다."

대용은 할아버지가 들려준 당부를 마음에 새겨두었다. 중국에 가보는 것, 백성들을 위해 보람찬 일을 하는 선비가 되는 것, 이 두 가지는 곧 삶의 화두가 되고 일생의 목표로 자리 잡게 되었다. 그 생각에 골몰하면서 할아버지를 잃은 상실감을 이길 수 있었다. 밤마다 되풀이되는 가위눌림에서도 점차 벗어나게 되었다.

석실서원에 들어간 뒤 대용은 규칙적인 생활에 몸을 맞춰 나갔다. 꽉 짜인 일상생활은 아침부터 저녁까지 반복되었지만, 차라리 그 편이 나았다. 석실서원의 빈틈없는 학습 일정을 채우는 동안 아픈 기억도 서서히 잦아들었다. 천문, 역학, 수리에 관한 서책을 읽고 김이안과 토론을 벌이면서 상처를 잊을 수 있었다. 스승의 강론을 듣는 일, 스승과 문답을 주고받는 일, 학동들과 논쟁을 벌이며 학문의 세계에 깊숙이 들어가는 일……이 모든 학업의 과정을 몸으로 치르는 일들이 마음속 나쁜 기억을 옮게 하거나 없애는 길임을, 대용은 어렴풋하게나마 느낄 수 있었다. 그리고, 여러 해가 지나 관례를 치른 날 선물로 받은 거문고에 마음을 빼앗긴 뒤부터는 상흔마저 잊을 수 있었다.

새벽같이 일어나 글 읽는 일은 하루도 빠짐없이 되풀이되었다. 원장은 교육생들 앞에서 훈화를 하는 한편, 고문(古文) 강독을 맡아 특별 지도했다. 강장은 경학과 예절에 대한 강문을 규칙적으로 실시했다. 훈장은 매일 아침 학문 하는 원칙과 자세에 대해 강조했다. 훈장은 규율을 어긴 학생들에게는 엄한 꾸중과 벌을 내렸다.

"교육생인 너는 우리 서원의 규율을 따라야 하는 걸 모르느냐?"

따끔하게 혼낸 뒤에는 자숙의 시간을 갖도록 했다. 같은 잘못이 두세 번 반복되어 서원의 명예에 먹칠을 한 교육생은 서원에서 쫓아내는 특단의 조치를 취하기도 했다.

강학을 듣는 등 판에 박힌 생활에 온전히 맞추는 일은 인내를 필요로 했다. 빡빡한 일정은 한 점 빈틈없이 진행되었다. 톱니바퀴처럼 맞물려 돌아가는 하루의 일상은 절간의 수도승들이 도를 닦는 것과 다를 바 없었다. 봄에서 여름으로, 여름에서 가을로, 가을에서 겨울로 계절이 바뀌는 동안 대용은 스스로 학문하는 자세를 가다듬어 뜻을 세웠다. 그는 그 뜻을 잊지 않기 위해 매 순간 다짐하고 또 다짐했다.

'나는 고학을 할 것이다. 장구와 우유의 학문은 결단코 아니 할 것이다.'

장구(章句)란 글의 장과 구, 문장의 단락을 뜻하고 우유(迂儒)란 세상 물정에 어두운 선비를 의미한다. 장구와 우유의 학문을 하지 않겠다는 것은 시험 치는 기계가 되지 않겠다는 결의였다. 고학이란 옛 학예를 연구하는 학문이니, 출세보다는 진정한 공부에 힘쓰겠다는 자신과의 약속인 셈이었다.

그러나, 대용은 과거 시험 자체를 거부하지는 않았다. 살아계신 부모님께 불효를 저지르고 싶지 않았기 때문이다. 합격을 위해 아등바등하지 않은 탓인지, 낙방해도 후회를 하지는 않았다.

"아무튼, 우리 대용이가 더 이상 깊은 실의에 빠지지 않고 일상생활을 영위할 수 있게 된 것은 실로 기적 같은 일이오."

대용의 아버지와 어머니는 아들이 우울감에서 벗어난 것만을 천만다행으로 여겼다. 아들을 신뢰했던 두 사람은 대용이 어떤 선택을 하든지 간섭하지 않고 꿋꿋하게 지지하고 응원해 주었다.

대용이 할아버지를 잃은 뒤, 한동안 먹는 것조차 거부하고 아무런 의욕을 보이지 않을 때가 있었다. 그때만 해도 옆에서 지켜보던 그의 부모는 한동안 냉가슴을 앓아야 했다. 대용이 석실서원에 들어간 뒤에도 마음을 놓을 수가 없었다.

“형님, 대용이가 석실서원에서 잘 적응하고 있습니다. 아니, 용맹정진하는 스님처럼 학문에 대한 열정을 불태우고 있습니다.”

동생 억으로부터 좋은 소식을 듣고서야 대용의 아버지는 비로소 안심이 되었다. 그러던 아들이 관례를 치른 뒤부터 거문고에 부쩍 빠져 지내는 것 같아 내심 걱정이 되기는 했다. 그렇지만, 늘 그래왔듯이 이번에도 아들을 믿어 보기로 했다.

한편, 대용은 요즘 들어 특히 성리학 공부보다 악기 연주에 깊이 심취하고 있는 자신을 돌아보면서, 과연 그것이 선비로서 올바른 자세인지 자문자답할 때가 많았다. 하지만, 지금은 그런 것을 두고 골치 아프게 생각하고 싶지 않았다. 몸과 마음이 가는 대로 따라야 한다고 믿었다. 때로는, 아무도 뭐라 하지 않았지만, 변명 비슷하게 혼잣말을 하기도 했다.

‘아니, 선비가 육예를 배우는 게 뭐가 나빠?’

육예(六藝)란 중국 주나라 시대에 행해지던 교육 과목으로서 예(禮), 악(樂), 사(射), 어(御), 서(書), 수(數) 등 6종류의 기술이다. 예는 예절 바른 차림새와 태도, 악은 음악, 사는 궁술(弓術)을 비롯한 무예, 어는 말 타고 부리는 재주, 서는 글씨 쓰는 방법, 수는 수학이다.

육예는 《시경》, 《서경》, 《예기》, 《악기》, 《역경》, 《춘추》 등 사대부의 기본적인 교양에 필수적인 육경과 떼려야 뗄 수 없는 관련을 맺고 있어서, 육경을 육예라고도 불렀다. 그래서, 그는 거문고를 배우고 익히면서 공부에 소홀해진다는 생각이 들 때마다 공자님까지 끌어들이면서 당당히 자신을 곧추세우고 있는 편이었다.

대용은 날마다 거문고를 들고 뒷산에 올라갔다. 그러고는 병을 핑계로 못 간다는 편지를 석실서원에 보내고는 거문고 연주에 더욱 더 빠져 들었다.

“원장님. 제가 요즘 고뿔이 심해져서 서원에는 당분간 못 가게 되었습니다. 너그러이 헤아려 주옵소서.”

산 중턱의 알맞은 바위 위에 앉은 다음, 아침볕이 펴지는 맞은편 산등성이를 바라보며 연주를 했다. 소나무에서 잣나무 가지 사이로 포르릉 날아다니는 참새들의 지저귐을 반주 삼아 술대를 치고 현을 뜯으면 밥 먹을 때를 거르기 일쑤였다. 노을이 지면 지는 대로, 별빛이 내리면 내리는 대로 마음속에서 우러나오는 곡조를 하냥 퉁겨내는 데 골몰했다. 거문고와 함께 있으면 모든 것이 그저 좋았다.

어느 날, 대용이 한적한 곳을 걷고 있을 때였다. 행길 맞은편에서 늙수그레한 선비들이 걸어오며 자기들끼리 나누는 이야기 소리가 들려왔다.

“자네, 금향관을 아는가?”

“천안 삼거리에 있는 기방 말인가? 그 근처를 지날 때 몇 번 본 기억이 나네.”

"거기 매월이라는 기생이 거문고 연주를 빼어나게 한다는구먼. 장악원 악공한테서 배운 솜씨라는데, 매월의 연주를 한 번 들으면 꿈에서도 그 황홀함을 잊을 수 없다는군."

우연히 들은 말이었지만 거문고라는 소리에 귀가 번쩍 뜨였다.

'금향관이라는 기방? 기생 매월이 거문고 연주를 잘 한다고?'

매월이라는 기생에 대해 궁금증이 일었다. 거문고 연주 솜씨가 얼마나 좋은지 직접 가서 듣고 싶었다.

다음날 오후, 대용은 천안삼거리를 향해 떠났다. 해거름이 될 무렵 천안에 도착했다. 천안삼거리는 삼남대로의 갈림길이었다. 북쪽은 서울로 올라가는 길, 서쪽은 전라도로 내려가는 길, 남동쪽은 경상도로 넘어가는 길답게 전국에서 모여드는 나그네들로 북적였다.

역참과 주막을 지나자 샛길이 나왔다. 그 길을 따라 쭉 들어가니, 적송 휘늘어진 곳에 기와집이 덩실 서 있었다. 대용은 금향관 현판이 달린 대문 앞에서 갓끈을 고쳐 쓰고는 크게 외쳤다.

"이리 오너라! 이리 오너라."

심부름하는 여자아이가 문을 열고 나왔다.

"선비님, 무슨 일이시옵니까?"

"매월이란 기생을 만나러 왔다."

"우리 매월 아씨를요? 잠시만요."

여자아이는 막 몸을 돌리려다가 멈춰 섰다.

"끝단아, 누가 오셨느냐?"

그때, 옥구슬이 흘러가는 낭랑한 소리가 대문 저편에서 들렸다.

"예, 어떤 손님께서 아씨를 찾아오셨사옵니다."

"들어오시라 해라."

끝단이가 대문을 열어 주자, 대용은 대문 안으로 들어갔다. 순간, 가체머리 아래로 드러난 알밤 같은 이마 아래 서늘하게 빛나는 눈동자가 대용을 쳐다보았다. 앳된 여인의 검고 큰 눈망울이었다. 동시에 그린 듯 고운 눈썹, 도톰하면서도 부드러운 턱선, 앵두 같은 입술, 오뚝한 콧날이 한눈에 들어왔다. 대용은 왠지 강렬한 햇볕이라도 쏘인 듯 눈이 부셨다. 남빛을 띤 자주색 삼회장저고리 아래 쪽물 들인 회청색 치마가 눈길을 끌었다. 치마 위로 살짝 드리워진 자줏빛 고름은 날아갈 듯했다.

"으흠."

"선비님, 제가 매월이옵니다. 저를 찾으셨다구요? 이쪽으로 오셔요."

매월은 대용을 향해 서글서글한 눈매로 가볍게 목례하고는 안채가 있는 쪽으로 손을 뻗어 안내했다.

"그러지."

"끝단아, 너는 대추차를 준비해 오렴."

대용은 매월을 따라 마당을 가로질러 갔다. 뜰 한가운데에 커다란 기와집이 있었다. 기방 금향관의 본채였다. 그곳을 지나 뒤로 돌아가자 우묵한 마당 안쪽에 아담한 건물 하나가 서 있었다. 매월의 거처인 별당이었다.

“안으로 드시지요.”

대용은 매월이 안내하는 대로 별당의 안방으로 들어갔다. 아담한 문갑과 다탁을 갖춘 방이었다. 서안 위에는 수묵화가 그려진 화첩이 펼쳐져 있었다. 다탁을 사이에 두고 대용이 보료 위에 앉았다. 난생처음 기생과 마주 앉은 까닭에 조금은 상기된 표정이었다.

“저를 찾으신 까닭이 무엇이온지요?”

“실은, 나는 요즘 거문고에 푹 빠져 지내고 있다네. 선비들이 육예를 공부하는 것은 공자님 때부터 내려온 가르침이기에 배우는 데 스스럼이 없었지. 그러던 차에 매월이 자네가 거문고 연주를 아주 잘한다는 소문을 듣고, 연주 솜씨를 볼까 해서 온 것이네.”

“아, 그러시군요. 그렇다면, 보잘것없는 솜씨이지만 술대를 한 번 잡아야겠군요.”

“그렇게 말해 주니 고맙군.”

두 사람이 몇 마디 주고받는 사이에 끝단이가 대추차를 가지고 왔다. 소반에는 찻주전자와 찻잔 두 개, 꽃 모양의 다식을 담은 접시가 놓여 있었다. 대용이 차 한 잔을 막 음미할 때 매월의 거문고 연주가 시작되었다.

둥기둥, 두두둥 따아앙.

그윽한 대추차의 향기가 코끝에 스며들 때, 술대로 치고 뜯는 장중한 가락이 창호지를 통해 어른거리는 석양녘의 빛 위를 넘나들며 다탁과 도포 자락에 휘감겨왔다. 마치 몽유도원을 걷고 있는 듯했다.

괘를 짚어 나가는 왼손의 움직임에 따라 매월의 양쪽 어깨가 살포시 움직였다. 손가락이 춤을 추는 듯 바삐 움직일 때마다 장중하면서도 은은한 음률이 연달아 울려 퍼졌다. 한 마리의 나비가 우아하게 날갯짓을 하는 듯한 여운이 남았다.

"귀한 연주를 들려주어서 고맙네."

"별말씀을요."

"이것은 아름다운 음악을 들려준 값이네. 작은 정성이니 사양하지 말고 받아 주면 고맙겠네."

대용이 품속에서 은자 한 토막을 내놓았다.

"오늘은 선비님의 성의로 받겠습니다. 하오나, 혹 다음에 오셔서 소녀의 거문고 연주를 듣게 되신다 해도 그냥 마음으로만 받아 주셔요."

매월은 은자 따위에는 관심도 없다는 듯이 말했다. 그녀의 푸른빛 도는 눈동자를 보자, 숨이 막히는 듯했다.

"다음에 또 와도 되겠는가?"

"물론입니다. 다음에는 선비님의 거문고 연주를 듣고 싶습니다."

대용은 큰 선물이라도 받은 것마냥 흡족한 마음으로 금향관을 나왔다. 천안삼거리를 떠난 지 한참 되었을 때, 휘영청 밝은 달이 둥실 떠오르고 있었다. 달빛을 받으며 걷고 있는 자신의 발걸음 소리가 마치 장단을 맞추는 것처럼 들렸다. 수풀 속에서 소쩍새 울음

소리가 들렸다. 아오내 근처에 이르자 그 소리는 강물 위로 찰랑찰랑 섞이며 흘렀다.

금향관에서 돌아온 뒤, 대용은 며칠 동안 문밖출입을 하지 않았다. 멍하니 앉아 방구석을 쳐다보거나 공연히 서책을 펼쳤다 접었다 했다. 그럴 때면 불현듯 어디선가 술대 치는 소리가 들려오는 듯했다. 괘를 짚는 미세한 소리, 현을 눌러 농현의 떨림음을 내는 소리도 들렸다. 그 소리의 끝에는 언제나 매월이 있었다. 맑고 투명한 매월의 눈동자가 있었다. 그 청아한 거문고 소리, 빨려 들어갈 듯한 매월의 눈동자를 생각하면서 대용은 온 밤을 뜬눈으로 지새웠다.

이튿날이 되어도, 또 그 이튿날이 되어도 거문고 소리는 여전히 끊이지 않고 들려왔다. 그 소리 사이사이로 분꽃 같은 매월의 얼굴이 서책 위에 떠올랐다. 눈을 감아도 마찬가지였다. 대용은 거문고를 무릎 위에 올려놓고 괘를 짚었다. 마음속에 울려 퍼지는 음계를 따라 술대를 치며 곡조를 연주해 보았다. 두 개의 가락이 하나로 이어질 듯하다가 이내 흩어졌다. 기억을 더듬어 매월이 타던 곡조를 연주해 보려 했으나, 중중머리에서 엇박자를 내다가 가락이 흩어지고 말았다. 매월의 거문고 소리를 다시금 듣고 싶은 마음이 굴뚝같았다. 그럴 때마다 김원행 원장의 노한 얼굴이 떠올랐다.

"덕보! 유생의 신분으로 기방 출입이 웬 말이냐? 선비란 입신양명을 탐하지 않아야 하며, 쾌락에 몸을 허락하지 말아야 한다. 그런데 뭐? 거문고 연주를 듣기 위해 기방을 들락거려? 그러고도 네가 선비라 할 수 있느냐?"

스승이 이 사실을 모를 뿐더러, 안다고 한들 석실서원에서 수촌 마을까지 득달같이 달려올 리는 없었음에도, 대용은 괜스레 스승에게서 꾸지람을 들은 것마냥 귓불이 달아올랐다.

"스승님! 그렇지만, 육예를 배우라는 것은 공자님의 가르침 아니었습니까? 저는 옛 성현의 가르침을 충실히 따랐을 뿐이옵니다."

스승의 질책을 받는다면 쥐구멍에라도 들어가고 싶을 만큼 부끄러웠을 것이다. 비록 상상일망정 대용의 또 다른 마음 한 구석에서는 음악을 사랑하는 남다른 특성을 내세우며 항변하기도 했다. 두 개의 마음이 서로 부딪힐 때마다 찬물을 벌컥벌컥 들이켠 뒤 뒷산을 무작정 쏘다녔다. 바짓가랑이에 이슬을 잔뜩 묻힌 채 돌아온 다음에야 겨우 진정이 되곤 했다.

하지만, 겨우 다스려놓았다고 믿는 것도 한 순간이었다. 서책을 펼칠 때마다 어김없이 거문고 줄 고르는 소리가 들려오는 것이었다. 대추차 향과 더불어 몽유도원을 거닐던 그날로 되돌아가 있었다. 그대로 앉아 있다가는 영영 석상처럼 굳어질 것만 같아 미칠 지경이었다.

'안 되겠다. 금향관엘 다시 가야겠어.'

이튿날, 대용은 거문고를 옆에 끼고 집을 나섰다. 말을 타고 천안 삼거리를 향해 나는 듯이 달려갔다. 대문 앞에서 외치자, 지난번처럼 끝단이가 금향관 문을 열어주고는 별당에 있는 매월의 방으로 안내해 주었다.

"선비님, 기다렸습니다."

매월이 환한 얼굴로 맞아 주었다. 기다렸다는 말에 그동안의 번민이 눈 녹듯 사라지는 듯했다. 그동안 왜 오지 않았느냐는 원망처럼 들렸다. 자리에 앉은 대용은 깜빡 잊었다는 듯 질문을 했다.

"궁금한 게 있는데, 장악원에서 거문고를 배웠다는데 사실인가?"

"그렇습니다."

"그런데 어찌하여 한양에 있지 않고 이곳 천안까지 온 것인가?"

"갑자기 한양 이야기를 하려니……. 얘, 끝단아! 주안상 좀 차려오렴."

잠시 뒤, 끝단이가 주안상을 가져왔다. 작은 소반에 술병과 술잔, 소찬이 갖추어져 있었다. 매월은 작은 잔에 술을 따라주었다. 주안상에는 두릅과 죽순으로 만든 냉채가 접시에 담겨 있었다.

"맑은 술이로군. 술 이름도 있겠지?"

대용은 잔을 들이킨 뒤 냉채를 먹었다. 두릅과 죽순의 향긋하고 쌉싸름한 맛이 느껴졌다.

"두견주라 합니다."

"청주인가? 술맛도 좋고 냉채도 맛있군. 자, 내 잔도 받게."

주거니 받거니 하며 몇 순배의 술을 마신 뒤, 이윽고 매월이 입을 열었다.

"저는 장악원 소속 여악으로서 악공과 악생에게서 거문고와 아악을 배우고 있었지요. 그런데, 악공과 악생이 저를 서로 차지하려고 싸우는 일이 벌어졌습니다. 결국 이 소동을 알게 된 전악 나리가 크게 화를 내셨지요. 악생과 악공은 곤장을 맞은 뒤 쫓겨났고, 저 또한 그 소동 끝에 장악원을 나오게 되었답니다."

"그래서, 억울하게 천안까지 오게 된 것이었군."

"다 지난 일이지요."

"아픈 속 이야기를 들었으니, 오늘은 내가 거문고를 연주하겠네."

대용은 준비해온 봉래금을 무릎에 올렸다. 왼손으로 괘를 짚고 오른손으로 술대를 치자, 명징하고 장중한 소리가 흘러나왔다.

두당, 땅, 덩기덩, 따앙.

진양조장단에서 시작한 가락은 서서히 중모리장단으로 넘어갔다. 한산 모시 같은 부드러움이 휘감는가 싶더니 강물과도 같은 유장함이 공간을 가득 채워 나갔다. 대용은 거문고를 타면서 〈우연히 짓다〉라는 제목의 서경덕의 시조 한 수를 읊었다.

새벽달이 서쪽으로 진 뒤에야
거문고 타기를 비로소 그치네
밝고 수선스러움 어두움과 고요함 섞이니
그 속의 묘한 이치가 어떠한가?

시조를 다 읊은 뒤 거문고의 장단이 중중모리장단에서 자진몰이 장단으로 넘어갔다. 장단이 바뀌는 동안 술대는 힘차게 현을 때리고 왼손은 바쁘게 괘의 위아래를 넘나들었다. 대용의 거문고 가락이 방안을 가득 채울 때, 매월의 눈에서 눈물이 떨어졌다. 손수건으로 눈가를 찍어 누르면서도 잔잔히 미소를 지었다. 가락 하나가 마무리될 즈음, 매월은 자신의 거문고를 가져와 골무를 끼고 술대를 잡았다.

"화담 선생의 시조를 들려주시고, 또 멋진 곡까지 연주해 주셨으니 저 또한 화답하지 않을 도리가 없군요."

"좋네. 함께 연주해 보세."

매월이 첫 음을 퉁기자, 대용도 뒤이어 가락을 타기 시작했다. 두 대의 거문고에서 쏟아내는 음률은 비 온 뒤 불어난 물줄기가 계곡으로 쏟아지는 것처럼 풍성해졌다. 음의 빠르기는 휘몰이장단에서 정점을 이루면서 실타래처럼 서로 얽혀 들었다. 대용은 술대로 힘차게 현을 내리쳤다. 중후한 음들이 낮은 곳으로 내려가며 넘실거렸다. 매월이 손가락으로 현을 퉁겨냈다. 섬세하고 여린 가락들이 높은 곳을 향해 솟구쳐 올라갔다. 두 개의 음들이 켜켜이 쌓이다가 멀어지기를 되풀이했다. 이윽고, 농현의 떨림음을 거느린 중모리장단 속에 모든 높고 낮은 음들이 차분해지는 가운데 합주가 끝났다.

"선비님의 연주를 듣고 그동안 응어리졌던 상처들이 모두 풀어져 나가는 듯하였습니다."

매월의 두 눈에는 눈물방울이 그렁그렁 맺혀 있었다.

"다행이네. 나도 자네의 거문고 연주를 들어서 좋았네."

대용은 매월을 물끄러미 바라보았다. 그동안 얼마나 상처가 깊었을까, 하는 생각이 들어 안쓰러웠다. 매월은 명주 손수건으로 눈가를 꾹꾹 누른 뒤 호흡을 가다듬었다.

"다시 거문고를 타 볼까?"

대용의 말에 매월이 수줍게 웃더니 거문고를 무릎에 올려놓았다.

두 사람은 몇 곡을 더 연주했다. 술대를 치고 손가락으로 현을 뜯거나 퉁기면서 가락을 타는 동안 모든 시름을 잊을 수 있었다.

"함께 거문고를 연주하니 참 좋군."

"장악원에서는 독주뿐만 아니라 수십 명이 한 호흡으로 하는 합주도 많이 했답니다."

"여럿이 합주를 했다면 그 소리는 전율할 만했겠지. 그렇지만, 우리 두 사람이 연주하는 것도 참 좋았네. 막상 둘이 연주해 보니 가락 속에 더 깊은 의미가 스며드는 듯했고 은밀함도 크더군. 그래서 더 즐겁기 짝이 없었네."

"마음 맞는 사람과 더불어 높은 음과 낮은 음, 빠르고 느린 곡조로 얽히고설키며 음의 진동을 온 몸으로 느끼는 것은 행복한 일이지요."

대용과 매월의 대화는 방금 전에 거문고를 연주했을 때와 같이 부드럽고 자연스러웠다. 마치 서로의 생각을 미리 알고 있다가 말하고 대답하는 것처럼, 맞물리지 않는 게 하나도 없었다.

그날 오후, 수촌마을로 돌아온 대용의 가슴은 무어라 표현할 수 없는 기쁨으로 꽉 찬 느낌이었다. 부모님께 인사를 올린 뒤, 방안에 들어앉아 습관처럼 서책을 펼쳤다. 몇 줄을 읽었으나 글의 구절이 쉽사리 눈에 들어오지 않았다.

'내 속을 다스린다는 것은 힘든 일이군.'

대용은 벌렁 뒤로 누워 팔베개를 했다.

한편, 안방에서는 그의 부모님이 낮은 목소리로 대화를 주고받고 있었다.

"덕보가 요즘 뭔가 이상해. 정신을 딴 데 팔고 있는 것 같아."

"맞아요. 요즘 저 애가 마음을 못 잡고 있는 것 같아요."

"거문고 벗을 찾아서 천안까지 다녀오고 있다는 걸 당신도 알고 있소?"

"기생 만나러 다니는 것 말이에요?"

"아우가 당신에게 말했는가 보구먼."

"서방님은 저더러 너무 염려하지 말라더군요. '형수님. 우리 조카는 다른 난봉꾼이나 한량들과는 달리 그저 거문고가 좋아서 기방에 드나드는 것이니, 마음 푹 놓고 계시면 곧 제자리로 돌아올 것입니다.' 하고 말이에요."

"헛헛헛. 미리부터 걱정할 필요는 없지 않겠소? 그러나저러나 우리 덕보, 관례 치르고 나서 조금 수척해진 것 같구려."

"제가 봉래금을 너무 빨리 준 까닭일까요?"

"아니오. 그것은 참으로 적절했소."

"석실서원에도 가지 않고 거문고만 퉁겨 대니 좀 걱정이 들어요."

"다 괜찮을 거요. 덕보가 당신이나 나에게 언제 큰 문젯거리를 안겨 준 적은 없잖소?"

"그렇기는 하지만."

"여보. 청년 시절에는 다 천둥번개가 치는 법이라오. 그러니 너무 걱정 마시오."

"알겠어요."

안방에서 이처럼 두 사람이 얘기하는 동안, 대용은 장맛비에 불어난 계곡물이 우당탕 휩쓸고 내려오는 골짜기인 양 마음속 들끓는 번민으로 뒤척였다.

며칠을 꼼짝 않고 책만 읽던 대용은 다시 거문고를 들쳐 메고 금향관을 찾아갔다. 책장을 넘기면서도 매월이 떠올라 견딜 수 없었기 때문이었다.

"어서 오셔요."

다시 만난 매월은 활짝 웃는 얼굴로 대용을 반겨주었다. 거문고 연주를 함께 할 수 있는 사람과 만나는 일은 마냥 행복했다.

'매월이야말로 나의 지음(知音)인 듯하다.'

별당에 앉아 매월을 쳐다보고 있다는 게 꿈만 같았다. 서로의 거문고 연주 기법을 하나씩 가르쳐주거나 배우는 일 또한 늘 새로웠다. 술대로 치거나 손가락으로 뜯으며 몰랐던 가락을 익히는 것은 비할 바 없이 기쁜 일 가운데 하나였다. 매월도 그와 이야기를 나누며 함께 연주하는 게 흔연스러운 기색이었다.

"오늘은 나랑 밖으로 나가면 안 되겠는가?"

대용이 마루에 걸터앉으며 물었다.

"네?"

"답답한 방에만 있지 말고, 어디 바람 좀 쏘이면서 거문고를 타면 어떨까 해서. 혹시, 내키지 않는가?"

"아닙니다. 갑작스러운 제안이라서요."

"우린 이미 거문고로 서로 인사를 튼 사이가 아닌가?"

매월은 조금 생각하는 듯하더니, 고개를 끄덕였다.

"거문고로 인사를 텄다니, 그 말씀이 아름답군요. 오늘은 마침 아무 약속도 없는 날이니 밖으로 나들이를 갈 만하군요."

그 소리에 대용의 얼굴이 환해졌다.

"어디로 갈까?"

"무심천 쪽으로 가요."

"그렇게 하지."

매월은 금향관 행수에게 외출 허락을 받고 나들이 준비를 했다. 끝단이를 시켜 가래떡 너덧 개와 물통 두 개, 전병, 약과 따위 주전부리할 것들도 챙겼다. 금향관 대문을 나선 두 사람은 말 위에 나란히 올라 길을 나섰다. 말 옆구리에는 두 대의 거문고가 매어져 있었다. 뒤에 탄 매월은 대용의 두루마기 자락을 잡았다. 처음에는 천천히 말을 몰았다. 말과 어느 정도 호흡을 맞추게 되었을 때에는 조금씩 속도가 올라갔다.

"에그머니! 무서워요."

어느 순간, 매월이 두 팔로 대용의 가슴팍을 꽉 끌어안았다. 말발굽에 자갈이 튕겨져 나가고 몸이 기우뚱해지자, 엉겁결에 취한 행동이었다. 산굽이를 휘돌아 가르마 같은 길을 따라 달려 나가는 동안 대용의 가슴은 속절없이 두근거렸다.

금향관을 떠난 지 한참 되었을 즈음, 저 멀리 무심천이 보였다. 천변을 따라 휘늘어진 버드나무들이 주렴처럼 보였다. 말에서 내린 두 사람은 천천히 천변을 거닐다가 맞춤한 바위 위에 나란히 걸터앉았다.

"가끔 마음이 심란할 적에 오는 곳이에요."

매월이 버드나무를 올려다보며 말했다. 발그레한 얼굴에 햇볕이 쏟아져 내렸다.

"나는 오늘 처음 와 봤는데, 자주 오고 싶은 곳이로군."

대용도 무심천의 맑은 물결을 바라보며 대꾸했다. 매월이 보따리를 끌러 떡과 전병을 내놓았다.

"드시어요."

"그럴까."

매월이 뚝 떼어준 가래떡을 먹으며, 대용은 행복하다는 생각을 했다. 떡을 먹다가 서로를 바라보던 두 사람은 누가 먼저랄 것도 없이 눈으로 웃었다. 요기를 때운 두 사람은 무심천을 따라 천천히 걸었다. 걷다가 지치면 돗자리를 깔고 앉아 거문고를 켰다. 두 대의 거문고가 연주될 때, 무심천의 잔물결은 늦은 오후의 햇살을 받아 은빛으로 반짝였다. 거문고 소리가 잦아들었다. 긴 여운이 흘렀다.

"매월."

대용이 매월의 어깨를 살며시 잡았다.

"아."

매월이 올려다보는 순간, 대용의 입술이 포개어졌다. 따뜻하고 달콤한 입맞춤이었다. 불그레한 노을이 무심천을 온통 진홍빛으로 물들이고 있었다. 황홀한 시간이 영원처럼 이어졌다. 모든 것이 멈춰진 듯했다.

"선비님. 내일부터는 저에게 오지 마셔요."

입맞춤이 끝난 뒤, 매월의 입에서 갑작스런 말이 튀어나왔다. 표정은 침착했다. 대용은 깜짝 놀라 물었다.

"그게 무슨 말인가? 이제 나는 자네도, 자네의 거문고 소리도 내 삶에서 떼어낼 수가 없는데……."

"선비님! 선비님께서는 이제부터 더욱 공부에 전념하셔야 해요. 선비님의 거문고 연주는 아주 훌륭하십니다. 다시는……여기 오지 마셔요."

금향관으로 되돌아오는 내내 매월은 한 마디 말도 하지 않았다. 대용은 그녀에게 더 이상 말을 걸기가 힘들었다. 매월이 속으로 울음을 삼키고 있는 것처럼 여겨졌기 때문이다. 말을 타고 금향관으로 가는 동안, 대용은 매월이 했던 말을 곰곰 곱씹어 보았다.

'매월이는 내가 싫어서 그런 말을 한 것이 아닐 게다. 나를 생각해서 한 말일 게다. 그래. 석실서원에 들어갈 적에, 열두 살의 어린 내가 공부에 전념해야겠다고 독하게 마음먹은 것은, 내 마음을 집어삼킨 슬픔을 털어내기 위해서가 아니었던가? 그런데 지금은, 장구와 우유의 학문 말고 고학을 하겠다고 다짐했던 나를, 매월이가 다시금 일으켜 세워주려는 것이다. 하지만…….'

매월이 진정으로 자신을 아끼고 위해 주는 사람이라고 믿었기에 이별은 더욱 싫었다. 그렇지만, 그녀의 말을 들어야만 했다.

'다 맞는 말이야. 나는 아직 미완성인 그릇에 지나지 않아. 지금부터 다시 마음을 모질게 먹고, 못다 한 공부를 마저 마쳐야 해. 매월이 진심을 담아 들려준 말을 뿌리치는 것은 옳지 않아.'

생각은 조리 있게 돌아갔지만, 이제 더 이상 그녀를 찾지 말아야 한다는 사실을 확인해야 하는 것은 고통스러웠다.

금향관 앞에서 대용은 매월을 끌어안았다.

"선비님, 이제 앞만 보고 가셔요."

매월의 음성은 젖어 있었다. 대용은 고개를 끄덕이며, 끌어안았

던 손끝에 지그시 힘을 실었다가 서서히 풀어주었다. 대용은 고작 이런 몸짓밖에 하지 못하는 자신이 원망스러웠다. 새봄에 피는 꽃이 가지를 찢고 나오듯, 봄에 싹을 틔워야 하는 것들이 땅거죽을 뚫고 나오듯, 이별을 견뎌야 하는 쓰라림이 대용의 열여섯 봄을 온통 후벼 파고 있었다.

가려진 진실들

한 해가 흘렀다. 석실서원을 떠나 모처럼 수촌마을을 찾은 홍대용에게 아버지가 말했다.

"네 나이 이제 열일곱이다. 저 아랫동네에 이홍중 진사의 딸을 네 혼처로 봐두었다. 이 진사의 여식은 참한 규수이니, 네 신붓감으로 손색이 없을 게다."

집안 어른들이 미리 정해 둔 혼처였으니 따라야만 했다. 얼마 후, 홍대용은 한산 이씨와 혼례를 치렀다. 열일곱 살 새신랑은 꿈처럼 보내야 할 신혼의 나날도 없이 석실서원으로 돌아갈 채비를 했다. 떠나는 날, 홍대용은 아내 이씨의 눈을 보며 말했다.

"부인, 서둘러 떠나게 되어 미안하오."

"저는 괜찮습니다. 선비가 공부에 전념하는 것을 어찌 말릴 수 있겠습니까?"

이씨는 수줍게 웃으며 고개를 숙였다. 쓸쓸한 빛이 살짝 비쳤다. 위로할 엄두가 나지 않았다. 홍대용은 두루마기 자락을 펄럭이며 양주로 떠났다. 남편보다 한 살 위인 이씨는 어질고 무던한 성품이었다. 조용히 수를 놓거나 시어머니와 이야기를 나누며 시댁 살림에 적응해 나갔다.

"이보게, 홍지! 신혼 재미는 좀 어땠는가?"

서실서원에 돌아오니 여섯 살 위인 심징진을 비롯해 서영수, 홍낙순 등 선배들이 홍대용에게 짓궂은 질문을 던졌다.

"부인은 어디 두고 글공부에만 매여 지내나? 하하하."

어찌 답해야 할지 몰라 쩔쩔매는 새신랑 놀려먹기가 재미있다는 표정들이었다. 친한 선배들이라서 악의는 없었다. 홍대용은 머리를 긁적이며 싱긋 웃을 뿐이었다.

서원에서 자주 어울리는 동문은 더 있었다. 홍대용보다 세 살 아래인 박윤원, 그리고 홍낙순의 동생 홍낙현이었다. 그들은 홍대용의 공부방에 자주 찾아오는 단골이었다.

"홍지 형님의 글 읽는 소리는 언제 들어도 좋습니다."

둘은 글 읽는 홍대용의 모습을 물끄러미 쳐다보며 미소 짓곤 했다. 홍대용은 스스럼없이 다가와 이것저것 묻고 살갑게 구는 그들이 마냥 좋았다. 홍대용은 여름이면 툇마루에서, 겨울이면 방안에서 화로를 끼고 앉아 학문과 세상 돌아가는 일에 대해그들과 많은 이야기를 나누었다.

두루룽, 따앙, 두룽 땅.

살갑게 구는 석실서원의 동문들을 위한 거문고 연주는 덤이었다. 경쾌한 가락에서는 다들 어깨춤을 추었고, 슬픈 가락에서는 눈을 지그시 감았다. 선배와 후배를 떠나 벗이 되는 순간이었다.

시와 그림, 옛 성현들의 가르침에 대해 토론을 벌이다가도 홍대용이 천문과 역학의 세계에 대해 들려주면 모두들 신기한 표정이 되었다. 얘기를 나누다 보면 어느새 밤이 이슥해지기 일쑤였다. 가슴속에 말할 수 없는 뿌듯함이 차오르는 순간이었다.

어느 날, 홍대용의 방에 들른 김원행 원장이 말했다.

"《산경십서》라는 책에 대해 들어 보았느냐?"

"무슨 책입니까?"

"중국 한나라 때부터 당나라 초까지 전해진 고전 수학책이지. 《산경십서》는 《주비산경》, 《구장산술》, 《해도산경》, 《손자산경》, 《오조산경》, 《장구건산경》, 《하후양산경》, 《오경산술》, 《수술기유》, 《집고산경》의 10산경으로 이루어져 있지. 당나라 때에는 관리를 뽑는 시험문제를 낼 때 이 책들을 바탕으로 출제하곤 했다는구나."

"어려운 책 같습니다."

"쉬운 책은 아니지. 본디 천문과 역법은 수학과 떼려야 뗄 수 없는 분야이다. 관심이 있다면, 중국에 가는 사신에게 서책을 구해 달라고 부탁하는 게 좋겠구나."

"그렇게 해도 될는지요?"

"밑져야 본전 아니겠느냐?"

그 말에 용기를 얻은 홍대용은 스승의 말대로 해 보았다.

"이번에는 누가 사신으로 가게 되나요? 그분을 저에게 소개 좀 해주십시오."

홍대용은 선배와 동료들에게 묻고 또 물어서, 중국에 가는 벼슬아치와 만날 수 있었다. 그와 만나게 되었을 때 서책의 목록을 보여 주며 정중히 부탁했다.

"나리, 연경 다녀오실 때 여기 적힌 책들을 좀 구해 주지 않으시겠습니까?"

"《산경십서》라……이게 어떤 책인가?"

"중국에서 가장 오래된 수학 서적으로 알고 있습니다."

"알겠네. 내 한번 구해 봄세."

사신이 고개를 끄덕이자, 홍대용은 아버지에게서 받은 은을 내놓았다. 비싼 서책을 사오려면 은이 꼭 필요했던 것이다. 그로부터 반 년이 지난 뒤, 중국에 갔던 사신이 돌아왔다.

"홍 선비! 자네가 구해 달라던 책을 어렵사리 가져왔네. 그런데, 서점을 샅샅이 뒤졌지만 그중에서 《구장산술》과 《주비산경》 두 종류밖에 못 구했네."

"두 종류라도 구해 주시니, 뭐라고 감사의 말씀을 올려야 좋을지 모르겠습니다."

원하는 책을 손에 넣게 된 감격은 표현할 길 없었다. 사신과 헤어진 뒤, 홍대용은 공부방에 앉아 서책을 펼쳤다. 《주비산경》은 천문학에 관해 써놓은 수학책이었다. 《구장산술》은 《산경십서》 가운데 가장 규모가 크고 두 번째로 오래된 책이었다. 특히 이 책 제9장에는 피타고라스의 응용문제인 직삼각형에 관한 문제가 적혀 있었다. 수학의 2차 방정식에 관한 책인 것이다.

하루는 홍대용의 방에 홍낙현과 박윤원이 찾아왔다. 그들은 서안 위에 펼쳐져 있는 《구장산술》을 구경하고는 이내 혀를 내둘렀다.

"어휴! 형님, 이렇게 어려운 책을 어떻게 보고 계십니까?"

"찬찬히 들여다보면 재미있다네. 같이 한번 볼 텐가?"

홍대용이 슬며시 책을 들이밀었다.

"아, 아닙니다."

그들은 약속이나 한 듯이 손사래를 쳤다.

"어렵지 않다니까 그러네."

홍대용은 후배들을 바라보며 미소를 지었다. 하지만, 이 책들을 놓고 김이안과 이야기를 나눌 때면 큰 위안이 되었다. 천문이며 역법이며, 수학 책들에 대해 서로 통하는 바가 많은 까닭이었다.

책을 읽다가 잔뜩 의문이 쌓이면 홍대용은 김원행 원장에게 찾아가곤 했다.

"너무 어렵지는 않더냐?"

“《구장산술》이 특히 어려웠지만, 다른 책들에서는 볼 수 없는 문제를 풀다 보면 때때로 밤을 새울 때가 많았습니다. 하지만, 궁리를 거듭하다가 문제의 답을 발견했을 때는 세상을 얻은 듯한 기쁨을 주는 학문임을 깨달았습니다.”

“옳거니! 학문이 주는 기쁨은 크지. 그래서 공자님께서도 ‘배우고 때때로 익히면 즐겁지 아니한가’라고 말씀하지 않으셨겠느냐?”

곧이어 김 원장은 토정과 우암의 일화를 들려주었다.

“토정 이지함은 목은 이색의 후손으로, 이치의 아들이다. 어릴 적에 아버지가 돌아가신 뒤 맏형인 이지번에게서 글을 배우다가 서경덕의 제자가 되었지. 그는 스승의 가르침을 미련할 정도로 따랐다. 게으름 부리는 법 없이 억척스레 공부한 결과, 그는 역학뿐만 아니라 의학과 수학, 천문, 지리에 매우 뛰어난 지식을 쌓게 되었느니라.”

“학문에 능하신 분이셨군요.”

“그는 평생 동안 마포 강변의 흙담 움막집에서 가난하게 살았지. 그래서 토정이라는 호가 붙은 거란다. 뒷날 아산 현감이 된 그는 걸인청을 만들었다. 걸인청이란 오갈 데 없는 거지들을 불러 모아 밥을 먹이고 잠 잘 곳을 마련해 주는 곳이었어. 늙은이와 과부들, 고아와 거지들을 돌본 그는 정말 특별한 선비였지. 모름지기, 공부를 하려면 토정처럼 해야 할 것이야.”

“감히 그 경지까지는 이를 수 없겠지만, 노력하겠습니다.”

“우암 송시열 선생 역시 학문에 관한 열성 면에서 뛰어난 분이셨다. 우암은 젊은 시절 사계 김장생 선생께 배웠다. 우암이 살고 있는 회덕에서 사계가 살고 있던 연산까지는 오십 리 길이었지. 우암은 나막신을 신고 걸어서 그 먼 곳까지 날마다 배우러 다니셨다. 가지고 간 주먹밥은 십 리를 걷고 나서 절반만 드신 뒤 나뭇가지에 걸어두셨지. 돌아올 때는 그 나머지를 드셨다는구나. 그러니, 우암의 공부는 걷는 데서 나왔다고 해도 틀린 말은 아닐 게다. 비가 오나 눈이 오나 하루도 빠짐없이 걷는 동안 그 도저한 학문의 깊이가 뿌리를 내리고, 줄기가 뻗어 나와 마침내 울창한 수풀을 형성한 것이라고 할 수 있지. 어떠냐? 너도 이와 같은 마음가짐으로 공부에 전념할 수 있겠느냐?"

"숲을 이루기는 어려울지라도 한 그루의 나무가 되어 보겠습니다."

대답을 하면서도 마음이 찔렸다.

'정말 나도 토정 선생이나 우암 선생처럼 처음이나 나중이나 부끄럽지 않게 공부할 수 있을까? 쉽지는 않겠지만, 한번 해 보는 거다.'

스승이 들려준 이야기는 여러 모로 약이 되었다. 홍대용은 그 뒤로, 밥 먹는 시간까지 더욱 아껴 가며《구장산술》과《주비산경》을 읽었다. 날마다 읽으며 오래 궁리하다 보니, 수학이야말로 세상에서 가장 정직한 학문이라는 것을 알게 되었다.《구장산술》제1장〈방전〉편이 특히 흥미로웠다. 방전이란 네모난 모양의 논밭을 뜻한다. 여기서는 논밭의 넓이와 가로 세로의 길이를 구하는 서른여덟 개의 문제풀이가 나와 있었다. 홍대용은 이 문제를 풀면서 무릎을 쳤다.

'그래. 이런 공식을 선비들과 관리들이 배워서 알게 되면, 땅 넓이를 정확히 구할 수 있게 되어 조세 문제에서 발생하는 시시비비를 줄일 수 있을 거야.'

홍대용은 수학 문제를 풀어나갈수록, 이것이 백성들의 생활에 도움을 줄 수 있는 학문이라는 생각을 했다.

마지막 장인 9장 〈구고〉는 모두 스물네 문제로 이루어져 있었다. 9장은 피타고라스의 정리를 응용한 문제들이 나와 있었다. 제곱근을 구하는 방식으로 풀이해야 하며, 더 복잡한 문제는 2차 방정식을 사용해야 하는 구조였다. 9장에서는 이것을 이용하여 산까지의 거리를 재거나 나무의 높이가 얼마인지 알아내는 방법이 나와 있었다. 이들 문제들을 처음 접할 때는 어렵게 느껴졌었다. 하지만, 일정한 공식에 의해 하나하나 풀이해 나가다 보니 점차 수월하게 답을 낼 수 있었다. 하면 할수록 재미난 게 수학 공부였다.

'그래. 수학을 모르고서야 어찌 별들과 별들 사이의 거리를 재며, 별의 크기를 알 수 있겠는가? 하물며, 조선만의 정확한 달력을 만들 수 있겠는가?'

수학을 아는 것이야말로 천문과 역법을 이해하는 지름길이었다. 그것에 바탕을 두어야만 백성들의 삶에 유익을 주는 달력을 만들 수 있다는 것도 확실히 깨닫게 되었다. 그러한 이치를 깨닫게 된 홍대용은 날마다 새로운 문제에 도전했고, 어려운 공식을 응용하여 답을 이끌어내는 일에 온 정성을 쏟았다.

수학 공부가 의외로 쏠쏠한 재미를 준다는 것을 알게 될 즈음, 여느 때처럼 홍낙현과 박윤원이 홍대용을 찾아왔다.

"마침 잘 왔네. 내가 문제 하나를 내볼 테니, 맞춰 보게나."

"아니, 홍지 형님. 또 무슨 어려운 문제를 내시려구요?"

홍낙현이 미리 엄살부터 부렸다.

"아, 글쎄, 한 번 들어보고 나서 말해도 늦지 않네. 120두를 20호에 나누어 주려고 할 때, 한 집에 쌀을 얼마나 주게 되는가? 한번 맞혀 보게."

"여섯 두입니다."

"정답이네."

"의외로 쉽군요."

"좋아. 이번에는 다른 문제를 내지. 여기, 원형의 땅이 있네. 둘레의 길이는 30보, 지름이 10보라고 할 때 넓이는 얼마인가?"

홍대용이 문제를 내자 홍낙현은 큰 눈을 이리저리 굴리며 궁리를 했다.

"이번에는 잘 모르겠습니다."

"답은 75보일세. 반원주에 반지름을 곱하면 돼. 어른 걸음으로 75걸음을 걸으면 되는 넓이라네. 어떤가? 재미있지 않은가?"

"아이고, 설명을 들으니 슬슬 머리 골치가 아파지려 하네요."

"이번에는 자네가 한 번 맞춰 보게."

홍대용은 박윤원을 보며 말했다.

"문제를 말씀해 보십시오. 저는 낙현이보다는 나을 것입니다. 에헴!"

박윤원이 큰소리를 쳤다.

"과연 그럴까? 내가 보기엔 자네가 허풍을 치는 듯싶은데."

홍낙현이 박윤원을 향해 붕어눈을 크게 뜨며 놀려댔다.

"자, 이번 문제는 설명이 기니까 잘 들어보게. 여기, 한 변의 길이를 알 수 없는 정사각형의 마을이 있다네. 그 마을 네 개의 성벽 한가운데에는 문이 나 있어. 북문을 나와 20보가 되는 지점에 나무가 한 그루 서 있지. 남문을 나와 14보를 걸은 다음 방향을 바꿔 서쪽으로 1,775보를 갔더니 그 나무가 보였다네. 그렇다면 마을의 한 변의 길이는 얼마인가?"

홍대용이 낸 문제는 긴 설명이 붙어 있었다. 그 설명을 잘 듣고 깊이 생각한 다음에 맞춰야 하는 문제인 것이다. 박윤원은 방금 홍낙현에게 큰소리를 친 까닭에 꼭 답을 맞히고 싶었다. 그는 부리부리한 눈을 위아래로 굴리면서 골똘히 생각했다. 콧잔등에 땀방울이 맺힐 정도로 생각을 짜내고 또 짜내던 끝에, 그가 입을 열었다.

"에휴, 잘 모르겠습니다."

"우하하하하. 나보다 낫다고 큰소리치더니, 훙!"

홍낙현이 뒷머리를 긁적이는 박윤원을 보면서 코웃음을 쳤다.

"홍지 형님, 답을 말씀해 주십시오."

박윤원이 무안한지 얼굴을 붉히면서 홍대용을 향해 재촉했다.

"답은 250보라네. 직삼각형의 두 변을 알고 다른 한 변의 길이를 구해야만 답을 낼 수 있는 문제이지."

답을 내놓았지만, 두 사람은 여전히 고개를 갸우뚱했다.

"여전히 어렵군요. 형님. 다음부터는 좀 더 쉬운 문제를 내주시면 좋겠네요."

"알겠네. 오늘은 이만 문답을 끝내세."

"예. 편히 쉬세요, 형님."

박윤원과 홍낙현은 뒷머리를 긁적이며 방을 나섰다.

"그래."

홍대용은 요즘 자신의 방을 찾아오는 벗들에게 수학에 대한 이치를 가르쳐 주기 위해 애를 썼다. 석실서원의 동문들은 언젠가 관직에 오르게 될 사람들이었다. 그러니, 이들이 수학을 잘 알아야 백성들에게 도움을 줄 수 있다는 생각에서였다. 하지만, 기대와는 달리 수학은 선비들에게 인기가 없는 학문이었다.

'내가 좋다고 남들에게 강요해서는 안 되지.'

책을 읽다 눈이 뻑뻑해지면, 거문고를 무릎에 놓고 한 곡조를 탔다. 몇 해를 두고 만지는 동안 오동나무에도 손때가 묻어 반질반질해져 있었다. 그러고 보니, 괘 위에 얹힌 현을 바꿔 준 것도 여러 번이었다. 술대로 치고 뜯다 보면 현은 느슨해지고 보풀이 일게 마련이었다. 그럴 때면, 명주실을 바꾸고 조여 주었다. 현을 지그시 누르고, 술대를 치며 가락을 만들어 냈다. 맑은 음률을 골라내면서 생각해 보았다.

'북경은 어떤 곳일까?'

유리창 거리에서 서책들에 파묻혀 있는 자신의 모습을 상상하면 행복해졌다. 밤늦게까지 책을 읽다가도, 홍대용은 홀로 뜰을 거닐며 밤하늘의 별을 쳐다보곤 했다. 사람도 아닌 별에게 눈을 맞추기 위해 깨어 있는 시간이 많았다.

'남들 다 자는 시간에 별을 뚫어져라 바라보는 나의 마음을 누가 알기나 할꼬?'

그런 생각을 하면 슬그머니 웃음이 나왔고, 쓸쓸한 마음도 들었다. 마음에 맞는 벗이 있고, 말이 통하는 선후배는 분명 있었다. 하지만 별이 지나가는 길을 눈으로 좇으며, 별과 대화를 하는 것은 온전히 혼자만의 일이었다. 외로운 길이기도 했다.

문득 매월이 떠올랐다. 북두칠성 옆에서 뚜렷하게 반짝이는 별 하나가 보였다. 홍대용은 제멋대로 그 별을 매월의 별이라고 생각했다.

"매월!"

매월의 이름을 불러 보자, 멀리 있는 그 별이 자신에게 다가오며 속삭이는 듯했다.

"선비님, 이제 앞만 보고 가셔요."

상념에 젖어 있다 보면, 매월이 타던 거문고 음률이 귓가에 들려왔다. 가녀린 어깨, 따스하고 부드러운 숨결, 앵두 같은 입술의 감촉이 아련히 되살아났다. 홍대용은 고개를 저으며 마른세수 하듯이 두 손으로 자신의 볼을 비벼댔다.

'아니야, 앞만 보고 가야지.'

방안으로 돌아온 홍대용은 거문고를 잡았다. 괘를 짚은 왼손을 지그시 누르며, 오른손에 쥔 술대를 힘차게 내리쳤다. 거문고의 현을 떠난 가락이, 미닫이문의 창호지에 가 닿아 파르르 떨었다. 그 기분 좋은 떨림이 등잔불 위를 감돌아 다시 손끝에 전해졌다. 가슴 속에 담아온 별무리가 가락을 타고 둥둥 떠다니는 느낌이었다. 등불과 마주한 방안, 홀로 거문고를 타는 밤이 새벽녘까지 이어졌다.

홍대용이 열아홉 살 되던 해에는 온 나라가 뒤숭숭했다. 전염병이 온 나라를 휩쓸었고, 흉년까지 겹쳤다. 마을마다 시름시름 앓다가 거적에 싸여 실려 나가는 이들로 넘쳐났다. 밥 구경을 못해 굶어 죽는 사람들도 부지기수였다.

강학이 있던 날, 김원행 원장은 어두운 얼굴로 운을 떼었다.

"나라가 어지러우니 유민(流民)들이 많구나."

"집 없이 떠도는 사람들 말씀이로군요."

"거지들을 가리키신 게지."

맨 앞줄에 서 있던 홍낙현과 박윤원이 한 마디씩 했다. 김원행이 설명을 덧붙였다.

"그렇다. 저 사람들도 태어날 때부터 거지는 아니었을 게다. 어쩔 수 없는 일이 생겨서 거리를 떠도는 유민이 되었겠지."

"어쩔 수 없는 일이 무엇이옵니까?"

박윤원이 조심스레 묻자, 김원행 원장은 어두운 표정으로 답변했다.

"너희들도 알다시피, 요즘 돌림병이 돌아서 난리가 났지 않았느냐? 전염병만으로도 어려운데, 농작물 수확마저 어려워졌다. 온 나라에는 병에 걸려 죽는 사람들, 굶주려 죽는 사람들이 마을마다 넘쳐나는 세상이 되었다. 겨우 목숨을 건진 이들은 산속에 들어가 나무를 태워 밭을 일구는 화전민이 되더구나. 이도저도 못한 많은 사람들은 어쩔 수 없이 빌어먹는 거지가 되어 이 마을 저 마을로 정처 없이 흘러 다니게 된 것이지. 굶주림을 견디다 못해 도적떼가 되는 양민들도 부지기수다. 그런 일 말고도 백성들한테는 더 지독한 일들이 늘 생기지 않더냐?"

강의를 하는 김 원장의 눈에는 노여움과 슬픔이 가득 차 있었다.

"사회의 허술한 데를 비집고 욕심을 키우는 썩은 관리들이 항상 문제가 아닐는지요?"

한동안 듣고만 있던 김이안이 물었다.

"모든 관리들, 모든 양반들이 다 그런 것은 아니지 않은가?"

이때, 잠자코 있던 김 진사가 김이안에게 대들 듯이 말했다. 김원행 원장은 두 사람을 번갈아 쳐다보며 부드럽게 말했다.

"맞다. 그리 간단한 문제만은 아니다. 그렇지만, 문제는 썩은 관리들이 아주 많다는 것이다. 재물이 많은데다가 권력까지 틀어쥔 관리들은 많은 땅덩이를 가지고 있게 마련이야. 그런데도 그들은 가난한 농민들의 땅을 늘 넘겨다보곤 하지."

"그 땅까지 꿀꺽 삼키고 싶어서 그런가 보군요."

이번에는 홍대용이 말했다. 김 원장은 잠시 멈춰 서더니, 돌아서서 그의 눈을 바라보며 얘기했다.

"탐욕은 늘 화를 부르는 법이다. 하지만, 좋은 양반들도 있지. 너희 할아버지를 떠올려 보아라. 그분은 충청도 관찰사와 대사간이라는 높은 벼슬에 계셨지만 올곧은 분이셨다. 삼화 부사로 계실 적에도 맑고 깨끗한 관리라고 칭송을 들으셨지. 물론, 벼슬아치들 중에는 너희 할아버지처럼 좋은 분들만 있는 것은 아니다. 미꾸라지 한 마리가 온 강물을 흐린다는 말도 있지 않더냐? 이 모든 게 그릇된 양반들, 못된 벼슬아치들 때문에 생기는 문제이다."

"이 잘못된 세상을 어찌해야 할까요?"

박윤원이 주먹을 부르쥐며 말했다.

"바로잡아야지. 가을철이면 농민들은 조그만 논밭에서 곡식을 거두게 되지만, 그 양은 얼마 되지 않는다. 양식이 떨어져 끼니조차 잇기 어려워지면 양반들한테 가서 쌀이며 보리를 꾸게 되지. 그러나, 턱없이 높은 이자를 갚으려다 보니 빚만 늘어 가는 게야. 나중에는 그나마 갖고 있던 논밭까지 팔아야 하고 말이야. 빚을 못 갚게 되면 손바닥만 한 땅뙈기마저 빼앗기게 되는 일의 악순환이지."

"휴우."

이 대목에서 학생들은 너나 할 것 없이 한숨을 쉬었다.

"땅을 잃어버린 농민들은 남의 집 머슴살이를 하거나, 다른 사람의 땅을 부쳐 먹는 소작농이 될 수밖에 없다. 그나마 일자리를 못 구한 사람들은 여러 명씩 떼로 몰려다니면서 남들한테 얻어먹게 되지."

김 원장이 잠시 말을 멈추었다.

"탐관오리 때문에 이래저래 백성들만 고달픈 세상이군요."

홍대용이 한 마디 했다.

"그런 셈이지. 한 가지만 예를 들어 보마. 과거에 합격한 사람이 벼슬길로 나아가서 제대로 일을 한다면 오죽 좋겠느냐? 하지만, 벼슬살이를 하면서 느는 게 눈치요 떡밥에만 관심을 기울이다 보면, 십중팔구는 백성들의 아픔을 못 본 척하면서 제 뱃속만 채우려 드는 탐욕스러운 괴물로 바뀌는 경우가 많아. 탐관오리는 그렇게 해서 생기는 것이다. 그런 사람이 목민관으로 오게 되면 그 고을의 가난한 사람들은 시달림을 당할 수밖에 없는 거야. 양민들은 처음에는 버티고 버티겠지. 그러다가 끝내 집과 일터를 빼앗기게 되면 유민이 되는 수밖에 없어. 심지어 노비가 되거나 목숨마저 잃게 되니, 참으로 안타까운 일이다."

어느덧, 강의도 서서히 마무리 지어지고 있었다.

"스승님의 말씀을 듣고 보니, 과거 시험도 문제로군요. 그렇다면, 저희들은 앞으로 무엇을 위해 공부해야 하옵니까?"

홍대용이 조심스럽게 질문했다. 김 원장은 뒷짐을 지고 천천히 발걸음을 떼며 답변했다.

"과거 시험 탓만 한들 무슨 소용이겠느냐? 그보다는 제도를 운용하는 사람들이 더 문제겠지. 벼슬 하는 사람이 먼저 근본 도리를 지켜야만 해. 과거에 합격하면 읽던 책도 팽개치는 게 요즘 세태다. 그런 사람일수록 백성들의 고혈을 쥐어짜는 수단만 배우지 않더냐? 과거 제도가 썩은 관리를 만들어 내는 요술 방망이가 되어서는 안 될 것이야. 너희들이 끝까지 잊지 말아야 할 것은 참된 공부란 평생을 두고 해야만 한다는 것이다. 또한, 공부를 통해 사람의 바른 도리를 찾기 위해 매 순간 노력해야 한다는 사실이다."

'참된 공부, 사람의 바른 도리란 무엇일까?'

스승의 강의를 들은 뒤 공부에 대해, 과거 시험에 대해 더욱 숙고하지 않을 수 없었다. 참된 공부란 백성들을 섬기는 공부여야 하지 않겠는가. 백성들이 잘살게 하는 공부여야 하지 않겠는가. 그것이 학문의 목적이어야 하지 않겠는가……. 이 같은 여러 생각의 갈래들이 홍대용의 마음속에 작은 회오리바람을 일으켰다.

초여름에 접어들던 어느 날, 홍대용은 도포 자락을 휘날리며 영천을 향해 가고 있었다.

"경상북도 땅을 밟아 보기는 처음이로군."

"쇤네도 마찬가집니다요. 그런데, 멀기는 멀구먼요."

홍대용의 말에 그 뒤를 따르던 하인 막쇠가 궁시렁거렸다. 두 사람이 새재를 넘을 때쯤, 한 무리의 사람들이 가파른 길을 터덜터덜 걸어오고 있었다. 쑥대강이 같은 머리털, 누덕누덕 기운 저고리, 찢어진 바짓가랑이로 맨살이 드러나 있었다. 그들은 갓을 쓰고 두루마기를 차려입은 대용 앞에서 잠시 멈춰서더니, 이내 무엇에 쫓기는 것처럼 새재 너머로 황황히 사라져 갔다. 풀풀 날리는 흙먼지를 손으로 홰홰 젓던 막쇠가 한 마디 했다.

"아이갸! 웬 거지들이 까마귀 떼처럼 많기두 하네요."

문득, 이태 전 김원행 원장이 강학 시간에 들려주었던 이야기가 새삼스레 떠올랐다. 홍대용은 막쇠를 향해 넋두리 삼아 몇 마디 건넸다.

"막쇠야, 집도 절도 없이 떠도는 유민들이 참 가엾구나. 저들을 따뜻하게 거두는 세상이 빨리 왔으면 좋으련만."

"가난은 나랏님도 구제하지 못한다잖아요?"

막쇠가 대꾸했다. 홍대용은 걸음을 옮기면서 속으로 생각했다.

'백성들의 아픔을 모른 체하면서 성리학 경전만 달달 외는 것은 죽은 공부가 아닐까? 저렇게 정처 없이 떠도는 백성들을 구하지 못하는 학문이 무슨 소용인가. 몸소 배우고 익힌 학문을 백성들을 위해 나누는 것이야말로 학문하는 사람의 바른 도리임에랴.'

한참 걷다 보니, 눈앞에 푸르른 보리밭이 펼쳐졌다. 홍대용은 보릿대 하나를 꺾었다. 어금니로 위아래를 끊어낸 뒤 맞춤한 보리피리를 만들었다.

삘릴리 삘릴릴릴리.

맑고 높은 소리가 울려 퍼졌다. 그 소리는 어느덧 구슬픈 가락이 되어 발걸음에 척척 휘감겼다. 그러는 사이, 두 사람은 어느덧 낙동강 상류인 임천 부근에 이르렀다. 금호강의 한 갈래인 남천을 지나 고산들판을 질러가자, 제법 규모를 갖춘 관아가 나타났다.

"영천 영읍이로구나."

"영읍이 뭔가요?"

"영읍이란 고을 수령이 업무를 보는 관아인 감영을 갖춘 고을을 뜻한다. 영읍에는 병사들의 숙소인 병영도 함께 있게 마련이지."

막쇠랑 얘기를 나누며 가다 보니 어느새 관아에 도착했다.

"아버님! 소자 문안드리옵니다."

"군수 나리! 소인 막쇠도 인사 올립니다."

"오냐. 다들 먼 길 오느라 고생 많았겠구나."

영천 군수 홍억이 활짝 웃으며 두 사람을 맞아 주었다. 오랜만에 뵙는 아버지의 얼굴에는 주름이 더 깊어져 있었다.

"금강산도 식후경이다. 먹자."

방에는 조촐한 상이 차려져 있었다. 모처럼 부자지간에 겸상을 했다.

"그래, 미호 선생님께서는 잘 계시더냐? 석실서원 생활은 어떠하냐?"

"예, 저는 잘 지내고 있습니다. 원장 선생님께서 아버님께 안부 여쭈라고 하셨습니다."

"미호 선생님께서 마음 써 주시니 고맙구나."

"아버님. 영천에서 홀로 지내시느라 불편하신 점은 없으신지요?"

"괜찮다."

홍 군수는 웃는 얼굴로 대답했지만, 몇 해 전보다 더 하얘진 귀밑머리를 감 출 수는 없었다. 아들이 스물한 살 청년으로 성장하는 동안, 아버지도 어느덧 중년의 고갯길을 넘어서게 된 것이다. 상을 물린 뒤, 홍 군수는 대청마루에서 솔잎차를 끓인 뒤 찻잔에 넘실거릴 만큼 따라주었다.

"어떠냐? 솔 냄새가 나지?"

"예, 솔향기가 그윽하군요."

두 사람은 차를 마시면서 오랜만에 밀린 이야기를 나누었다. 해가 지자, 관아의 여러 건물과 뜰에 등촉이 밝혀지기 시작했다. 홍 군수는 아들을 데리고 감영 뒤뜰을 거닐었다.

"네가 어릴 적에 말이다, 별을 보러 간다고 몰래 막쇠를 데리고 아오내 강가로 갔던 일이 새삼 떠오르는구나."

"아, 그때요?"

"너 찾는다고 하인들을 앞세워 온 동네를 떠들썩하게 헤매고 다

넜던 것이 생각나는구나. 횃불을 밝히며 아오내 강가까지 갔는데, 너는 거기서 천연덕스럽게 별을 보고 있더구나. 그제야 철렁 내려갔던 가슴을 쓸어내릴 수 있었지. 그때 일이 어제 같구나, 허허허."

"제가 철이 없었지요. 하하."

"아니다. 지금 생각해 보니, 그때가 참으로 행복한 시절이었구나."

홍대용은 아버지와 나란히 서서 밤하늘을 쳐다보았다. 별을 본답시고 밤중에 몰래 나와서 소동을 피웠던 그 일을 다시 추억해 보니, 슬며시 웃음이 나왔다. 두 사람은 밤이 이슥토록 이야기꽃을 피웠다.

다음날, 홍대용은 야트막한 언덕에 자리 잡은 향교에 들렀다. 그곳에서 나이 많은 한 유학자를 만났다. 홍대용은 공손하게 예를 갖추었다.

"어르신, 안녕하십니까? 저는 잠시 이 마을에 다니러 온 유생이옵니다."

"그런데, 어인 일로……"

노인은 손에 쥔 부채를 말아 쥐며 물었다. 낯선 사람을 경계하는 것처럼 보였다.

"혹시 읽을 만한 서책을 빌릴 수 있을까 하여 들렀습니다."

"글쎄요, 젊은 선비께서 관심 가질 만한 게 있을는지 모르겠구먼. 잠시 기다려 보시오."

노인은 말끝을 흐리며 몸을 일으켰다. 서가에 들어간 노인은 몇 권의 책을 들고 나왔다.

"우리 고장 유생들은 이 책들을 보물처럼 여긴다오."

노인이 서책을 건네줄 때, 지은이의 이름을 본 홍대용은 흠칫 놀랐다.

"윤증?"

"명재 선생을 아시오? 명재는 학문이 깊고 기개 높은 어른이셨소."

"잘 알다마다요. 고맙습니다. 잘 읽어보겠습니다."

홍대용은 노인에게 절을 한 뒤 서둘러 향교 문을 나섰다. 문 안쪽에서 노인이 빤히 쳐다보는 게 느껴졌다.

윤증에 대해서는 어린 시절 집안 어른들한테 몇 번 들은 기억이 있었다. 그런데, 결코 좋은 내용은 아니었다. 어른들은 윤증이나 소론 이야기만 나오면 소태 씹은 얼굴을 하며 인상을 찌푸렸기 때문이다.

"다시는 그 이름을 들먹이지 말거라. 윤증 그놈은 우리 집안을 말아먹은 원수다! 그 작자가 몸담았던 소론의 공격을 받아 네 할아버지가 귀양살이를 하지 않았더냐?"

오래 전, 집안 어른이 담뱃대를 대통에 땅땅 두드리며 누군가에게 역정을 낸 적이 있었다. 마당에까지 울려 퍼진 큰소리에 소스라치게 놀랐던 그 일은 좀처럼 잊히지 않고 기억 속에 남아 있었다.

홍대용은 윤증의 문집을 손에 들고 걸어가면서 스스로에게 물어

보았다.

'이 책을 읽어도 될 것인가? 우리 가문을 쑥대밭처럼 만든 원수의 책이 아닌가. 그럼에도, 느닷없이 그의 책을 빌려 보게 된 사실을 무어라 설명할 것인가. 하지만, 학문과 개인사는 별개여야 하지 않겠는가.'

갑자기 머리가 지끈거렸다. 책을 들고 관아로 돌아온 홍대용은 서안을 끌어당겼다. 그 위에 문집을 펼쳐 놓았지만 여전히 망설여졌다.

'기왕 빌려온 것, 읽어나 보자.'

조심스레 첫 대목을 펼쳐 읽기 시작했다. 한참 읽어가던 홍대용은 저도 모르게 자세를 고쳐 앉았다. 한 장 한 장 넘길 때마다 실로 놀랄 만한 문장들이 튀어나왔다.

'송시열은 큰 뜻을 펴겠다고 큰소리를 쳤지만, 북쪽에 단 한 명의 병사라도 출정시킨 적이 있었던가? 청나라는 일찍이 서양의 과학 기술을 받아들여 날로 강성해지고 있다. 그런데, 우리 조선은 아주 약한 병력을 가지고 압록강 서쪽에 한 발자국인들 들여놓으려고 노력한 적이 있었던가? 송시열은 고집이 세고 무리 짓기를 좋아할 뿐 오랑캐를 물리치려는 굳은 계획도 없었다. 우리는 지금 약한 국력으로 북벌을 할 때가 아니다. 우리의 힘이 커질 때까지는 청나라와 실리적인 외교를 해야 하고, 조선의 국경을 강화해야 한다. 무엇보다 조선의 북쪽 지방에 사는 사람들이 잘살 수 있도록 해야 한다.

우리에게 커다란 수치를 안겨준 청나라이지만 그러한 청나라를 다시 보고, 부족한 점들이 있다면 배우고 채워 나가야 한다.'

이 글을 본 홍대용은 자신의 눈을 의심했다. 윤증이 한때 스승으로 모셨던 송시열을 매우 강하게 공격하고 있었기 때문이다. 그뿐만이 아니었다. 윤증은 그때까지만 해도 양반 사대부들이 입만 열면 외치는 북벌론에 대해 신랄하게 비판하고 있었다. 아니, 북벌론의 허구성을 단순히 비판만 하는 데서 한 발짝 더 나아가 그 대안까지 분명하게 제시하고 있었다. 논리 정연한 현실 비판이 실린 글의 내용을 읽고 깊은 충격을 받았다.

홍대용은 아버지께 가서 여쭈었다.

"아버님, 오늘 낮에 향교에서 윤증의 서책 하나를 빌려 보았습니다. 그런데, 이 가운데 꽤 심각한 내용이 적혀 있었습니다. 윤증은 어떤 사람이옵니까?"

홍 군수는 한동안 천장만 바라보았다. 말없이 수염을 쓰다듬던 그가 힘겹게 이야기를 끄집어냈다.

"윤증이라……. 너도 이미 알고 있듯이 그는 우리 집안과는 악연이 크다. 그는 자신의 스승인 우암 송시열 선생을 배신하고, 우암의 문하에서 끝내 갈라서고 말았다. 그런데, 그 이름을 네게서 듣다니……다시는, 그 이름을 네 입에서 꺼내지 마라!"

처음에는 감정을 추스르는가 싶던 홍 군수가 버럭 역정을 내었다.

"아버님, 죄송합니다. 제가 괜한 이름을 들먹였나 봅니다."

홍대용이 조심스럽게 말했다. 홍 군수는 눈을 질끈 감고 한동안 숨을 고르더니, 서서히 눈을 뜨며 입을 열었다.

"아니다. 화를 내서 미안하다. 윤증, 그는 너도 어차피 알아야 할 사람이었다. 후우! 한쪽 말만 듣고 그 사람을 어찌 다 안다고 하겠느냐? 그렇지만, 우리 가문에서는 윤증을 원수로 여길 뿐만 아니라 소론에 대해서도 증오심을 가지고 있다. 나는 지금도 윤증의 이름만 나오면 가슴이 떨리고 답답하구나. 내 마음을 다스리지 못하기 때문이겠지. 그렇지만, 너마저 그래서야 되겠느냐? 참된 선비란 사사로운 감정에 휩쓸려서는 안 된다. 윤증은 소론 쪽에서는 훌륭한 학자로 꼽힌다. 애초에 그는 우암의 수제자가 아니었더냐? 네 학문을 넓히려면 윤증에 대해 알아보는 것도 나쁘지 않을 것이다."

"알겠사옵니다."

그는 아버지께 저녁 인사를 올리고 물러나왔다. 손님들을 위해 마련해 놓은 방이 홍대용의 임시 거처였다. 이부자리를 깔고 누웠지만 쉽사리 잠이 오지 않았다. 벌떡 일어나 서안 앞에 앉았다. 향교에서 빌린 책을 밤새 읽었다. 다 읽고 나서 등잔불을 껐다. 어둑한 방이 외딴 섬 같았다. 새벽이 희부옇게 밝아 오고 있었다. 홍대용은 이리저리 뒤척이다가, 나직이 중얼거렸다.

'그래. 내일은 향교에 가서 노인을 만나자. 윤증에 대해 더 물어봐야겠어.'

다음날, 홍대용은 아침 식사를 마치고 향교를 찾아갔다. 어제 만난 늙은 유학자가 데면데면한 얼굴로 쳐다보았다.

"빌려주신 서책을 돌려드리려고 왔습니다."

"벌써 다 읽으셨구려."

"참, 인사가 늦었습니다. 저는 이곳 영천 군수의 아들 홍대용이라 하옵니다."

"이미 알고 있소. 그대가 석실서원에서 공부하는 선비라는 것도. 이곳은 작은 고을이라서 소식이 빠른 편이라오. 그래, 뭐가 궁금한 것이오?"

"명재 선생에 대해 얘기를 나누고 싶습니다."

"흠, 알고 싶은 이유가 무엇이오? 이름난 노론 가문의 자제께서 우리 소론의 큰 유학자인 명재 선생을 궁금해 하다니."

노인이 쏘는 듯한 눈빛으로 되물었다.

"그분의 학문이며, 우암 선생과의 관계에 대해서 듣고 싶습니다."

"단도직입적으로 말하리다. 우리 소론들은 강아지 이름을 시열이라 부르고 있소."

노인은 첫마디부터 드세게 나왔다. 말문이 막혔다.

"……."

소론이 노론을 증오한다는 사실을 알고는 있었지만, 면전에서 육두문자에 가까운 지칭을 직접 들으니 등에서 식은땀이 흘렀다. 진실을 듣고자 한다면 인내심이 필요할 터였다.

"어차피 한 하늘을 이고 살지 못할 사람들 아니오? 그대의 집안도 명재 선생을 곱게 보지는 않을 텐데."

"틀린 말씀은 아닙니다."

"명재 선생의 문집을 보는 것만으로도, 그대는 집안 어른들에게 덕석몰이 당할 수도 있을 게요."

"하지만, 보시다시피 저는 이렇게 멀쩡합니다."

"문집 빌렸던 사실을 그대의 부친인 군수님께서도 알고 계시오?"

"제가 어제 말씀드렸습니다."

"혹시 경을 치지는 않았소?"

"불편해하시기는 했습니다. 하지만, 어느 한쪽 말만 가지고 사람을 평가하는 게 아니라고 하시면서, 소론 쪽의 입장을 헤아려보고 바른 판단을 하라고 하셨습니다."

"그게 정말이오? 보기 드물게 공평무사한 분을 부친으로 두셨소이다."

"감사합니다."

"그렇긴 해도, 집안의 원수가 쓴 문집을 읽는다는 게 어디 그리 쉬운 일이겠소?"

"많이 망설였습니다."

"그렇겠지. 우리 소론도 노론이 일으킨 사화로 인해 수많은 사람들이 죽거나 유배되었으니, 젊은이와 내가 이처럼 이야기를 나누고 있는 것도 이쪽 사람들이 보면 기함을 할 일이오."

"제 아버님께서는 지금도 명재 선생 이야기만 나오면 가슴이 답답하다고 하시더군요. 소론이 일으킨 사화에 의해 제 할아버지가 유배를 가신 일이 있었으니까요."

"피해 당사자의 가족 입장에서 보자면 피눈물이 날 법도 하지. 그렇긴 해도, 명재 선생의 문집을 읽다니, 참 대단한 일이오. 편벽되게 아는 것은 무지보다 더 무서운 일이오."

말을 마친 노인이 일어나 탁자 쪽으로 가더니, 그곳에 놓인 찻주전자를 가져왔다. 찻잔을 마주하고 홍대용과 이야기를 나누는 동안, 노인의 마음에 단단히 채워져 있던 빗장이 서서히 풀리는 듯했다. 홍대용도 노론에 대해서 가지고 있던 막연한 거부감이 조금은 누그러짐을 느꼈다.

노인은, 마치 옛 기억의 갈피를 더듬듯이 윤증에 관한 이야기를 털어놓았다. 홍대용은 노인이 들려주는 이야기 속으로 점점 깊이 걸어 들어가는 느낌이었다. 무엇보다도 "편벽되게 아는 것은 무지보다 더 무서운 것이다."라는 노인의 말이 홍대용의 뇌리를 쳤다.

'노론과 소론 간의 당쟁은 이 땅에 얼마나 많은 피바람을 불러왔던가. 상대의 학문을 인정하지 않으려 했던 불통이, 편벽되게 아는 무지가 이 모든 불행의 원인이었다. 윤증의 서책을 읽지 않았더라면 나 역시 윤증을 집안의 원수로만 알고 있었을 것이다. 그러나, 윤증은 시류를 제대로 읽을 줄 아는 학자였다. 만약 윤증처럼 통찰력을 갖춘 선비들이 많았더라면 병자년의 그 무서운 전쟁을 막을 수 있었을 것 아닌가. 만약 그와 같은 혜안을 갖춘 관리들이 많았더라면 지금 저렇게 떠도는 숱한 유민들의 행렬도 줄일 수 있는 방편이 마련되었을 것 아닌가.'

이런 생각을 하니 가슴이 답답해졌다. 윤증의 때나 지금이나 바뀐 것이 없었기 때문이다.

석실서원으로 돌아온 뒤, 홍대용은 김원행 원장에게 인사를 드렸다. 해가 저문 뒤여서 뒤뜰은 금세 어둑어둑해지고 있었다.

"스승님, 그간 평안하셨습니까?"

"그래, 이번 영천 여행에서는 무엇을 건져왔는고?"

"영천에서 우연히 윤증의 원고를 읽어보았습니다."

"뭐? 윤증의 원고?"

순간, 김원행이 눈을 크게 뜨며 쳐다보았다. 실망과 의혹이 교차하는 눈빛이었다.

"네. 그런데, 제가 여태 석실서원에서 배웠던 것과는 조금 다른 점이 있었습니다."

"그게 무엇이냐?"

"저는 지금까지 우암 선생의 말씀이라면 무엇이건 옳다고 배웠습니다. 하지만, 이번에 윤증의 원고를 읽어보니 그의 주장에도 옳은 점이 많았습니다."

"우암 선생이 틀렸다는 말이냐?"

김원행의 눈꼬리가 위로 올라갔다.

"다 그렇다는 것은 아니옵고, 옳지 못한 부분도 있다는 생각이 들었습니다. 우암 선생은 공자께서 말씀하신 인, 의, 예, 지, 신 가운데 버릴 것은 하나도 없다고 하셨습니다. 그리고 공자님의 가르침을 가장 완벽하게 구현하신 분은 주자밖에 없으니 주자의 말씀은 단 한 글자도 틀림이 없다고 하셨습니다."

"그래서?"

"세상의 모든 이치를 어찌 주자 혼자만 안다는 말씀입니까? 주자에게도 틀린 생각이 있을 수 있습니다. 설령 공자라 할지라도 잘못된 것은 잘못되었다고 해야 하지 않겠습니까?"

김원행은 대번에 언짢은 표정을 지었다.

"말이 지나치구나! 방금 말한 대로라면, 누군들 네 마음에 드는 사람이 있겠느냐?"

김원행의 꾸짖는 목소리에 홍대용의 손바닥에서 땀이 배어나왔다. 숨을 깊이 들이쉬었다. 아랫배에 힘을 준 뒤, 명치끝에 걸려 있던 속마음을 토해 냈다.

"스승님! 윤증은 우암 선생의 제자 가운데 가장 학식이 뛰어난 사람 아닙니까? 그런 윤증의 글이라면 한번 읽어 볼 가치가 있지 않겠습니까?"

홍대용도 지지 않고 대꾸했다.

"윤증은 스승에게 등을 돌린 사람이다. 그 한 사람 때문에 원래

서인이었던 당은 둘로 쪼개지게 되고 말았어! 우암 선생을 떠받드는 이들은 노론이 되었고 윤증을 따르는 이들은 소론이 되었단 말이다. 이후, 노론과 소론은 무슨 꼬투리만 생기면 서로 으르렁댔지. 노론과 소론이 맞서 싸워 피바람을 일으킨 일들, 그 사화들은 일일이 셀 수도 없을 정도다. 서로 죽고 죽이는 당쟁, 당파 싸움이 빌미가 되어 사화에 얽힌 이들의 집안은 모두 쑥대밭이 되지 않았더냐? 그게 다 누구 때문이냐?"

"우암 선생은 공자의 말씀이라도 틀릴 수 있다는 윤휴를 사문난적으로 몰아붙였습니다. 그리고 윤휴의 생각에도 일리가 있다는 윤선거와 등을 돌리더니, 마지막에는 윤선거의 아들인 윤증마저 원수로 여겼습니다. 이것은 노론이 대학자로 떠받드는 우암 선생의 크나큰 실책입니다."

"사문난적이 쓴 글에 그렇게 쓰여 있더냐?"

"윤증은 우리 노론에 의해 사문난적이 되었지만, 이는 우암 선생께서 그의 주장을 받아들이지 않으셨기 때문입니다. 한쪽으로 치우친 우암 선생의 학문적 편벽이 불러온 결과입니다."

"나의 할아버지인 김창집 어른도 소론 때문에 귀양살이를 하다 돌아가셨다. 삼화 부사로 순직하신, 네가 따르던 너의 할아버지 홍용조 어른 또한 소론 패거리 때문에 젊은 시절 유배를 가셔야 했지. 그런 원수의 이름을, 지금 이 자리에서 꼭 들먹여야 하겠느냐?"

말을 마친 김원행이 허공을 노려보았다. 들끓는 마음을 다스리려

애쓰는 모습이 역력했다. 잠시 침묵이 흘렀다. 등잔불의 기름이 줄어드는지 심지의 불꽃이 흔들렸다.

"스승님, 학문하는 자로서 큰 의심이 없는 사람은 큰 깨달음도 없다고 생각합니다. 가슴속에 담아두고 불편해하느니, 차라리 다 쏟아놓는 것이 바른 태도가 아닐는지요?"

홍대용은 조용한 어조로 말했다. 김원행은 긴 한숨을 내쉬며 부채를 거칠게 부쳤다. 숨소리가 높아졌다. 쥘부채를 접었다가는 다시 펴고, 폈다가는 다시 접었다. 방안에는 긴장감이 감돌았다. 이윽고, 무거운 침묵 끝에 김원행이 입을 열었다.

"덕보! 네가 다른 뜻이 있어 이런 얘기를 했다고는 생각하지 않는다. 학문하는 선비로서 드러낸 너의 의심에 무슨 덧칠을 하랴? 하지만, 우리 석실서원은 예로부터 우암 선생의 가르침에 크게 힘입어 왔느니라. 그 점만큼은 늘 명심하도록 하여라. 나는 그동안 공부하는 벗들 가운데에서, 너를 쉽게 얻지 못할 선비로 알고 있었느니라. 그러니, 이제는 그쯤 해두는 게 나을 듯하구나."

아까보다 한결 부드러워진 음성이었다. 대화는 여기서 마무리되었다. 하지만, 송시열에 관한 것이라면 털끝만큼도 건드리지 못하게 하는 분위기만 새삼 확인하는 자리였음이 분명해졌다. 앞으로 윤증을 두둔하는 발언을 다시는 꺼내기 어려울 듯했다.

이날 대화에서 홍대용은 스스로에게 놀랐다. 그것은 스승의 꾸중을 들으면서도 굽히지 않고 자신의 견해를 표출했다는 사실이었다.

공부하는 사람은 반드시 의문을 가져야 한다는 평소 생각에서 비롯된 일이었다. 풀리지 않는 의문에 대해서는 끝까지 궁구하고 누구와도 당당히 토론할 수 있어야 한다는 소신도 한몫 했다.

홍대용은 남들처럼 과거 시험에 붙기 위해 악착같이 노력하지 않았다. 낙방해도 실망하지 않았다. 심지어 시험장에 가서 백지를 내고 돌아온 경우도 있었다. 과거 시험에 떨어진 날이면 석실서원의 선배들이 다가와 위로해 주었다.

"홍지가 성리학 공부를 열심히 하는 것은 모두가 아는 사실인데, 과거와는 인연이 없나 보군."

예외도 있었다. 평소에도 꼬투리만 생기면 퉁을 잘 놓던 김 진사였다.

"홍지가 공부벌레인 것은 분명하지만, 잡학에 지나치게 빠져 있어서 과거를 중요하게 여기지 않는 탓이 크지, 에헴."

언젠가 낙방하고 돌아온 날, 그는 마치 이날만을 기다려 온 사람처럼 홍대용을 향해 대놓고 이죽거렸다.

'저들과 나는 가는 길이 달라.'

김 진사의 이죽거림이 거슬리긴 했지만, 홍대용은 아랑곳하지 않았다. 위로든, 야유든 그 어떤 것에도 일희일비하고 싶지 않아서였다.

원래 석실서원은 과거 시험을 준비하는 사람과는 맞지 않는 곳이었다. 그런 사람은 김원행 원장이 아예 다른 서원으로 보낼 정도였다. 어찌 보면, 이곳 학생들은 산 속 깊은 절에서 벽을 바라보며

도를 닦는 스님들과 다를 바 없었다. 성리학을 더욱 깊이 있게 공부하려는 사람들, 학문을 높은 수준으로 끌어올리고 싶은 사람들이 까다로운 절차를 통과해 들어오는 곳이 바로 석실서원이었다. 서원에 들어온 뒤부터 홍대용은 누구 못지않게 성리학 공부를 철저히 해온 터였다.

석실서원을 거쳐 간 백여 명의 선비들 모두가 푸른 마음을 유지했는지는 의문이었다. 겉으로는 성리학 공부를 열심히 하는 체하면서 속으로 딴 마음을 품은 사람도 있었다. 과거 시험을 잘 치르기 위해서 눈을 이리저리 굴리는 사람들도 간혹 존재했다. 그들은 순수한 학문을 위해서가 아니라, 단지 출세를 하기 위해서 옛 시인들의 시를 달달 외워대는 편이었다. 홍대용은 그런 사람들을 가장 경멸했다.

'후우, 이제는 이곳이 좀 답답하구나.'

이즈음, 홍대용은 석실서원의 꽉 짜인 틀을 벗어나고 싶었다. 다람쥐 쳇바퀴 돌듯 공부만 하는 일상에 짓눌리고 싶지 않았다. 노론만이 무조건 옳다고 우기는 분위기도 견디기 힘들었다. 소론에 대해서 무조건 도끼눈을 뜨고 보는 것도 마뜩찮았다. 그럴수록, 홍대용은 천문이나 역법에 관한 책을 읽으려 애썼다. 울적할 때면 거문고를 꺼내 들었다. 술대를 잡고 한 곡조를 타노라면 헝클어진 마음이 조금은 펴지곤 했다.

혼천의

몇 년의 세월이 흐른 뒤, 홍대용은 남산 밑 저동에 집을 마련하여 머물게 되었다. 수많은 책들과 씨름하는 한편, 사나흘에 한 번꼴로 석실서원에 내려가 후배들에게 강학을 하는 일도 겸하고 있었다.

이즈음 숙부 홍억이 문과에 장원급제했다는 소식을 듣게 되었다. 홍대용은 기쁜 마음에 붓을 들어 편지를 썼다.

'숙부님! 장원급제하셨다니 정말 기쁩니다.'

편지를 보낸 뒤, 가뭄 끝에 비를 만난 농부라도 되는 것처럼 뿌듯했다. 홍대용은 공부에 임하는 숙부의 남다른 태도를 늘 본받고자 했다. 이 때문에 그가 맺은 결실을 보고 몹시 감사한 마음마저 들었던 것이다.

어느 날 회강이 끝난 뒤, 홍대용은 한숨 돌리고자 서원의 연못 앞을 거닐고 있었다. 그때, 마당을 가로질러 박윤원이 낯선 청년과 함께 다가왔다. 청년은 보통사람보다 허우대가 크고 눈이 부리부리했다.

"홍지 형님! 지난번에 말씀드렸던, 저희 집안의 친척 아우와 함께 왔습니다. 이름은 박지원, 자는 중미, 올해 열아홉이지요. 형님과는 여러 모로 통하실 듯합니다."

박윤원이 너스레를 떨었다. 청년 선비 박지원은 꾹 다문 입술이며 듬직한 체격이며, 심중을 꿰뚫는 듯한 눈동자며 모든 게 믿음직스럽게 보였다.

"처음 뵙겠습니다. 박지원이라 합니다. 방금 원장님께 인사드리고, 서원을 한 바퀴 둘러보던 중이었습니다."

그가 걸걸한 목소리로 인사했다.

"오, 반갑소. 홍대용이라 하오."

홍대용은 낯선 선비를 반갑게 맞이했다.

"방금 원장님께서 제 아우를 가리켜, 호걸스럽고 장래가 촉망된다고 칭찬해 주시더군요."

박윤원은 벙글벙글 웃는 낯으로 한 마디 거들었다.

"그러지 않아도 윤원 아우한테서 평소 그대에 관한 이야기를 많이 들었소이다. 학문과 문장이 두루 빼어난 선비를 만나게 되니, 참으로 반갑고 기쁘오."

홍대용은 청년 박지원의 손을 맞잡고 환하게 웃었다. 허우대만큼이나 그의 손은 두툼했지만 손가락은 긴 편이었다.

"과찬이십니다. 저 또한 고명하신 선비님을 뵙게 되어 영광입니다."

"듣자하니, 중미가 쓴 소설이 무척 재미있다던데, 그것을 좀 볼 수 있겠소?"

"그저 심심풀이로 썼을 뿐입니다만, 그래도 한번 보시렵니까?"

"그러지요. 진작부터 보고 싶었습니다."

박지원은 괴나리봇짐에서 소설 필사본을 꺼내어 홍대용에게 건네주었다. 〈광문자전〉이라 적힌 큰 글씨가 눈에 들어왔다.

"제목부터 흥미롭구려."

홍대용은 연못 앞의 넓적한 바위 위에 걸터앉아 박지원의 소설을 읽기 시작했다.

"홍지 형님! 저는 강당에 들를 일이 있어서 이만 가보겠습니다. 그럼, 두 분이서 말씀 많이 나누세요."

박윤원이 먼저 자리를 떴다. 홍대용은 눈짓으로 인사를 대신하고는 이내 책 속으로 빠져 들어갔다. 박지원은 홍대용이 소설을 읽는 동안 연못 근처를 천천히 거닐었다. 홍대용이 나직하게 첫 구절을 소리 내어 읊조렸다.

"광문이란 사람은 비렁뱅이였다. 일찍이 종루 저잣거리를 돌아다니며 밥을 빌어먹었는데, 나중에 여러 거지아이들이 그를 왕초로 세워 자신들의 움막을 지키게 했다."

동냥질하는 중년의 허름한 사내에 대한 묘사로부터 첫 대목이

시작되었다. 눈으로 찬찬히 읽는 동안 이야기 속으로 빨려들어 가는 듯한 착각에 빠졌다.

광문이는 종각 근처를 어슬렁거리는 걸인이었다. 종각 위층 다락에는 묵직한 종이 걸려 있었다. 그 밑으로는 사람과 말, 소달구지가 드나들었다. 종각이 있는 네거리는 행인과 우마차로 항상 가득 찼고, 거리는 왁자지껄한 사람들의 목소리로 활기가 넘쳤다.

"아, 빨리빨리 갑시다."

"허! 밀지들 말어."

세종 임금 때 이후로, 이 일대는 운종가라 불렸다. 종로 네거리를 기점으로 사람들이 구름처럼 모였다가 흩어지는 저잣거리란 뜻으로 붙인 이름이다. 그 말처럼, 종루를 중심으로 시장 거리의 가게인 시전이 생겨났다. 조정에서는 여섯 개의 큰 시전으로 구성된 육의전에 금난전권을 부여했다. 육의전 상인들은 이러한 특권을 무기 삼아 독점적으로 물품을 공급하고 유통했으며, 이 같은 물목을 다른 상인들이 거래하는 것을 금지했다. 독점적인 지위로 상권을 틀어잡자 재화가 쌓였고, 부를 일구면서 권세 또한 쌓였다. 이들은 툭하면 물건 값을 제멋대로 높여 부르기 일쑤였다.

"뭐가 이렇게 비싸?"

"여기는 나랏님이 허가해 준 특별 구역일세. 비싼 데는 다 이유가 있는 법, 헛흠!"

손님들이 바가지를 씌운다고 항의해도 그들은 눈 하나 깜짝하지 않았다. 오히려 쥐꼬리만 한 권력을 믿고 큰소리를 치는 경우가 더 많았다. 시간이 흐를수록 운종가는 막강한 권한과 특권을 지닌 육의전과 시전 상인들의 세상이 되어 갔다. 이들의 텃세는 하늘을 찔렀다.

이곳에는 육의전 상인들의 눈을 피한 난전도 있었다. 나라의 허가를 받지 않고 물건을 판매하는 상인들이었기에, 그들은 가슴 조이며 몰래 좌판을 벌여야 했다. 위험천만한 일이기도 했다.

"예끼 놈! 여기가 어딘 줄 알고, 감히 뜨내기 장사꾼 주제에 발을 담가?"

"잘못했습니다. 한번만 용서해 주십시오."

난전 상인들이 이곳에서 물건을 팔다 걸리면 육의전과 시전 상인들로부터 물품을 빼앗길 뿐만 아니라 늘씬하게 얻어터지고 쫓겨나기 일쑤였다.

"골라, 골라!"

"날이면 날마다 오는 물건이 아니에요. 먼저 보는 사람이 임자랍니다."

운종가는 손님을 부르는 소리와 흥정하는 소리가 끊이지 않았고, 여러 가게를 돌며 물건을 고르는 사람들로 늘 북적였다.

어느 날, 운종가를 중심으로 뻗어 있는 종로 네거리에 남루한 행색의 거지 사내가 주린 배를 움켜쥐며 허청허청 발걸음을 떼고 있었다. 마침 눈발마저 흩날리기 시작할 무렵, 거지 소년들은 병든 아이 하나만 남겨두고 동냥을 하러 나갔다. 그 아이는 추위에 덜덜 떨며 흐느껴 울었다.

"흑. 추워. 아이, 배고파. 흐흑, 아앙."

가녀리고 구슬픈 울음소리였다. 아이를 돌보던 광문이는 진눈깨비를 맞으며 먹을 것을 구하러 나갔다. 움막에 돌아와 보니, 아이는 이미 싸늘하게 식은 뒤였다. 그때, 비럭질을 나갔다 돌아온 거지 소년들은 광문이가 아이를 죽였다며 두들겨 패서 쫓아냈다.

"이 빌어먹을 자식! 네가 애를 죽였지? 썩 꺼져!"

상처투성이가 되어 쫓겨난 광문이는 어느 마을의 영감 집에서 하룻밤을 보냈다. 다음날 꼭두새벽, 광문이는 영감한테서 받은 해진 거적을 들고 수표교로 갔다. 영감이 몰래 뒤를 밟으며 살펴보니, 거지 소년들이 자그마한 시체 하나를 다리 아래로 던지는 것이었다. 거지 소년들이 떠난 뒤, 다리 밑에 숨어 있던 광문이는 아이의 시체를 거적에 둘둘 말아 짊어졌다. 그러고는 곧장 한양성 서문 밖 공동묘지에 묻어 주며 울었다.

"불쌍한 것. 다음 세상에는 부잣집에서 태어나거라."

이 광경을 본 마을 영감은 광문이를 기특하게 여겼다. 며칠 뒤, 영감은 어떤 부자가 운영하는 약방에 광문이를 소개시켜 주었다. 영감 덕분에 점원으로 일하게 된 광문이는 그곳에서 하마터면 도둑 누명을 쓸 뻔했다. 그러나, 성실한 자세로 묵묵히 일을 한 끝에 겨우 누명을 벗었다. 영감은 이 사실을 주변에 알렸다. 세상 사람들은 비로소 의로운 거지 광문이를 칭찬하게 되었다.

광문이는 나이가 많은 노총각이었다. 못생기고 가진 것도 없었다. 그러한 자신을 반겨 줄 여인이 있을 리 없다고 생각했다. 그러니, 아예 결혼할 생각은 꿈도 꾸지 않았다. 어느 날, 그는 장안에서 가장 어여쁘고 이름난 기생 운심을 찾아갔다.

"어허! 웬 놈이 여길 왔는고? 에잉, 냄새 나는 거지 놈일세!"

방에 있던 높으신 양반들은 추하고 꾀죄죄한 몰골의 광문이를 보고 불쾌하게 여기며 상대조차 하지 않았다. 광문이는 아랑곳하지 않고 방안의 가장 상석에 앉아 기품을 지켰다. 방금 전까지 미동조차 하지 않던 기생 운심이 그를 눈여겨보았다. 그의 높은 인격에 감복한 운심은 옷을 바꿔 입고 광문이를 위해 한바탕 칼춤을 추며 처연한 시조를 읊었다.

"지체 높은 분들이 제아무리 비단 옷을 휘감고 금잔에 아름다운 술을 마신다 한들 악취가 날 뿐인데, 선달님은 찢어진 삼베옷에 땟국물이 흐를지언정 가슴속 고고한 마음만은 숨길 수 없구려."

운심이 다가가 술을 권했다. 광문이는 점잖게 잔을 털어 넣으며 학춤을 추었다. 이 일로, 방안에 있던 양반들도 모두 즐겁게 놀았을 뿐만 아니라, 광문이와 벗을 맺으며 헤어졌다.

여기까지 다 읽은 홍대용이 무릎을 치며 감탄했다.

'사대부 양반 말고 거지를 소설의 주인공으로 내세우다니, 참으

로 놀랍고 새로운 이야기로군!'

문득, 너른고을 부근의 들판에서 보았던 예전의 거지 떼들이 떠올랐다. 스승님의 설명에 의하면, 그들 대부분은 전염병이나 가뭄 때문에 모든 것을 잃고 유민이 된 사람들이었다. 개중에는 게을러서 혹은 노름빚으로 가산을 탕진해서, 또는 뜻밖의 변고로 진 빚을 갚지 못해 전답을 몰수당한 뒤 유랑민이 된 경우도 있었을 것이다.

'하지만, 그런 것보다는 욕심 많은 양반 관료들 등쌀에 떠밀려 살던 집과 농토에서 쫓겨나 유민이 된 사례가 훨씬 많았다고 스승님은 설명해 주셨지.'

강의 시간에 탐욕스런 관리들을 질타해 마지않던 스승님의 말씀이 새삼 귓전을 때렸다.

"비뚤어진 제도를 발판 삼아 부를 축적하는 양반 관료들의 끝없는 욕망과 부도덕이 크나큰 죄라고 할 수 있다. 야차 같은 탐관오리 때문에 집과 가산, 농토를 빼앗기고 떠나야 했던 백성들이 얼마나 많은가 말이다."

'떠도는 유민들 중에도 광문이처럼 어진 백성이 분명히 있었을 거야.'

스승님의 말씀을 떠올리며 상념에 젖어들수록, 가슴 한 쪽이 무거워지는 것은 어쩔 수 없었다. 그때, 가까이 다가온 박지원이 말했다.

"사실은 제가 몇 년 전부터 우울증이 심했습니다. 병을 이겨 보려고 무진 애를 쓰다가 지은 이야기가 〈광문자전〉입니다."

"저런! 지금은 우울증이 좀 나았소?"

"글을 짓다 보니 그럭저럭 괜찮아졌습니다."

"다행이오. 이 소설을 보니, 광문이야말로 사람의 참된 도리를 아는 이로군요. 여기 나오는 마을 영감이나 약방 주인, 기생 운심이도 거들먹거리는 양반들보다 훨씬 낫다는 생각이 듭니다. 아니 그렇습니까?"

"선생님 말씀이 참으로 옳습니다. 이 땅의 양반들은 입만 열었다 하면 북벌이요, 조선 중화를 외치기 일쑤이지요. 하지만, 무너진 성벽 하나도 제대로 못 고치면서 그런 말만 늘어놓으니 참으로 기가 찰 노릇입니다. 저는 이 땅의 권세 있는 자들에게 일침을 가하고 싶어 광문이란 인물을 내세워 이야기를 만들어 보았습니다."

"참으로 잘하셨습니다. 후련한 글이 아닐 수 없소. 썩어빠진 양반들에 비하면 광문이는 오히려 성인군자에 가깝지요. 광문이 같은 어진 사람이 많이 나와야 할 듯싶소."

홍대용이 맞장구를 쳤다.

"요즘 관원들은 작은 권력만 가져도 힘없는 백성들을 쥐어짜지 못해 안달인 세상이 되어 버렸습니다. 이런 잘못된 일들이 하루 빨리 고쳐져야 한다고 생각합니다."

"그렇소. 아닌 게 아니라, 간장 종지보다 작은 구멍으로 하늘을 쳐다보는 사람이 많아져서 걱정입니다. 그러면서도 툭하면 우리 조선만이 천하에 가장 예의범절을 잘 지키는 문명국이라고 큰소리치니, 원."

"조선의 양반과 관료들은 항상 청나라를 더러운 오랑캐 나라라고 업신여기지만, 청나라는 그동안 몰라보게 변한 게 사실입니다. 중국에 다녀온 사람들은 한 목소리로 말을 하더군요. 청나라가 학문과 문화, 경제, 국방을 비롯한 여러 면에서 눈부시게 발전했다고 말입니다. 청나라에 가보지도 않고 오랑캐라 무시하는 것은 소인배들이나 하는 짓 아니겠습니까?"

"맞소이다. 언제까지나 함경도 이북에 살던 그 옛날의 여진족들만 떠올려서는 아니 되겠지요. 그러고 보니, 우리 조선이 청나라에 짓밟혔던 때가 벌써 백년도 훨씬 전의 일이 되고 말았구려."

"사무친 원한이야 잊어서는 안 되겠지만, 우리도 세상 보는 눈을 크게 가져야 할 것입니다. 그러자면 청나라에 가서 눈으로 직접 보면서, 하나하나 배워야 하지 않겠습니까?"

"중미의 생각이 어쩌면 그리도 나와 같소? 실은, 나는 오래 전부터 청나라에 꼭 가보고 싶었소. 중미를 만난 오늘, 마음에 맞는 벗을 얻은 듯싶소이다. 하하."

"과분한 말씀입니다."

"망년지우라는 말도 있지 않소? 진정한 벗은 나이를 따지지 않는 법이오."

"선생님, 그렇게 말씀해 주시니 감사할 따름입니다."

"중미의 글에는 사람을 당기는 힘이 있군요. 자꾸 더 읽고 싶어지니 말이오. 그리고, 내 비록 중미보다 여섯 살 위이지만, 나를 선생님이라 부르지 마시오. 나의 자가 덕보이니, 앞으로는 덕보라고 부르시오. 오늘부터 중미와 벗으로서 우정을 나누고자 하오."

홍대용은 오랜만에 마음이 통하는 벗을 만난 기쁨에 가슴이 벅차올랐다.

"정말 그래도 되겠습니까?"

"그래도 되고말고요."

"그럼, 앞으로 덕보라고 부르겠습니다."

뜻이 맞은 두 사람은 서로를 마주 보며 웃었다. 이로써, 홍대용과 박지원은 여섯 살의 나이 차를 뛰어넘어 벗으로서 서로를 대하게 되었다.

"중미! 혹시, 다른 소설도 가지고 있소?"

"예, 있습니다."

"그 소설도 읽고 싶군요."

홍대용이 재촉하자, 박지원은 괴나리봇짐에서 필사본 한질을 꺼내어 건네주었다.

"흠, 이것은 〈예덕선생전〉이로군. 내 잠시 읽어보리다."

홍대용은 호기심 가득한 눈길로 책장을 넘겼다.

"허면, 저는 잠시 뒷마당을 한 바퀴 돌고 오겠습니다."

박지원이 뒷마당으로 걸어가는 동안 홍대용은 아까처럼 책의 한 구절을 소리 내어 읽었다.

"선귤자에게 예덕선생이라 부르는 벗이 한 사람 있다. 벗은 종본탑 동쪽에 살면서 날마다 마을 안의 똥을 치는 사람이었다. 모두들 그를 엄 행수라 불렀다. 행수란 막일꾼 가운데 나이가 많은 사람을 부르는 말이다. 그의 성은 엄 씨였다."

이 소설 속에서 이야기를 이끌어가는 사람은 선귤자라는 가난한 선비였다. 그의 벗은 종본탑 동쪽에 살며 똥치는 사람인 엄 행수였다. 종본탑이란 한양 탑골공원 안에 있는 원각사지의 십층 석탑이다. 흰 대리석으로 만든 이 탑은 백탑이라 불렸다. 홍대용은 소설의 첫 대목부터 호기심이 동하여 빨리 뒷부분을 읽고 싶어졌다.

똥치는 이들의 우두머리인 엄 행수는 겉과 속이 다른 양반과는 달리, 성품이 바르고 곧은 사람이었다. 선귤자는 그를 예덕 선생이라 높여 불렀다.

"선생님! 왜 하필이면 똥치는 작자를 예덕 선생이라 높여 부르십니까?"

제자 자목이 이 사실을 몹시 못마땅하게 여기며 선귤자에게 따져 물었다.

"자목아! 겉으로 보이는 것만이 전부가 아니다."

선귤자는 제자를 타일렀다.

"그렇지만, 엄 행수는 하루 종일 똥만 치지 않습니까?"

"그게 뭐가 문제냐? 그것이 그의 본업이 아니냐? 사람들은 욕심껏 먹고 구린 똥을 싼다. 만약, 엄 행수와 같은 이들이 그 똥을 치우지 않는다면 한양 도성은 금세 똥 덩어리로 가득 찰 것이다. 엄 행수는 냄새나는 똥을 치우면서도 불평 한 마디 하지 않는다. 그렇지만 날마다 구린 똥을 싸는 양반들은 엄 행수를 손가락질하며 욕을 하지. 더럽고 냄새가 난다고 말이다. 생각해 봐라. 욕심으로 일그러진 양반들에 비해 소박하게 살아가는 예덕 선생에게서 배울 점이 얼마나 많은지."

선귤자는 조금도 망설임 없이 엄 행수를 칭찬했다.

"옳거니! 제자 자목을 일깨워주는 이 대목이야말로 소설의 진짜 알맹이인 셈이로군. 거지건, 똥치는 사람이건, 양반이건, 사람이란 본디 귀한 존재가 아닌가? 겉모습만 보고서야 알 수 없지, 암. 하하하."

홍대용은 소설을 다 읽고 나서, 커다랗게 너털웃음을 웃었다. 박지원이 쓴 소설 덕분에 참으로 통쾌한 웃음과 감탄이 절로 터져 나온 것이다. 이때, 뒷마당을 돌아 연못가로 온 박지원이 빙그레 웃으며 말했다.

"재미있으셨습니까?"

"재미도 재미려니와, 글 속의 의미가 더 깊더이다."

"그렇게 봐주셨다니, 제가 오히려 고맙습니다."

"앞으로도 이런 이야기를 더 많이 지어 주셨으면 좋겠소. 이런 이야기가 널리 퍼지면 못된 양반들에게 일침을 줄 수 있지 않겠소?"

"그건 어렵겠습니다."

"왜 그렇소이까?"

"양반들은 원래 이런 소설을 싫어하니까요. 아니, 그들은 제 소설을 아예 보지도 않을 것입니다. 제가 이런 소설을 썼다는 것을 알면, 그들은 오히려 저를 잡아먹지 못해 안달복달할 것이 틀림없을 것입니다."

"그 말도 일리가 있군요."

"농담이 아닙니다. 그나저나, 정말로 청나라에 가보실 의향이 있으신가요?"

"있다마다요. 사실, 나는 몇 년 전부터 중국어를 배우고 있다오."

"중국어를요?"

"이제 웬만한 의사소통쯤은 할 수 있게 되었지요."

"아! 중인 출신의 역관도 아니고, 노론 명문가의 선비께서 중국어를 배우시다니요. 존경스럽습니다."

"존경은 무슨! 배우고 또 익히니 하루하루가 즐거울 따름이오."

"윤원 형님 말이 딱 맞군요. 덕보를 가리켜 대단한 책벌레라고 했거든요."

"하하. 윤원 아우가 그렇게 말했소? 하지만, 나는 단순한 책상물림에서 그치고 싶지는 않소. 내 비록 다른 이들이 어렵다고 여기는 천문과 역법에 관심이 크고 산학에서 즐거움을 느끼지만, 단순히 공부만 하려고 하는 것은 아니기 때문이오."

"그렇다면, 천문 역법과 산학을 배워서 무엇에 쓰시려고 하십니까?"

"이 땅의 백성들에게 이로움을 주고자 합니다."

"그 어려운 학문으로 백성들에게 어떻게 이로움을 준다는 말씀이신지요?"

"나는 천문과 역법, 그리고 산학 공부를 더 열심히 해서 언젠가는 혼천의를 꼭 만들고 싶소. 하늘이 아니라 지구가, 이 땅이 움직인다는 것을 증명해 보이고 싶소. 게다가, 산학은 전답의 크기를 계산할 때뿐 아니라 멀리 떨어진 마을과 마을 간의 거리, 사물의 크기와 길이, 물건의 무게를 잴 때 꼭 필요한 학문이오. 백성들의 살림에 큰 보탬이 되는 학문이 될 것이오. 내가 만든 하늘 시계를 통해 조선의 농부들이 농사짓는 데 이로움을 주고 싶소."

"혼천의 말씀입니까?"

"그렇소."

홍대용의 설명을 듣고 고개를 끄덕이던 박지원은 속으로 생각했다.

'덕보가 하늘과 땅의 이치에 대해 깊고 드넓게 궁구하는 면은 내가 감히 따라가기 힘든 점이다. 존경심이 들 정도야.'

홍대용 역시 박지원의 글을 읽고 나서 그의 활달하고 빼어난 문장에 반하고 말았다. 시원시원한 성품, 멀리 내다볼 줄 아는 날카로운 식견에도 탄복했다.

'중미가 쓴 〈광문자전〉을 보니 그 사람됨을 짐작할 수 있군. 사농공상의 논리에 치우치지 않고 인간의 바른 도리를 지닌 한 인물상을 바르게 펼쳐 놓은 것은 고루한 양반들에 대한 경고와도 같아. 꼭 해야 할 말을 거침없이 내뱉는 두둑한 배짱이 참으로 멋지군.'

서로를 인정할 만한 상대를 만난 기쁨은 무엇과도 견줄 수 없는 법이다. 그러한 까닭에, 홍대용은 동생뻘인 박지원에게 말을 낮추지 않았다. 어려운 이를 대할 때처럼 높여 불렀다. 어느 쪽에도 치우지지 않고, 정연한 논리를 펼치며, 꿋꿋한 소신을 간직한 벗을 얻었다는 생각에 홍대용은 가슴이 벅차올랐다.

매화꽃이 드문드문 필 즈음, 금성 관아에서 부친 아버지의 편지가 도착했다.

'내가 금성 목사로 부임해 온 지도 벌써 3년이 흘렀구나. 덕보는 요즈음 어떻게 지내느냐? 가까운 시일 내로 금성 아문에 한번 들르도록 해라. 긴히 할 말이 있느니라.'

편지를 읽은 홍대용은 고개를 갸우뚱했다. 긴히 들려줄 말씀이 뭘까, 곰곰 생각해 봐도 딱히 떠오르는 것은 없었다.

며칠 후, 홍대용은 궁금증을 안고 길을 떠났다. 한양을 떠날 때만 해도 꽃샘추위가 유난했는데, 아랫녘으로 내려갈수록 바람 끝이 부드러워지고 있었다. 말을 타고 가는 도중, 얼마 전의 일이 떠올랐다. 김원행 원장이 수촌마을 집에 담헌이라는 이름을 지어준 날이었다.

"스승님, 담헌을 제 호로 사용해도 될는지요? 뜻이 참 좋아서요."

조심스레 묻자, 김원행은 빙긋 웃으며 고개를 끄덕였다. 수락의 뜻이었다. 담헌, 텅 비고 밝고 넓어서 아무데도 걸리지 않는 집. 맑은 사람이 되기를 바라는 스승의 뜻이 헤아려졌다. 맑을 담, 집 헌, 다시 생각해도 자신이 도달하고자 하는 학문의 방향에 꼭 들어맞는 호였다.

남도에 다다를 무렵, 수줍은 듯 노랗게 핀 산수유꽃이 반겨주었다. 곰곰 되짚어 보니 이번이 세 번째 여행이었다.

'열한 살 때에는 할아버지를 모시고 북쪽 삼화로 떠났었지. 스물한 살 때에는 영천 군수를 지내던 아버지를 뵙고자 영남 지방으로 여행을 했어. 스물아홉 살이 된 지금은 호남의 곡창지대인 금성으로 가는구나. 다음에는 청나라로 갈 수 있으면 좋으련만.'

넓은 평야 지대를 보며 길을 가다 보니 마음이 저절로 평온해졌다. 그러면서도 논두렁을 지나면서는 저 넓은 땅을 재려면 산학이 필요할 텐데, 하고 생각했다. 수학 공부를 깊이 하면서 생긴 버릇이었다. 산을 보면 산의 크기와 지름을 구하는 공식을 떠올리고, 호수를 보면 호수의 둘레와 물의 양을 구하는 공식부터 떠올렸다.

산학보다 더 먼저, 천문과 역법에 관심을 기울인 지도 적지 않은 시간이 흘렀다. 이 땅의 백성들에게 이로움을 주지 못하는 공부라면 그것이 대체 무슨 소용이 있겠는가, 하는 생각으로 조금은 초조해지는 요즈음이었다. 문득, 삼화로 여행을 떠나던 때가 떠올랐다.

"우리 홍씨 집안의 조상님들 중에서는 관상감에서 일하던 어른들도 계셨단다."

홍용조 할아버지는 어느 길목에선가 조상님들에 관한 얘기를 들려준 적이 있었다. 13대조 할아버지 때부터 관상감에서 일했던 분들이 있었다는 얘기였다. 열한 살이던 홍대용은 할아버지의 이야기를 듣고 까닭 모르게 설레는 마음을 느꼈었다. 세월이 꽤 많이 흐른 뒤였지만 그때의 기억만큼은 여전히 또렷했다.

'어릴 적부터 별 관찰하기를 좋아했던 것이, 어쩌면 관상감에서 일했던 조상님들의 피를 이어받은 덕분인지도 몰라. 내 피 속에는 우주에 관심이 많았던 조상님들의 호기심도 흐르고 있을 테지.'

홍대용은 어린 시절부터 질문이 많았다. 해와 별들은 왜 하늘에 떠 있는지, 그것들이 어떻게 움직이는지, 달은 왜 조금씩 커져서 보름달이 되었다가 다시 이지러지는지……. 이러한 궁금증들이 쌓일 때마다 아버지께 밑도 끝도 없는 질문을 던지곤 했다. 홍대용이 기억하는 한, 아버지는 단 한 번도 아들의 질문을 귀찮아하지 않았다. 아들이 까다로운 질문을 던질 때에도 아버지는 딱 잘라 말하지 않고, 나중에라도 답을 함께 찾기 위해 늘 노력하는 분이었다.

아버지의 무한한 신뢰 속에서 홍대용은 자유롭게 질문을 던질 줄 아는 사람으로 성장했다. 석실서원에서 성리학을 배우면서도 우주의 변화에 대한 물음이 더욱 많아진 것은 이 때문인지도 몰랐다. 참으로 다행인 것은, 천문과 역법을 다룬 책 속에 무수히 많은 질문들이 숨어 있다는 사실이었다. 참을성 있게 꾸준히 서책을 들여다보며, 읽고 쓰고 외우고 이해하려 할 때마다 책들은 그 궁금증들을 풀어 나갈 수 있도록 스스로 길을 열어주었다.

사색에 빠져 걷고 있는 동안 해가 뉘엿뉘엿 지고 있었다. 너른 들판 너머로 낮고 부드러운 산들이 겹겹이 파도치고 있었다. 금성 아문에 당도하니, 관모를 쓴 아버지가 반겨 맞아주었다.

"아버님. 평안하셨는지요?"

"어서 오너라. 먼 길 오느라 힘들었겠구나."

아버지가 다가와 두 손을 맞잡아 주었다. 아버지의 환한 얼굴을 보자, 한양에서 금성에 이르는 동안 쌓인 피로가 씻은 듯이 사라졌다. 홍대용과 아버지는 목사 내아인 금학헌으로 들어섰다.

금학헌은 나주목에 파견된 수령들의 살림집이다. 사대부들의 거처가 보통 안채와 사랑채로 뚜렷이 나뉜 것에 비해 금학헌은 디귿자형으로 안채와 문간채, 그리고 별채만 있어서 수수했다. 목사가 집무를 보는 동헌으로부터 서쪽으로 멀찌감치 떨어져서 아늑한 느낌이 들었다. 마당에는 아름드리 팽나무가 우람하게 버티고 서 있었는데, 튼실한 가지마다에 매달린 무성한 잎들이 눈길을 사로잡았다.

"석당 나경적이란 선비에 대해 아느냐?"

아버지는 선문답이라도 하듯이 질문 하나를 툭 던졌다.

"처음 듣사옵니다."

"동복에 숨어 사는 선비의 이름이다."

"동복이요?"

"화순의 옛 지명이지. 나이는 아마 일흔쯤 되었을 것이다. 그는 손재주가 뛰어나서 못 만드는 게 없다고 한다. 특히, 젊어서부터 천문과 역법을 깊이 공부하여 하늘의 이치에 대해 두루 꿰고 있다고 하더구나. 너 또한 천문과 역법에 대해 관심이 많으니, 나경적 선비를 한번 만나 보는 것도 좋을 것이다. 긴히 나눌 이야기란 바로 이것이다."

"그렇다면 속히 그분을 찾아뵙고 가르침을 구하고 싶습니다."

"서두를 것 없다. 모처럼 금성에 왔으니, 이 고장에서 으뜸으로 치는 서석산을 먼저 구경해 보는 게 어떻겠느냐? 나경적 선비는 동복의 물염정에서 서책을 끼고 산다고 하니, 그곳에 가면 만날 수 있을 게다. 동복은 이곳 금성에서 그리 멀지 않은 곳이다."

"알겠사옵니다."

저녁식사를 마친 뒤, 부자는 모처럼 이런저런 이야기를 나누었다. 어린 시절 별 보러 갔던 아오내 강가에서의 이야기는 단골 화제였다. 어머니 건강 걱정, 한양 집에 관한 이야기, 며느리와 두 손녀에 대한 이야기까지 끝이 없었다.

잠자리에 들기 전, 홍대용은 금학헌의 부챗살처럼 펼쳐진 보꾹을 한참 올려다보다가, 누마루에 나와서 배롱나무를 쳐다보았다. 매끄러운 우물마루를 몇 번이고 손바닥으로 쓸어내리던 홍대용은 방으로 돌아와 베개에 머리를 뉘었다. 나경적 선비에 대한 궁금증이 솟아올랐지만, 먼 길을 오느라 피곤한 가운데 혼곤한 잠 속으로 빠져들어갔다.

다음날, 숙소에서 일찍 일어난 홍대용은 금성관 구경을 했다. 출입문인 망화루, 무관들의 숙소인 서익헌, 문관들의 숙소인 동익헌을 둘러보았다. 목사 내아 왼편쪽에서 늠름한 자태를 뽐내고 있는 정수루가 특히 눈에 띄었다. 정수루는 관청에 들기 전 옷차림을 단정히 하는 누각이라는 뜻이다. 2층 누각 아래 기둥에는 나주관찰부라고 쓴 주련이 늘어뜨려져 있었다. 주련에는 고려 성종 임금 때부터 나주목이 된 오랜 내력이 깃들어 있었다. 금성관 동쪽으로 가니 관찰사가 금성에 왔을 때 집무처로 사용하는 벽오헌이 보였다.

'금성 관아를 얼추 다 본 셈이군.'

홍대용은 읍성 서문 밖에 있는 향교에 들렀다. 문을 열고 들어서자, 늙수그레한 유학자 한 사람이 서책을 보고 있는 게 눈에 띄었다. 홍대용은 노인에게 깍듯이 인사를 했다.

"어르신, 안녕하십니까? 서석산에 대해 알고 싶습니다."

"오호라, 무등산 말씀이로군요. 백제 때엔 무진악이었고, 고려 때부터 서석산으로 불렸답니다. 예로부터 전해 내려온 원래 이름은 무돌뫼라 한다오. 꼭대기에는 커다란 돌기둥들이 병풍처럼 펼쳐져 있어 가히 천하 절경이지요. 신라 시대부터 서석산 자락에 터를 둔 증심사와 원효사의 스님들은 그 산을 일컬어 무등이라 불러 왔다오. 본디 무등등이란 견줄 바 없이 높은 부처님을 뜻하지요. 또한, 무등산은 누구에게나 조건과 차별을 두지 않는 산이라는 뜻이기도 하오. 그만큼 넉넉한 산이 틀림없지요. 특히 서석대의 수정 병풍은 정말 장관이오. 꼭 한번 가보시오."

노인은 말벗이 생겨 반갑다는 듯이, 숨 쉴 사이도 없이 향토의 명산 자랑을 늘어놓았다.

"알겠습니다, 어르신."

노인의 말을 듣고 보니 그 산이 정말로 궁금해졌다. 홍대용은 즉시 행장을 꾸려 길을 떠났다. 금성관을 나선 뒤 서석산에 도착하기까지는 한참 걸렸다. 구불구불 이어진 가파른 산길을 오르다 보니 이마에 땀이 흘렀다. 중턱을 넘어서자 덕산너덜이 보였다. 무너진 바위와 돌자갈밭으로 이루어진 덕산너덜은 바람재와 토끼등 사이로 끝없이 이어지고 있었다. 절로 감탄사가 흘러나왔다.

"정말 멋진 산이로군."

입석대에 오르니 난데없는 길쭉길쭉한 돌기둥들이 눈앞을 막아섰다. 오각형이나 육각형 기둥은 어림해 보아도 서른 개는 넘어 보였다. 기둥과 기둥 사이에는 작은 나무가 자라고 있었다. 이끼 낀 거대한 돌기둥들이 하늘을 이고 서 있는 서석대는 웅장하기 이를 데 없었다. 까마득한 절벽 사이에서 타오르는 듯 피어난 진달래 무리가 바람에 흔들리고 있었다. 하늘이 빚어낸 절묘한 풍광에 마침 점을 찍어 둔 듯했다.

서석대의 정상인 천왕봉에 올라 사방을 바라보니 가슴이 탁 트였다. 석양 무렵, 노을에 물든 서석대는 보석처럼 반짝이고 있었다. 홀린 듯 아름다운 광경을 감상하던 홍대용은 벌린 입을 다물지 못했다.

"아, 수정 병풍이 따로 없군! 참으로 빼어난 절경이로다!"

막상 서석대의 웅장한 풍모를 눈으로 보고 나니, 읍성 서문 밖 향교에서 만난 늙은 선비의 말이 결코 과장이 아니라는 것을 깨달았다. 깊은 충만감을 안겨준 하루였다.

며칠 후, 홍대용은 동복으로 향했다. 창랑천이 굽이쳐 흐르는 곳, 깎아지른 붉은 벼랑 위에 덜렁 올라앉은 정자가 보였다. 산길을 올라가보니, 늙은 선비 한 사람이 그곳에서 서책을 읽고 있었다. 현판에 물염정이라는 글자가 쓰여 있었다. '세속에 물들지 않는 정자'라는 이름답게 선경(仙境)이 홀연 펼쳐진 것처럼 고고한 기품이 서린 정자였다. 홍대용은 그곳에 가까이 다가간 뒤 노인에게 공손히 허리를 숙였다.

"혹시 석당 어르신 아니십니까?"

"맞소만, 뉘시오? 젊은 선비께서 나에게 무슨 볼 일이라도 있으시오?"

"저는 홍대용이라 하옵니다. 어르신께 가르침을 얻고 싶어서 찾아뵈었습니다."

"보잘것없는 늙은이에게 무슨 가르침을 얻을 게 있겠소? 가만, 여기서 이러지 말고 우선 우리 집으로 가십시다. 무슨 볼 일이 있어 나를 찾았는지는 모르겠지만, 가서 천천히 이야기를 나눕시다."

나경적은 이서면 들모실에 있는 자신의 집으로 홍대용을 데리고 갔다. 집안 곳곳마다 처음 보는 온갖 도구들이 가득 쌓여 있는 게 눈에 띄었다.

"이것들은 다 무엇입니까?"

"내가 작업할 때 쓰는 것들이오. 삼각자와 직각자, 평형자란 물건이지."

"저것의 이름은 무엇입니까?"

"후종인데, 시간을 알려주는 것이라오. 서양에서 온 자명종을 본떠 내가 만들었지요."

"정말 멋진 물건이군요!"

유리 덮개에 싸인 후종의 숫자판에서는 매 시각 째깍째깍 돌아가는 시침과 분침 소리가 규칙적으로 들려왔다. 홍대용은 정교한 기계를 홀린 듯 쳐다보았다.

"오늘 밤은 여기서 묵고 가시오."

"그래도 되겠습니까?"

"물론이오. 밤은 길다오. 묻고 싶은 것은 무엇이든 물어 보시오."

"고맙습니다, 어르신."

그날 밤, 홍대용은 나경적과 오래도록 얘기를 나누었다. 천문, 역학, 수리 등 여러 방면에서 나경적은 홍대용과 뜻이 두루 통했다. 그는 천문, 역학, 수리 등에서 막히는바가 없었다. 홍대용은 그의 깊고 넓은 지식에 대해 존경심을 갖게 되었다.

다음날, 나경적은 홍대용을 마당으로 데리고 나갔다. 널찍한 물웅덩이 옆에 웬 기계가 서 있었다.

"저건 무엇입니까?"

"자전수차인데, 논에 물을 대는 기계라오."

일종의 양수기였다. 나경적이 기계를 돌리자 길쭉한 주둥이에서 세찬 물줄기가 쏟아져 나왔다. 물의 힘을 빌려서 회전 날개를 돌려, 아래로부터 위로 물을 끌어올리는 장치였다.

홍대용은 놀란 입을 다물 수가 없었다.

"이쪽으로 와 보시오."

나경적이 마당 동쪽으로 안내했다. 그곳에서는 커다란 맷돌이 기계와 연결돼 있었다. 그가 뭔가를 비틀자, 맷돌이 저절로 돌아가며 콩을 갈았다.

"소나 말의 힘을 빌지 않고 기계를 이용해 맷돌을 돌리는 자전마라오."

그가 옆에 서 있는 커다란 나무 틀 쪽으로 가서 또 뭔가를 조작하자, 기계가 자동으로 곡식을 빻기 시작했다.

"요건 자용침이라오."

"어찌 이럴 수가."

"방아 찧는 것 처음 봤소? 허허."

마당 끝에는 물이 가득 담겨 찰랑거리는 연못이 있었다. 가장자리를 네모반듯한 나무판자로 이어 붙인 게 두드러져 보였다.

"이것은 수고(水庫)인데, 물을 저장해 놓는 창고인 셈이지. 자전수차에서 뿜어져 나오는 물로 수고를 채우는 원리라오."

"모두 조선에서는 보기 힘든 신기술로 만드신 기계들이로군요."

"실은, 내가 진짜 만들고 싶은 것은 혼천의라오."

"혼천의요?"

"혼천의는 하늘의 구조와 운행에 대해 관찰하는 천문 관측기구요. 그런데, 여러 문헌을 살펴보니 중국 것에 문제가 조금 있었소. 뭐가 문제인지 아시오? 중국의 별자리와 조선의 별자리가 다른 것이 결정적인 차이요. 그것을 고치고 다듬어서 조선의 하늘에 맞는 것을 제대로 만들고 싶은 게 나의 오랜 꿈이었소. 비용 때문에 엄두를 내지 못하고 있지만."

홍대용은 '혼천의'라는 말에 귀가 번쩍 뜨였다.

"정말이십니까? 저도 꼭 혼천의를 만들고 싶습니다. 혹시, 어르신께서 저와 함께 혼천의를 만드실 수 없는지요?"

"할 수는 있소만, 어마어마한 제작비용을 어찌 감당하시려오?"

"제가 아버님께 도움을 요청하겠습니다."

"부친께서? 무얼 하시는 분이시오?"

"금성목사이십니다."

그 말을 들은 나경적이 놀랍다는 듯 눈을 빛냈다.

"호오, 그래요? 젊은 선비께서는 금성목사 나리의 자제분이셨군요. 좋소, 좋아요! 도와만 주신다면 당장 시작하리다."

"감사합니다. 제가 오늘 석당 선생님을 찾아뵌 보람이 있군요. 하하."

홍대용의 두 눈이 기쁨으로 빛났다.

"나도 그대를 만난 것이 꿈만 같소이다, 그려. 허허."

나경적도 믿어지지 않는다는 듯이 홍대용을 바라보았다. 두 사람은 마당에 선 자세로 서로의 손을 굳게 맞잡았다. 나경적을 만난 것은 꿈으로만 그리던 혼천의를 실물로 만들 수 있는 천재일우의 기회였다. 오랜 세월 동안 바라만 보고 있었던 끝없는 계단을 단번에 오른 느낌이었다.

홍대용은 곧 나경적을 금성 관아로 모셨다.

"석당 선생님, 어서 오십시오. 기다리고 있었습니다."

홍 목사가 관아 마당으로 나와 나경적을 직접 맞아 주었다.

"나리께서 이렇게 환대해 주시다니 황감할 따름입니다."

"아닙니다. 제가 좀 더 일찍 선생님을 모셨어야 했는데, 이제야 뵙게 되는군요. 이쪽으로 오십시오."

홍 목사는 나경적을 관아 뒤편에 마련된 커다란 건물로 안내해 주었다. 홍 목사가 직접 문을 열어 주며 설명했다.

"이곳이 선생님께서 쓰실 작업실입니다. 원래 헛간으로 쓰던 곳이었는데 작업실로 개조했습니다. 얼마 전 인부들을 시켜 필요한 작업대 따위를 갖추어 놓았습니다. 혹시 더 필요한 부분이 있다면 언제든지 말씀해 주시기 바랍니다."

"목사님께서 이렇게까지 배려해 주시니 고맙기 그지없습니다. 젖 먹던 힘까지 내어 좋은 결실을 만들어 보이겠습니다."

흡족한 표정으로 작업실 내부를 돌아보던 나경적이 두 손을 모으며 공손하게 말했다. 홍 목사는 고개를 끄덕였고, 대용은 고개를 숙여 답례했다.

그날 오후, 나경적은 제자 안처인과 염영서를 불러들였다. 자신이 수년째 실학을 가르쳤던 선비 기술자들이었다.

"석당 선생님!"

"오! 어서들 오게."

두 제자가 당도하자 나경적의 얼굴이 밝아졌다.

"저희들이 할 일을 알려 주십시오, 선생님."

제자들은 이미 나경적이 왜 불렀는지를 아는 눈치였다.

"좋아! 우선, 기기들의 수치적인 계산은 처인이 자네가 맡아 주게. 제작과 조립은 영서 자네 몫일세."

"알겠습니다. 최선을 다하겠습니다."

두 사람이 입을 모아 다짐을 했다. 안처인과 염영서는 사람을 풀어 이론과 기술을 갖춘 기술자들을 신속히 데려왔다. 실무를 담당할 사람들과 인부들도 모집했다.

이틀 후, 필수 인원들이 확보되자 그는 곧 회의를 진행했다. 특히, 제자들을 비롯한 작업자들에게 혼천의를 어떻게 만들 것인지에 대해 진지하게 설명했다. 회의가 끝난 뒤에는 각자가 맡을 영역과 역할에 대해 구체적으로 정해 주었다.

"안처인이 1감독을, 염영서가 2감독을 맡아서 해당 인부들에게 적절한 역할을 맡겨 작업을 진행시켜 주게!"

"예, 선생님!"

짧고 굵은 회의가 끝난 뒤, 혼천의 제작 공사가 시작되었다.

나경적이 제자들을 데리고 총책임자가 되어 지휘하는 모습은 흡사 장군이 휘하의 장교에게 군령을 내리는 것처럼 일사불란했다. 다른 것이 있다면, 엄격하기만 한 군대의 군율에 비해 그들의 전달 체계는 한없이 부드럽고 인간미가 넘친다는 것이었다.

이론과 실무의 진용이 갖추어진 뒤, 나경적과 그의 제자들은 비가 오나 눈이 오나 혼천의 만드는 일에 온통 매달렸다.

윙윙, 뚝딱뚝딱, 쓱싹쓱싹.

온갖 요란한 기계 소리가 작업실 내에서 쉴 새 없이 들려왔다. 그 소리를 반주 삼아 작업자들이 풀무질과 망치질을 할 때는 꼭 대장

간처럼 보였다. 삼각자를 든 안처인, 직각자와 평형자를 든 나경적은 쇠붙이 길이를 재거나 둥근 쇳덩이에 작은 눈금을 찍었다. 소매를 걷어붙인 홍대용도 사람들 사이를 누비며 일손을 거들었다. 이 기간 동안 홍대용은 자연스럽게 나경적의 제자가 되었다.

"담헌! 거기 있는 쇠고리를 좀 갖다 주겠나?"

철골 구조물을 끼워 맞추던 나경적이 도움을 청했다.

"여기 있습니다, 선생님."

홍대용은 냉큼 쇠고리 하나를 조심스레 집어서 건네주었다.

"가만 있자. 이게 생각처럼 쉽지 않군."

바로 옆에서 톱니바퀴와 철사 따위를 든 염영서가 혼잣말을 했다.

"내가 잡아 줄까?"

안처인이 세 겹 고리 안에 들어갈 각종 기계 장치를 붙잡으며 싱긋 웃었다.

"그래 주면 좋겠네."

안처인과 염영서 두 사람은 한동안 낑낑대며 힘을 쓰더니, 가까스로 기계 장치와 고리를 연결한 뒤 이어 붙였다. 이 일을 할 때 인부 몇 사람이 다가와 거들었다.

작업은 밤에도 쉬지 않고 이어졌다. 너울대는 등잔불빛이 구슬땀을 흘리는 모두를 비춰 주었다. 나경적과 홍대용은 안처인과 염영서 두 사람이 협동하는 모습을 보고 말없이 웃었다. 서로 힘을 모아 하나의 작품을 만들어 가는 모습은 썩 괜찮아 보였다.

밤을 낮 삼아 일을 하는 동안 세월은 빠르게 지나갔다. 2년여 동안 온 힘을 기울인 결과, 꿈에도 그리던 혼천의가 만들어졌다.

"이태 동안 모두들 고생 많으셨습니다. 참으로 멋진 작품입니다!"

홍대용이 작업대 위에 세워 놓은 혼천의를 보며 감탄했다.

"쇠로 만든 혼천의는 안과 밖의 두 층으로 이루어져 있다네. 안과 밖으로 이어져 있는 세 개의 고리는 하늘의 둥근 모양을 본뜬 것일세."

나경적이 혼천의를 가리키며 설명을 했다.

"가운데에 걸어놓은 둥근 쇠는 땅의 모양을 나타낸 것이겠군요."

나경적의 설명 뒤에 홍대용이 말했다. 혼천의의 사방에는 스물네 개의 방위와 한 해 동안 달과 별들이 운행하는 길이 표시되었다. 안쪽에는 종이를 발라 달걀 모양을 이루고, 그 위에는 별자리 모양을 그려놓았다.

이리저리 둘러보던 홍대용이 고개를 갸웃했다. 기울기의 모양이 이상한 점을 발견하고는 곧 당황한 기색이 되어 말했다.

"어? 그런데, 이쪽 톱니바퀴가 제대로 안 돌아가는군요."

그 소리에 안쪽의 구조를 유심히 들여다보던 나경적의 낯빛이 갑자기 어두워졌다.

"어이쿠! 담헌 말이 맞군. 크기가 서로 맞지 않는 것 같네."

완성의 기쁨도 잠시, 나경적은 다시 제작에 들어갔다. 실패에서도 배우는 법, 실망할 필요는 없었다. 목표한 것에 거의 다다랐다는

것을 모두가 알고 있었다. 홍대용은 나경적 옆에서 일을 거들기 시작했다. 모든 것이 서툴렀지만, 두 번째 작업에 들어섰을 때는 연장을 쓰는 일이 훨씬 수월해져 있었다.

'역시 이론만 내세우는 것은 사상누각이고, 거기에는 반드시 실천이 따라야 해. 내 평생 연장이 손에 익을 줄이야 누가 알았겠는가.'

그로부터 1년 뒤, 처음보다는 작지만 훨씬 정교한 작품이 완성됐다. 톱니바퀴의 힘으로 돌아가는 기계식 혼천의였다. 처음 2년과 나중 1년을 합친 3년 동안 두 대의 혼천의와 자명종을 만드는 데 들어간 제작비용 5만 문은 모두 홍대용의 아버지가 대주었다. 5만 문은 5천 냥에 해당하는 거액이었다.

"이번에야말로 성공입니다, 선생님."

홍대용이 나경적의 두 손을 잡고 들뜬 목소리로 말했다.

"모든 사람이 힘을 합친 덕분일세."

나경적 역시 평생의 숙원을 이룬 기쁨을 감추지 못했다.

홍대용은 혼천의를 수촌마을로 옮겼다. 고향집 뜰에 네모진 연못을 파서 물을 가득 채운 뒤, 물 가운데 만든 작은 섬에 '농수각'이란 정자를 지었다. 그곳에 혼천의와 서양 시계인 자명종을 둔 날, 홍대용은 벅찬 가슴을 주체하기 힘들었다. 서른두 살의 홍대용과 일흔세 살의 나경적이 함께 꿈을 이룬 것이다.

혼신의 힘을 기울여 필생의 역작을 만들었기 때문일까. 나경적은 혼천의를 제작한 지 얼마 안 되어 세상을 떠나고 말았다. 그의 부음을 들은 홍대용은 동복현 이서면의 자택에 마련된 빈소로 한달음에 달려갔다. 멀리, 스승의 집에 다 왔음을 알리는 이정표인 아름드리 은행나무가 보였다.

"선생님! 석당 선생니임!"

빈소에 도착한 홍대용은 비통한 마음을 가눌 수 없어 통곡을 했다. 외마디 비명처럼 오로지 선생님이라는 말만 되뇌며 오열했다. 제자리에 엎드려 꼼짝도 하지 않던 그는 한참 후에야 휘청거리며 자리에서 일어섰다. 홍대용은 제문을 나직이 읊으며 그의 죽음을 애도했다.

"공은 홀로 부드러운 마음으로 남을 해치지도 않고 두려워하지도 않았으며, 학식을 지니고 숨어 살다가 암혈에서 세상을 떠났네. 갈 때가 되어 하늘로 올라갔으니, 굽어보나 우러러보나 부끄러움이 없도다. 타고난 천성 깨끗한 그대로, 저 하늘 가운데 떠돌겠지. 편히 살다가 순하게 돌아가니 공에게 무슨 슬픔이 있으랴?"

그는 한동안 금성에 머무르면서 나경적의 얼굴이 생각날 때마다 동복 물염정으로 달려가거나, 때때로 무등산에 올라 서석대를 오래오래 바라보다가 내려오곤 했다.

이듬해, 홍대용은 금성 아문을 떠나 고향 마을로 돌아왔다. 새 소리와 함께 눈을 뜨면 농수각을 보는 것이 낙이었다. 혼천의를 어루만지고 자명종 소리를 들으면서 스승 나경적을 떠올렸다. 가만히 더듬어 보니, 어른을 여읜 것은 이번이 두 번째였다. 집안의 어른인 할아버지는 요동 벌을 발로 밟아 보라는 말씀을 남겼다. 서원 밖에서 만난 또 다른 어른인 스승 석당은 마음속의 혼천의를 현실로 끄집어내 주었다.

'그래. 두 분 어른께서는 나에게 분명한 깨달음을 주셨다. 할아버지는 요동을 밟고 북경에 가라는 꿈을 주셨고, 석당 선생님은 나에게 혼천의를 만들어 주셨다. 북경에 가서 혼천의를 포함한 눈부신 문물을 직접 보고 만지고 느껴 보라는 무언의 언질을 제시해 주신 것이다. 두 분은 앞으로 내가 가야 할 길에 대한 이정표를 남기신 것이다. 나에게 뚜렷한 목표와 방향성이 생긴 이상, 앞으로 가야 할 길 또한 반드시 내 앞에 펼쳐지리라.'

홍대용은 아직 오지 않은 미래의 어느 지점에, 자신이 추구할 목표와 방향성이 펼쳐질 것이라 믿었다. 처음에는 막연했지만, 점점 강한 확신을 갖고 기대감을 키워 가고 있었다. 어느 때에 올지 모르는 그 기회에 부응하기 위해서라도, 홍대용은 중국어 공부에 부쩍 열을 올렸다. 준비가 없으면 기회를 잡을 수 없는 법이었다. 열심히 중국어를 익히다 보면 곧 기회를 가질 수 있게 될 터였다. 그는 마음을 다잡기 위해서라도 중국어 익힘 책을 시간 날 때마다 들여다보고 또 들여다보았다.

천애지기

"순의군 이훤을 정사에, 김선행을 부사에, 홍억을 서장관에 임명한다."

1765년 여름, 나라에서 동지사의 삼사 명단을 발표했다. 조선에서 북경에 보내는 사절단인 연행사는 해마다 동짓날 즈음 중국을 향해 떠났기에 동지사라는 이름이 붙었다. 명단 발표 후 정사와 부사, 서장관 등 삼사는 바빠졌다. 함께 데리고 갈 자제군관, 중국말을 통역해줄 역관과 짐꾼, 하인과 말몰이꾼 등 수많은 인원을 뽑아야 했기 때문이다. 이 무렵, 홍대용은 수촌마을로 날아온 편지 한 통을 받았다.

"조카 보아라. 조정에서 이번 연행 길에 데려갈 삼사의 자제군관 임명을 재촉하셨다. 정사께서는 이기성을 비장으로, 부사께서는 김재행을 자제군관으로 임명하셨고, 나는 너를 나의 자제군관으로 임명했다. 그러니, 너도 먼 길 떠날 채비를 갖추도록 하여라."

편지를 읽은 홍대용은 뛸 듯이 기뻤다. 평생의 숙원이 이루어지게 된 것이다.

"어머님, 숙부님께서 올 겨울 저를 북경에 데려가시겠답니다."

"그게 정말이냐? 참으로 잘된 일이로구나."

어머니는 환한 표정으로 축하해 주었다. 옆에 있던 홍대용의 아내 또한 온 얼굴에 행복한 미소가 번지면서 자신의 일인 양 즐거워했다.

"여보, 당신이 바라던 일이 이루어지는군요."

홍대용은 금성 관아의 아버지께도 이 소식을 알렸다.

그해 겨울, 홍대용은 아버지의 배웅을 받으며 북경을 향해 출발했다. 아버지는 중국으로 떠나는 아들을 위해 칠언율시로 된 전별시 일곱 수를 써주었다. 마흔아홉 줄의 긴 시 가운데 다섯 번째 수의 두 행에 눈길이 갔다. 중원 땅에서 흉금을 털어놓을 만한 좋은 벗을 만나기를 바라는 아버지의 속 깊은 염원이 담겨진 구절이었다.

너를 경계하노니 연경 가는 길에
은근히 기특한 선비를 찾으라

무악재의 홍제원을 출발하기 전, 홍억 서장관과 홍대용은 홍력 목사에게 인사를 올렸다.

"형님! 다녀오겠습니다."

"아버님! 내내 무탈하소서."

"오냐. 둘 다 건강한 모습으로 돌아오너라."

홍 목사가 동생과 아들에게 손을 흔들어 주었다.

이윽고, 사절단 일행이 움직이기 시작했다. 일행은 홍제원 문을 나선 다음 고양 벽제관에서 하루를 머문 뒤, 이튿날인 음력 11월 초사흘에 길을 떠났다. 홍대용의 짐 보따리 속에는 거문고가 들어 있었다. 열여섯 살 때부터 마음을 주고 의지해 왔던 평생의 벗이었다. 그것은 앞으로의 몇 개월 동안 산 설고 물 설은 이국땅에서 손에 익은 가락과 운율을 길어 올리며 기댈 언덕이 되어 줄 터였다.

초열흘날 평양에 도착했다. 날이 저물어 사위가 캄캄했다. 이튿날, 홍대용은 대동문을 지나 연광정에 올랐다.

"실로 24년 만에 다시 와보는구나."

연광정 뜰에 오니 만감이 교차했다. 열한 살 때 보았던 수유나무가 늠름한 자태로 서 있었다. 수유나무는 그 사이 더 크고 굵어졌다. 한여름의 햇살 속에서 푸른 잎사귀를 펼치고 있던 그때와는 달리, 앙상한 가지 사이로 찬바람만 숭숭 불어오고 있었다.

대동강과 능라도를 바라보자, 그 옛날 할아버지가 들려주었던 다정한 이야기들이 떠올랐다. 홍대용은 수유나무를 어루만지며 낮은 목소리로 중얼거렸다.

"할아버님! 저는 며칠 후면 요동 땅을 밟을 겁니다."

그러자, 모처럼 할아버지랑 이야기를 나누는 듯한 기분이 들었다.

홍대용 일행은 사흘간 모란봉과 을밀대를 비롯한 평양 경승을 두루 구경했다. 열사흘 날 평양을 떠나 일주일 뒤 국경 도시인 의주에 도착했다. 홍대용은 일행들과 떨어져 의주성 서북쪽 높다란 통군정에 올라가 먼 곳을 바라보았다. 뒤따르던 하인 덕유가 맞은편 험준한 산들을 가리키며 말했다.

"나으리! 저 앞에 보이는 곳이 다 오랑캐 땅입니다요."

"그렇구나. 옛적엔 우리 선조들의 땅이었지."

압록강 너머를 한참 동안 바라보던 홍대용은 산자락을 내려가 서수문 앞 장막 친 곳에 이르렀다. 그때, 의주 부윤의 쩌렁쩌렁한 목소리가 들렸다.

"상투밑과 주머니 속까지 다 뒤져라!"

수백여 명의 동지사 수행원들이 다섯 갈래로 길게 줄지어 서서 짐 검사를 받는 중이었다. 연행사를 따라가는 장사꾼들 가운데에는 나라에서 금지한 물품들을 북경에서 몰래 사고파는 얌체들이 있었다. 중국과 조선에 외교 문제를 일으키는 이런 골칫거리들 때문에 의주성의 관리들은 압록강에 다다르기 전에 짐 검사를 단단히 하는 것이었다.

"너도 거들어 다오."

의주 부윤과 더불어 짐 검사를 감독하던 홍억 서장관이 옆에 다가온 홍대용에게 말했다.

"알겠습니다."

홍대용은 이기성, 김재행 등 다른 군관들과 힘을 합쳐 짐 검사를 했다.

"만약 옷 속에 수상한 것을 감추고 있으면 큰일 날 줄 알아!"

저만치서, 의주 부윤의 지시를 받는 관리들이 우렁우렁한 목소리로 오금을 박았다. 군졸들은 고리눈을 뜨고 역관들의 말안장과 수레 안까지 샅샅이 헤집어놓았다. 상인과 하인들은 추위에 떨면서도, 웃통과 바지를 벗느라 야단법석이었다. 한바탕 북새통을 이룬 짐 검사는 늦은 오후가 되어서야 끝났다.

의주성을 지나 압록강 앞에 이르렀을 때는 눈발이 흩날리고 있었다. 한양을 떠난 지 25일 만에 압록강을 건너게 된 것이다.

비장 이기성, 자제군관 김재행과 홍대용은 흰색 도포를 벗어 짐 보따리에 넣고 갓을 의주 사람에게 맡긴 뒤 군관복으로 갈아입었다. 삼사의 수행원 가운데 김재행이 가장 연장자였다. 홍대용이 그다음, 이기성은 막내 격이었다.

'평생 붓만 잡아 온 내가 검은색 군관복을 입다니, 이거, 영 어색한 걸.'

홍대용이 이런 생각을 할 때, 세 사람의 우스꽝스러운 모습을 본 삼사가 수염이 흔들리도록 껄껄 웃어댔다.

"군관복 차림에다가 은 징자에 깃털 꽂은 총벙거지를 뒤집어쓴 선비들이라, 참으로 볼 만하군. 하하하."

왁자하게 웃는 소리에 김재행, 홍대용, 이기성 세 사람의 얼굴이 벌겋게 달아올랐다. 멀찍이서 이 광경을 지켜보던 하인들도 웃음을 참느라 입술과 볼을 씰룩거렸다. 한바탕의 소극이 끝난 뒤, 동지사 일행은 얼어붙은 압록강을 건넜다. 말을 타고 한참 동안 나아가니, 하늘과 맞닿은 듯한 들판이 끝없이 펼쳐져 있었다. 이 광경을 바라보던 홍대용은 저도 모르게 나직이 중얼거렸다.

'이곳이 요동 벌판인가. 보이는 것이라곤 아득한 지평선뿐이로구나.'

그 순간, 가슴이 뜨거워지면서 격정적으로 시 한 수를 읊었다.

간밤에 꿈을 꾸니 요동 들판 날아 건너
산해관 잠긴 문 한 손으로 밀치도다
망해정 제일층 한껏 취해 높이 앉아
묘갈(墓碣) 박차고 발해를 마신 뒤에
진시황의 미친 뜻을 칼 짚고 웃었더니
오늘날 초라한 행색이 누구의 탓이라 하리오

홍대용이 벅찬 감회에 젖어 있던 그때, 뒤처져 있던 하인 덕유가 헐레벌떡 뛰어왔다.

"나으리! 저것 좀 보셔요."

덕유는 잠시 숨을 고를 사이도 없이 벌판 너머에 우뚝 서 있는 하얀 탑을 가리키며 호들갑스럽게 소리쳤다.

"요양 백탑 말이냐?"

"엇? 나으리는 중국에 처음 오시면서 어찌 그런 걸 다 아셔요?"

"여기 다 나와 있거든."

"그게 무엇이옵니까?"

"예전에 북경을 다녀온 노가재 어른이 쓰신 서책이다."

"아하! 나으리께서 보물단지처럼 애지중지하신 이유가 있었네요."

"그래, 보물단지다."

홍대용은 그간 틈 날 때마다 김창업이 쓴《노가재 연행록》의 갈피끈을 넘기며 중국의 성읍과 마을, 산과 강에 대한 기록을 읽어보곤 했다. 심양을 거쳐 만리장성의 동쪽 끝 산해관으로 들어갈 때에는 더욱 꼼꼼히 살폈다. 그 덕분에 여행하는 재미가 새록새록 솟아나왔다. 덕유 말마따나 보물단지처럼 아끼는 이유가 있었던 것이다.

덕유랑 얘기하는 사이, 김재행이 자신의 말 머리를 홍대용의 말 옆으로 붙이며 가까이 다가왔다.

"담헌! 계주까지는 몰랐는데, 통주에 접어들면서부터 색다른 점이 있구먼."

"평중! 뭐가 다르다는 것입니까?"

"넓은 도로에 정성껏 돌을 깔아 놓은 이 길이 황성까지 이어진다니 놀랍지 않은가?"

"맞습니다. 조선의 길과 달리 흙먼지가 나지 않더군요. 달려오는 내내 저도 신기한 생각이 들었습니다."

북경을 코앞에 둔 팔리포를 지날 무렵, 땅을 울리는 소리가 들렸다.

우두두두두.

길을 가득 메운 중국 상인들의 수레바퀴 소리였다. 갑자기 귀가 먹먹해졌다. 그 소리 때문에 일행들과는 아무런 대화도 할 수 없었다. 한참 동안 침묵하며 앞으로 계속 나아가자, 상인들도 다 지나갔는지 어느덧 수레바퀴 소리도 잠잠해졌다. 그때, 저 멀리 높다란 건물 하나가 보였다.

"나으리! 저것이 바로 황성을 지키는 동쪽 성문, 조양문이옵니다."

하인 세팔이 청기와를 얹은 3층 건물을 가리켰다.

"그래? 우리가 드디어 북경에 온 것이로구나."

홍대용은 고개를 끄덕였다.

음력 12월 27일, 동지사 일행은 한양을 떠난 지 56일 만에 북경 땅을 밟게 되었다. 길에는 온통 세련되게 꾸민 사람들로 가득했다. 비단으로 수놓은 말안장을 얹은 말들이 경쾌한 말발굽 소리를 내면서 지나갔다. 으리으리한 건물과 북적이는 사람들을 보면서, 홍대용은 서울에 처음 온 시골뜨기처럼 어리둥절해졌다.

"물렀거라! 길을 비켜라!"

동지사 행렬의 맨 앞에서 하인들이 몽둥이를 휘두르며 소리쳤다. 그들은 모처럼 호가호위를 즐기는 모양새였다. 길거리를 가득 메운 행인들이 깜짝 놀라서 양옆으로 비켜섰다.

"예끼! 공연히 지나가는 사람들을 겁박하지 마라."

홍대용이 하인들을 나무랐다.

"무료한 여행길에 이런 재미라도 없으면 살맛이 나지 않습죠, 헤헤."

하인들은 꾸중을 듣는 게 이골이 난 듯 그저 실실거릴 뿐이었다. 홍대용은 하인들의 능청스러움에 고개를 절레절레 흔들었다. 벽돌로 반듯하게 쌓아올린 집들은 하나같이 견고해 보였고, 길거리는 깨끗했다. 그 모습을 본 홍대용이 김재행에게 말했다.

"평중! 저것 좀 보십시오. 집들마다 다 좋아 보이고 도로는 널찍하기만 하군요. 북경에 사는 사람들이 참으로 풍족해 보이지 않습니까?"

"그래 봤자 오랑캐인데, 얼마나 오래 가겠는가?"

"청나라가 들어선 지도 벌써 백년이 넘었지 않았습니까? 망하기는커녕 오히려 태평성대를 누리고 있음을 인정하지 않을 수 없군요."

바로 얼마 전, 청나라의 첫 번째 수도였던 심양을 지나쳐왔던 것이 떠올랐다. 심양에는 깨끗한 초가집과 너른 뜰을 갖춘 기와집들이 사이좋게 늘어서 있었다. 단정하게 정돈된 거리에서 중국인들의 넉넉한 살림살이를 엿볼 수 있었다. 수레 몇 대가 통과할 수 있는 큰 도로를 보면서는 경탄하는 마음까지 들었다.

'수레의 바퀴는 크고 작음이 있지만 바퀴 축의 길이만큼은 다 똑

같구나. 그러니 험준한 고갯길까지 다닐 수 있는 게지. 선박을 이용한 운수 제도는 또 어떤가? 수레보다 배가 훨씬 편리한 운송 수단임은 자명한 이치 아닌가. 오래 전부터 운하를 파서 조운선을 활발히 이용하고 있는 중국이 부럽기만 하구나.'

동지사 일행은 번화한 심양을 보면서부터 코가 쑥 빠지고 말았다. 한데, 물자가 풍부하고 발달된 문명을 누리는 북경의 번듯한 모습을 보자 더욱 주눅이 들었던 것이다.

"에구구……."

덕유가 한쪽 손으로 코를 싸쥐며 앓는 소리를 내자, 홍대용이 물었다.

"왜 그러냐? 코피라도 난 것이냐?"

"그게 아니굽쇼, 나으리. 북경 사람들은 눈 뜨고도 코를 베어 간다고 해서 그럽니다요."

"누가 그런 허튼 소릴 하던?"

덕유가 오른쪽을 쳐다보았다. 그러자, 말고삐를 쥔 덕형이 한쪽 눈을 찡긋, 했다.

"예끼! 의뭉스러운 녀석 같으니라고."

홍대용이 나무라는 척하자, 모두들 배꼽을 쥐고 웃었다.

1766년 정월 아흐렛날, 총병거지를 쓴 군관복 차림의 홍대용이 하인 세팔과 덕유를 데리고 조용히 조선관을 나오고 있었다. 총병

거지의 뾰족한 꼭대기에는 꾸밈새의 하나인 은 징자가 달렸고, 거기에 공작 깃도 꽂혀 있었다.

"나리! 저희들도 준비를 끝냈습니다."

이때, 관상감 관원 이덕성과 통역관 홍명복이 황급히 따라 나오며 외쳤다. 다섯 명으로 불어난 일행은 문 앞에 미리 대기해 둔, 삯을 주고 얻어 온 마차를 탔다. 그들이 탄 둥근 가마는 말 뒤쪽의 수레 위에 얹혀 있었다. 수레꾼이 말고삐를 막 당길 즈음, 갑자기 세찬 바람이 불어왔다. 눈발과 먼지가 날려 눈을 뜨기 어렵게 되자, 홍대용은 허리춤에 매달린 가죽 주머니에서 풍안경을 꺼내 썼다.

"바람과 티끌을 막기엔 이게 으뜸이지."

그가 움직일 때마다 총벙거지 꼭대기에 매달린 공작 깃털이 춤을 추었다.

"참 편리한 발명품입니다. 저도 어느덧 풍안경 애호가가 되었답니다."

이덕성이 담담한 목소리로 말했다. 그는 이미 오래 전부터 조정의 명을 받아 북경을 왕래해온 관록 있는 관상감 관원이었다. 그의 소임은 청나라에 들어온 서양의 역법과 천문 기기를 배워와 조선 고유의 시헌력(時憲曆)을 만드는 막중한 것이었다. 하지만 조선이 독자적인 시헌력을 만들어 사용하면 황제국의 체통이 구겨지는 것이라 여긴 청나라는 이를 엄격히 금했다. 조선은 청나라의 흠천감 관리들에게 뇌물을 주거나 남천주당의 서양 선교사들에게 선물을 주면서 시헌력 만드는 법을 배워 오려 했지만, 둘 다 쉬운 일이 아니었다. 흠천감 관리들이 잘 만나주지 않거나, 만나게 되어도 언어가 잘 통하지 않기 때문이었다. 홍대용은 동의한다는 뜻으로 이덕성 쪽을 향해 고개를 돌리며 싱긋 웃었다.

북경의 길바닥마다 넓고 얇은 돌을 수없이 깔아 놓으려면 도대체 얼마나 많은 비용이 들었을까. 얼마나 많은 사람들을 동원했고, 또 얼마나 많은 기간이 소요되었을까. 그 많은 사람들에게는 과연 정당한 삯을 지불했을까. 황성을 조성하는 것이니 영광으로 알라며 오히려 으르며 뭉갰을까. 수레 위에 앉아서 북경의 길거리를 바라보는 동안 홍대용의 머릿속에서는 수많은 생각이 피어오르고 있었다.

도시는 크고 잘 정비돼 있었다. 사람들과 수레로 붐비는 길 양옆으로는 가게가 즐비했다. 비단 장막으로 감싼 수레들은 한껏 화려한 빛깔로 수놓은 말안장을 두르고 있어서 눈길을 끌었다.

'내가 남천주당에 가게 되다니!'

수레가 정양문으로 들어설 즈음, 홍대용은 가벼운 흥분에 휩싸였다. 길 위를 구르는 바퀴 소리는 천둥마냥 컸고 설레는 가슴은 야생마처럼 마구 날뛰었다. 서쪽 성 밑으로 한참을 달리자, 회색 벽돌로 단단하게 쌓아올린 커다란 집이 나타났다. 사절단이 북경에 올 때마다 반드시 들르곤 한다는 남천주당이었다.

"어서 오십시오."

칼 찬 문지기가 정중히 남천주당의 문을 열어 주었다. 홍대용의 지시를 받은 덕유가 하루 전날 문지기에게 미리 통보를 해놓은 터였기에 무난하게 들어갈 수 있었다. 안으로 들어서니, 오른편의 벽돌로 쌓은 담벼락에 수많은 집들이 그려져 있었다. 홍대용은 그것이 진짜 집인 줄 착각하고 눈이 휘둥그레졌다.

“웬 집들이 저리 많은가?”

“이것은 그림입니다, 나으리.”

북경을 수십 차례 다녀온 세팔은 모르는 게 없었다. 홍대용은 잠시 멍한 표정이었다. 그는 여러 겹문을 지나 천주당 안으로 들어간 뒤, 별안간 멈춰 섰다. 서쪽 벽면을 몽땅 차지한 천하지도와 동편 벽체를 가득 채운 천문도가 눈길을 끌었기 때문이다.

‘서양인들이 만든 세계지도와 별자리의 위치가 그려진 지도가 아닌가? 이 귀한 것들을 내 눈으로 보게 될 줄이야!’

홍대용은 뜀박질하는 가슴을 간신히 누르며, 한참 동안 거대한 두 장의 지도를 올려다보았다. 높은 천장 아래로는 세로로 길쭉하고 둥그스름한 채색 유리창이 보였다. 유리마다 칠해진 온갖 기묘한 색깔 때문에, 햇빛 쏟아지는 날이면 신비로운 풍경이 펼쳐질 것만 같았다. 북쪽 벽 위 한가운데에는 머리를 풀어헤친 한 여인이 슬픈 눈으로 먼 곳을 쳐다보는 그림이 걸려 있었다. 꼭 진짜 사람이 허공에 떠 있는 듯해서 이상한 느낌이 들었다.

“아로새긴 창이며, 살아 있는 듯한 그림이며, 참으로 신묘한 솜씨로다!”

홍대용은 감탄을 금치 못했다.

“이쪽으로 오십시오.”

그때, 안내하는 이가 일행을 넓은 방으로 이끌어주었다. 그는 네 벽면에 걸린 크나큰 그림들을 휘둥그레 뜬 눈으로 쳐다보았다.

“귀하신 분들, 환영합니다.”

잠시 후, 두 사람의 서양 신부가 나와서 일행을 맞아 주었다. 둘 다 머리를 깎고 청나라 관복을 입은 차림새였다. 수염과 머리털이 세었지만 얼굴은 젊은이처럼 고왔고, 깊이 들어간 노란 눈동자는 쏘는 듯했다. 서양 신부는 홍대용 일행을 향해 두 팔을 벌리며 활짝 웃더니, 유창한 중국어로 말했다.

“제 이름은 유송령이고, 이쪽은 포우관이라 합니다. 수만 리 떨어진 서양에서 배를 타고 중국에 왔습니다. 지금 우리 두 사람은 흠천감에서 일하고 있습니다.”

유송령의 원래 이름은 할러슈타인이고, 포우관은 고가이슬이었다. 홍대용은 홍명복의 통역으로 얼른 이덕성을 소개했다.

“이 사람은 조선의 관상감에서 일하고 있습니다.”

관상감과 흠천감은 국립천문대라는 공통점이 있어서 얘기가 잘 통할 것 같았다. 홍명복은 유송령과 몇 마디 대화를 나누고는 홍대용에게 말했다.

“나으리, 유송령의 나이는 예순두 살이고 벼슬은 종2품이며, 포우관의 나이는 예순네 살 되었고 벼슬은 종6품이랍니다. 포우관이 두 살 더 많지만 벼슬은 유송령이 훨씬 높습니다."

"그렇군. 유송령에게 부탁을 해보게. 이덕성에게 책력 만드는 법, 별자리의 움직임을 재는 법에 대해 가르쳐 줄 수 있느냐고."

홍대용의 주문을 들은 홍명복이 유송령에게 그대로 전해 주었다. 하지만, 대화는 곧 난관에 부딪혔다. 이덕성이 조선말로 질문한 것을 홍명복이 중국어로 통역하면 유송령과 포우관은 열심히 들었지만 천문 역법의 전문 용어가 많아서 통역 자체가 힘들었다. 잠시 뒤, 어렵게 질문의 요지를 알아듣게 된 유송령은 곧바로 고개를 절레절레 흔들었다. 홍명복이 이덕성과 홍대용에게 통역을 해주었다.

"나으리! 그것은 중국 황제의 권한이라서 안 된다고 합니다. 자신은 그저 황제의 명을 받는 신하일 뿐이랍니다."

이덕성은 낙심한 표정이었다. 홍대용은 그동안 배운 중국어 솜씨로 이번에는 직접 유송령에게 부탁했다.

"천주당은 유명한 곳이란 소문이 자자한데, 구경 좀 해도 되겠습니까?"

유송령이 싱긋 웃으며 대답했다.

"얼마든지요. 자, 이쪽으로 오십시오."

일행이 유송령의 뒤를 따라갈 때, 어디선가 웅장한 종소리가 났다. 처음 들어본 소리에 모두들 귀를 쫑긋 세웠다.

유송령이 빨리 따라오라고 손짓하는 바람에 다들 그쪽으로 몰려갔다. 일행은 유송령을 뒤따라 어떤 방으로 들어섰다. 그 방의 남쪽 벽, 나무로 만든 거대한 틀이 모두의 시선을 잡아 끌었다.

"저것은 무엇입니까?"

홍대용이 손가락으로 나무틀을 가리켰다. 틀 밖으로 나온 크고 작은 오륙십 개의 쇠 통이 모두 천장을 향해 솟아 있는 게 특이했다. 유송령이 대답해 주었다.

"천주님께 예배드릴 때 연주하는 풍류라는 악기입니다."

그가 말한 '풍류'는 파이프오르간을 가리켰다.

"저 악기를 구경해도 되겠습니까?"

"물론입니다."

홍대용은 사다리를 타고 틀 위로 올라가 유심히 살펴보았다. 오른쪽의 커다란 뒤주 같은 틀 위에는 부드러운 가죽 주머니가 놓여 있었다. 아랫부리는 틀에 단단히 맞물려 있었고, 윗부리는 넓은 널빤지로 눌러놓았다.

"밧줄을 당겨 보라!"

신부가 천주당의 하인을 향해 손짓했다.

"예, 신부님. 이이익!"

하인이 용을 쓰며 자루를 잡아 올렸다가 내리 누르자 널빤지가 조금 들렸다. 이어서 삐거덕, 하는 소리와 함께 가죽 주머니가 팽팽하게 부풀어 올랐다.

"바람을 빌려 소리를 내는 악기로군요. 연주해 주실 수 있겠습니까?"

"오늘 연주자가 아파서 오지 않았지만 방법을 알려드릴 수는 있습니다."

유송령은 쇠통을 세운 틀 앞으로 가서 발로 네모진 말뚝처럼 생긴 기다란 나무 조각을 밟았다. 동시에, 손으로 두어 치의 나무 조각, 즉 오르간의 건반을 눌렀다.

우웅.

순간, 커다란 쇠통에서 대금을 부는 듯한 아름다운 소리가 났다. 형언키 어려운 음률이 천장 위로 짧게 울려 퍼졌다.

"제가 한번 만져 봐도 될는지요?"

이 모습을 주의 깊게 지켜보던 홍대용이 유송령에게 물었다.

"만져 보십시오."

홍대용은 손잡이 말뚝을 몇 번 조절한 뒤, 건반을 위아래로 번갈아 짚어 보았다. 잠시 자세를 가다듬은 그가 우아한 가락 하나를 연주했다.

우우우우웅.

음의 높낮이에 따라 때로는 피리를 부는 듯한, 때로는 생황을 부는 듯한 소리가 났다. 석실서원에서 마음을 다스릴 적마다 퉁기곤 했던 거문고의 한 곡조였다. 파이프오르간의 건반에 실려 나오는 가락은 실로 오묘했다. 비슷한 듯 다른 웅장한 저음과 가냘프고 고운 소리가 실내를 가득 채웠다.

"이것은 조선의 음악입니다."

홍대용이 유송령 쪽으로 고개를 돌리며 말했다.

"오! 뛰어난 연주 솜씨입니다. 분명히, 전에 한번 와서 연주해 보신 게 틀림없군요."

유송령이 놀란 표정으로 칭찬해 주었다. 그러자, 옆에 있던 홍명복이 손을 절레절레 흔들면서 과할 만큼 자랑을 늘어놓았다.

"아니, 아닙니다. 우리 나리께서는 중국 여행이 처음이십니다. 천문, 수학, 음악 등 여러 방면에서 재주와 기술이 매우 뛰어나신 분입니다. 혼천의까지 만든 분인걸요!"

"어허! 지나치게 띄우진 말게."

홍대용이 점잖게 주의를 주었다.

"나으리! 저 양반들께는 자랑을 좀 하는 게 좋습니다. 나리께서 대단하신 분이라는 것을 알게 되면, 저분들도 마음을 움직여 서양의 신기한 기계와 귀한 서적들을 구경시켜 줄지도 모르거든요."

홍명복이 여유마저 부리며 천연덕스럽게 대꾸하자, 실소할 수밖에 없었다.

"혹시 이곳에 자명종이 있습니까?"

홍대용은 아까 들린 소리가 자명종에서 난 것이라고 확신하며 서양 신부에게 물었다.

"아까의 종소리는 저 시계탑에서 난 겁니다."

유송령이 손짓으로 서쪽의 집을 가리켰다. 그쪽으로 가서 보니,

벽에 설치된 시계의 동그란 원판에는 로마자로 된 큼지막한 숫자들이 박혀 있었다. 그 위에 놓인 크고 작은 두 개의 바늘이 제각각 한 바퀴씩 돌 때마다, 일정한 종소리를 내는 것이었다.

"구경해도 되겠습니까?"

"물론입니다. 누각이 좁으니 한 사람만 올라가서 구경하십시오."

유송령이 두 손을 활짝 벌리며 웃어 보였다.

"그럼, 제가 올라가 보겠습니다."

홍대용은 총벙거지를 벗고 누각 위로 올라갔다. 두어 칸 되는 공간에 온갖 기계들이 가득 들어차 있었다. 한아름이 넘는 바퀴, 큰 종과 작은 종 다섯 개, 망치와 철사 따위가 두루 갖춰져 있었다.

'참으로 정교한 장치로군! 기계식 자명종을 자세히 살펴보고 생전 처음 보는 풍류까지 연주해 보았으니, 내 오늘 일은 평생 잊을 수 없겠구나.'

구경을 마친 홍대용이 누각 위에서 중얼거렸다. 백문이불여일견, 그 말이 맞는 말이었다. 책으로 읽으며 머릿속으로 그려 보던 것과는 하늘과 땅 차이였던 것이다. 게다가 바람을 이용해 소리를 내는 풍류는 상상조차 할 수 없는 악기였다.

"흠천감의 천문 관측기구를 볼 수 있을까요?"

"그곳은 외부인의 접근이 금지되어 있습니다."

홍대용의 부탁에 유송령이 난처한 표정으로 말했다.

"아쉽군요. 남천주당에는 망원경이 있습니까? 그것을 보고 싶습니다."

"옥상에 있으니 따라오십시오."

유송령이 성큼성큼 계단 위로 올라갔다. 일행은 그 뒤를 부지런히 따라 올라갔다. 청동 경통으로 만든 망원경의 크기는 조총의 통만 했다. 세 개의 외다리 위에 직각의 구조 틀이 있었고, 망원경은 그 위에 올려져 있었다. 망원경의 양쪽 끝에는 유리가 끼워져 있었다. 한 치가량 되는 짧은 망원경의 한쪽 끝에는 유리를 두 겹으로 붙여 놓았는데, 이것으로 하늘을 쳐다보았더니 온통 깜깜했다. 해를 관찰하던 홍대용은 태양 중간에 수평으로 한 줄기 선이 놓여 있는 것을 보고 의아한 생각이 들어 유송령에게 물었다.

"이 선은 무엇입니까?"

"수평을 유지하기 위해 그어놓은 것입니다."

"태양 가운데 흑점 셋이 있다는 기록을 본 적이 있는데, 왜 안 보일까요?"

"흑점은 셋만이 아니라 여덟 개까지 보이기도 합니다. 태양이 공처럼 구르기 때문입니다. 지금은 흑점이 없을 때라서 안 보이는 것이지요."

홍대용의 질문에 유송령이 대답했다. 흑점이 더 많을 수도 있고, 시간이 안 맞으면 보이지 않는다는 설명을 들으니 신기했다. 책을 통해 수많은 의문을 간직해 왔던 홍대용이 망원경으로 태양을 직접 관찰하며 문답을 하게 된 것은 커다란 소득이었다. 구경을 모두 마친 홍대용은 서양 신부들에게 고맙다는 인사를 한 뒤 천주당을 나왔다.

어느 틈에 풍안경을 쓴 그의 얼굴에 웃음꽃이 가득 피어올랐다. 새로운 것들을 보고 듣고 배울 수 있어서 행복했고 기뻤다. 그것은 이제까지 그가 책에서 배웠던 것과는 비교할 수 없는 구체성의 세계였다. 하늘 위에서 희끗희끗한 눈발이 나부끼더니, 그의 어깨 위로 나비처럼 하늘하늘 내려오고 있었다. 무엇과도 견줄 수 없는 좋은 날이었다.

1766년 1월이 되었다.

'북경에서 새해를 맞이하다니! 내 생애에 이런 날은 다시 찾아오지 않을 것이로다. 오늘은 그동안 꼭 가보고 싶었던 곳을 기필코 찾아가리라.'

조선관 문을 나서던 홍대용은 벅찬 감회를 느끼며 이렇게 중얼거렸다. 덕유를 비롯한 하인들을 데리고 막 출발하려 할 때, 김재행이 급히 뛰어오는 게 보였다.

"담헌! 같이 가세."

"오서 오십시오, 평중!"

홍대용이 외쳤다. 김재행이 올라탄 뒤 수레가 달리기 시작했다.

정양문 밖에서 서남쪽으로 방향을 틀자, 조선에까지 이름을 떨치고 있는 유리창 거리가 나타났다. 유리창은 서책, 유리그릇, 옥구슬, 필묵, 종이, 벼루, 안경, 그림, 악기, 골동품, 미술품 등 온갖 다양한 물건들을 파는 시장이었다. 이 같은 가게들이 무려 5리에 걸쳐 다닥다닥 붙어 있다는 게 도무지 믿기지 않을 지경이었다.

일행은 수레에서 내려 걷기 시작했다.

"본디 이곳은 원나라 때 유리 기와와 벽돌을 굽던 황실 가마가 설치된 공장이었습니다. 청나라가 들어서면서 가마는 폐쇄되었고, 그 대신 문방사우 상가들이 모인 서점가로 바뀌었답니다. 당시의 공장 건물을 창이라고 하는데, 동쪽과 서쪽에 문을 세워 유리창이라는 현판을 단 뒤부터 시장 이름이 되었습니다. 건륭제의 지시로 《사고전서》 편찬 사업이 몇 해째 진행되고 있는 중인 까닭에, 중국 각지에서 헤아릴 수 없을 만큼 많은 고서들이 유리창에 모여들게 되었답니다. 그 결과 처음 생길 때와는 비교할 수 없을 만큼 규모가 커졌고, 지금도 날마다 수많은 상점들이 새로 생길 만큼 번창하게 된 것이지요."

"허, 담헌은 모르는 게 없군."

"그저 서책에서 읽었을 뿐입니다."

"읽은 정도가 아니라, 아예 완벽하게 숙지하고 있질 않은가?"

김재행은 놀랍다는 표정으로 자신의 이마를 가볍게 탁, 쳤다. 홍대용은 싱긋 웃으며 걸음을 옮겼다.

"으휴, 크다!"

김재행이 어떤 책방 앞에서 발을 멈추었다. 일곱 개의 책방 가운데 제일 큰 가게였다.

"구경 한 번 해 볼까요?"

홍대용이 가게 문 쪽으로 김재행의 등을 밀었다. 그는 밀리는 척 하면서 책방으로 느릿느릿 들어갔다. 책방 안에 들어간 두 사람은 입을 딱 벌리고 말았다.

"삼면의 벽마다 시렁을 수십 층 매어놓고 시렁마다 서책들로 가득하니, 담헌이 매우 좋아할 만한 곳이구먼."

"가히 책의 바다로군요. 평중께서도 이런 곳을 좋아하지 않으십니까?"

"좋아하지……않아! 저 많은 서책에 깔릴 것 같아서 두렵구먼."

그는 짐짓 겁에 질린 표정을 지어 보였다. 상아로 만든 표찰이 달린 책들은 한눈에 보아도 수만 권은 넘을 것 같았다.

"아니, 저것은?"

책방을 나온 일행은 맞은편에 있던 거울 가게에 시선을 빼앗겼다. 가로나 세로로 놓인 거울, 끈에 매달려 있는 온갖 거울들이 눈에 띄었다. 수많은 거울들에 자신의 얼굴이 들어가 있는 게 놀라울 따름이었다. 손가락 마디만한 것부터 사람 키보다 더 큰 것까지 다양한 형태의 거울들 속에서 수십, 수백 개의 낯익은 얼굴이 자신을 쳐다보고 있었다. 거울 속의 얼굴, 또 다른 거울 속에 들어 있는 더 작은 얼굴들……. 그것들을 오래 들여다보자 황홀하고도 어지러운 느낌이 들었다.

"담헌! 여기 오래 있다가는 혼이 다 빠져나갈 것 같네."

"저도 어질어질하군요."

두 사람은 이내 가게 밖으로 나왔다. 차가운 바람이 옷 속으로 파고들었다. 울렁증이 가시는 느낌이었다.

"후우."

두 사람은 동시에 깊은 숨을 내뱉었다.

길거리에는 행인들로 가득했다. 그들은 서로 부딪치지 않으려고 조심했다. 큰소리로 떠들거나 소리치지도 않았다. 홍대용은 유리창 거리를 보면서 조선을 떠올려 보았다. 이곳과 비교해 보면, 한양의 번화한 거리마저 왠지 초라해지는 듯싶었다. 청나라의 실체를 알면 알수록 두려운 마음이 들었다. 동시에, 그동안 청나라를 오랑캐 나라라고 얕잡아보던 조선의 선비들이 떠올랐다.

'같은 하늘 아래 이렇게 다른 세상이 있었던가. 좌정관천(坐井觀天)이라더니, 조선이라는 좁은 땅덩이에 살면서도 오로지 자존심 하나만 내세우며 소중화라는 허울을 보물인 양 뒤집어쓰고 군자연하는 무리들은, 나를 비롯하여 그야말로 근시안의 소유자가 아니었던가.'

조선관으로 돌아오는 발걸음은 마치 수십만 권의 책을 짊어지고 오는 것처럼 뻐근하고도 무거웠다.

2월 초의 어느 날이었다. 이날 혼자 조선관을 나온 비장 이기성은 안경을 사기 위해 유리창 거리에 갔다. 여기저기 돌아다니다가 어떤 서점에 이르러, 안경 낀 젊은 선비 두 사람을 발견하고는 말을 걸었다. 그들은 둘 다 변발을 했고 청나라 복장을 하고 있었다. 점잖게 보이는 것 말고는 특이한 점이 없었다. 이기성은 그들에게 다가가 말을 걸었다.

"선비님, 제 친구가 안경을 사려 하는데 좀처럼 좋은 것을 구하기 어렵습니다. 선비님께서 그 안경을 제게 주시면 좋겠습니다. 값은 쳐드릴게요."

이기성이 부탁하자, 두 사람 가운데 한 명이 자신의 안경을 선뜻 벗어 주었다.

"이걸 가져가시오. 눈에 병이 든 사람의 마음을 잘 압니다."

"고맙습니다."

이기성은 얼떨결에 안경을 받아 들고는 정중히 인사를 했다. 그런데, 그 선비는 아무 일 없었다는 듯이 휙 뒤돌아서서 동료와 함께 걸어가는 게 아닌가. 당황한 이기성이 청나라 선비를 다급히 불렀다.

"엇, 선비님. 안경 값을 받으셔야지요."

"좋은 뜻으로 거저 드리는 것인데, 왜 그리 좀스럽게 구십니까?"

두 선비는 되돌아오더니 대뜸 퉁명스럽게 말했다. 선의를 받아들이지 않는 것을 서운해 하는 마음이 눈망울에 담겨 있었다. 안경을 거저 주겠다는데 왜 그러냐며 쩨쩨하다는 핀잔까지 들었으면서도 이기성은 왠지 기분이 좋았다. 두 선비의 행동거지가 훌륭해 보였기 때문이다.

“저는 조선 사절단의 한 사람입니다. 선비님은 어디서 오셨고, 계시는 곳은 어딘지요?”

이기성의 말을 들은 두 선비는 그제야 낯선 이방인에 대해 호기심을 갖는 눈치였다.

“우리는 절강성 사람입니다. 지금은 정양문 밖 건정동의 천승점에 머물고 있습니다.”

“제가 내일 찾아뵈어도 되겠습니까?”

“물론입니다. 그럼, 이만.”

선선히 방문을 허락한 두 선비는 가볍게 목례한 뒤 총총히 사라졌다. 조선관에 돌아온 이기성은 아까 있었던 일을 홍대용에게 그대로 이야기했다.

“그 선비들은 모두 용모가 깨끗하고 학식과 재주가 뛰어난 사람들처럼 보였습니다. 꼭 만나 보십시오.”

“고맙네.”

이기성의 이야기를 주의 깊게 듣던 홍대용은 청나라 선비들이 어떤 사람들일지 무척 궁금해졌다.

다음날, 홍대용은 김재행, 이기성과 함께 수레를 타고 건정동의 작은 골목으로 갔다. 천승점이라 쓴 남쪽 큰 문을 지나 안으로 들어가니, 푸른 담요를 덮은 탁자 위에서 글씨를 쓰고 있던 두 사람이 일어나서 공손하게 맞이해 주었다.

"어서 오십시오. 그러지 않아도 기다리고 있었습니다."

"저는 홍대용이라 합니다. 어제 우리 일행에게서 두 분의 아름다운 인품에 대해 전해 듣고는 꼭 뵙고 싶어서 찾아왔습니다. 두 분 선비님의 성함을 여쭤도 될는지요?"

"저는 엄성입니다. 저희는 항주 전당현에 사는데, 과거를 보러 북경에 왔습니다."

"저는 반정균입니다. 저희 둘 다 1차 시험에 합격한 뒤 2차 시험을 준비 중입니다."

엄성은 광대뼈가 튀어나오고 볼이 움푹 들어간 마른 체형의 사람이었다. 반정균은 작은 몸집에 곱상한 얼굴을 한 젊은이였다. 아담한 체격의 엄성은 맺고 끊는 맛이 분명해 보였고, 이목구비가 또렷한 반정균은 재주가 많아 보였다.

"제 중국어가 서투니, 필담을 하는 게 어떨까요?"

"담헌께서는 중국말을 썩 잘하시는구려. 그렇지만, 역시 필담이 낫겠습니다."

"그대들의 글을 보고 싶습니다."

필담 이야기가 나오자, 잠자코 있던 김재행이 붓으로 써서 의견을 물었다. 김재행의 글을 본 반정균이 재빨리 붓으로 뜻밖의 제안을 했다.

"저희들과 함께 고향을 떠났던 분이 계십니다. 1차 시험에서 장원을 한 육비라는 분인데, 나중에 이곳으로 올 예정이지요. 우선,

육비의 글과 그림을 보여드리겠습니다."

반정균은 탁자 위에 놓여 있던 그림 한 장을 불쑥 내밀었다. 수묵으로 그린 연꽃 그림에서는 힘이 넘쳐 보였다. 글씨도 예사로운 솜씨가 아니었다.

"이제 보니, 모두 훌륭하신 분들이군요."

그림을 본 홍대용과 김재행은 감탄을 금치 못했다.

"칭찬이 지나치십니다."

반정균과 엄성이 손을 내저으며 겸양의 뜻을 나타냈다.

필담을 시작한 뒤부터는 홍대용이 주로 묻고 엄성과 반정균은 답변을 하는 식이 되었다. 간혹 옛 시인의 시를 읊거나 그림에 대한 평도 했다. 학문과 예술, 빼어난 경치뿐만 아니라 서로의 옷차림에 대해서까지 막힘없이 이야기했다. 시간은 자꾸 흘러 저녁이 되었다. 탁자 위에는 필담을 적은 종이 뭉치가 수북했다.

"나으리! 조선관에 돌아가야 할 시간이옵니다."

늦은 시간까지 이어진 이날의 만남은, 하인의 재촉이 거듭 이어지면서 끝났다. 홍대용 일행이 되돌아갈 때, 엄성과 반정균은 문 앞까지 나와 정중히 배웅해 주었다.

이튿날은 홍대용이 엄성과 반정균을 조선관에 초대했다. 홍대용의 보고로 두 사람이 방문한다는 것을 미리 알게 된 삼사는 따뜻한 차를 내오는 등 무척 반갑게 맞아 주었다. 홍대용과 김재행도 두 사람을 극진하게 대해 주었다.

"이토록 따뜻하게 환대해 주시니 그저 고마울 뿐입니다."

"고맙긴요. 두 분은 저에게 매우 소중한 분들이십니다."

엄성과 반정균이 정중하게 사의를 표하자 홍대용 역시 정중하게 답했다. 삼사로부터 융숭한 대접을 받은 엄성과 반정균은 시종 밝은 표정이었다. 두 번의 짧은 만남이었지만 그들은 서로 뜻이 통하는 것을 마음으로 느꼈고, 단박에 깊은 우정을 나눈 사이처럼 가까워졌다.

"천승점에서 선물을 주셨사옵니다."

이틀이 지난 다음 건정동에 다녀온 하인 덕유가 보따리를 들고 왔다. 풀어 보니 부채와 붓, 도장 파는 돌이 들어 있었다.

"허, 이렇게 고마울 데가. 나도 보답을 해야겠구나. 얘, 덕유야! 얼른 이것들을 가지고 천승점에 전해 주고 오너라."

홍대용은 덕유를 시켜 부채와 청심환, 먹과 벼루 등을 답례로 보냈다. 만난 지 얼마 되지 않았지만 홍대용, 엄성, 반정균 세 사람은 마음과 정성을 다해 벗에 대한 예의를 지키며 우의를 다졌다.

며칠 뒤, 홍대용은 건정동에 거문고를 가지고 갔다. 날이 저물도록 필담을 나누던 끝에, 반정균이 거문고를 가리키면서 말했다.

"담헌의 거문고 타는 솜씨가 훌륭하다는 것을 평중에게서 들었습니다."

"그러지 않아도 벗들을 위해 연주하려던 참이었습니다."

홍대용은 거문고를 무릎 위에 올려놓고는 잠시 바라보다가, 괘를 짚은 왼손을 지그시 누르며 오른손에 쥔 술대를 힘차게 내리쳤다. 거문고의 현을 떠난 가락이, 등잔대에 살포시 가 닿았다. 그 기분 좋은 떨림이 등잔불 위를 감돌아 다시 손끝에 전해졌다. 때로는 폭포수가 떨어지듯, 때로는 시냇물이 여울져 흐르는 듯, 세차게 휘몰아치다가 부드럽게 안겨 오는 가락이 방안 구석구석까지 스며들었다. 거센 음과 여린 음, 높은 음과 낮은 음 사이에서 장단을 맞추던 사람들의 얼굴에는 여러 빛깔의 감정이 엇갈리고 있었다. 거문고 연주를 끝낸 홍대용이 입을 열었다.

"저는 천하의 뛰어난 선비를 만나러 머나먼 중국 땅에 왔습니다. 이제, 그토록 바라던 바가 이루어진 것 같습니다. 하지만, 머지않아 헤어지면 다시 만나지 못한다는 게 안타까울 뿐입니다."

반정균의 눈에서 금세 눈물 한 방울이 비어져 나왔다.

"담헌의 말씀이 제 가슴에 사무치는군요."

엄성도 눈에 슬픔이 가득 고였다. 거문고 가락을 들으면서 만남의 기쁨을 곱씹다가도 곧 이별의 순간이 다가온다는 사실 앞에서 처연한 마음을 감추지 못했던 듯싶었다.

"아쉽지만, 오늘은 이만 돌아가야겠소."

벗들의 눈물어린 얼굴을 차마 쳐다보기 어려워, 홍대용은 김재행과 함께 서둘러 천승점을 떠났다. 엄성과 반정균은 문 밖까지 나와 떠나는 이들을 전송했다.

그 후로도 홍대용은 틈 날 때마다 건정동에 드나들며 벗들을 만났다. 때때로 중국 관리들은 조선관의 사절단들에게 바깥나들이를 금할 때가 있었다. 그들의 단속이 심해져서 부득이하게도 조선관에 머무르게 될 때면, 홍대용은 꼭 정성어린 편지를 써서 엄성과 반정균의 안부를 묻곤 했다.

2월 중순경, 엄성과 반정균으로부터 육비가 북경에 도착했다는 전갈을 받았다. 홍대용과 김재행은 그를 만나러 천승점에 갔다.

"자, '강남 제일의 인물' 육해원을 소개합니다. 해원은 북경에서 1차 시험에 장원한 선비에게만 주는 칭호랍니다."

반정균이 조금 들뜬 목소리로 말했다.

"해원의 빼어난 글과 그림을 전에 보았으니 우리는 구면인 셈이로군요."

홍대용이 예를 갖추며 반갑게 인사했다.

"이렇게 만난 것도 큰 인연인데, 우리가 형제의 뜻을 맺으면 어떨까요?"

육비가 말했다. 키는 작았지만 희고 둥근 얼굴, 서글서글한 눈매에서 사내다운 힘이 뿜어져 나왔다. 과연, 시와 그림이 빼어난 그는 강남 제일의 인물이라 불릴 만했다.

"좋습니다."

김재행이 대답했다.

"그럼, 이제 서로의 나이를 밝힙시다."

육비가 제안했다. 나이를 따져 보니 마흔아홉 살의 김재행이 맏형이었고 마흔여덟 살의 육비는 둘째였다. 서른여섯 살의 홍대용은 셋째, 서른다섯 살의 엄성은 넷째, 스물다섯 살의 반정균은 막내였다.

"오늘은 철교와 난공에게 주는 글을 써 왔소이다."

홍대용이 말했다. 철교는 엄성의 호이고, 난공은 반정균의 자였다. 육비가 홍대용에게서 종이를 건네받아 차례로 읽었다.

"난공 보시오. 높은 재주와 빼어난 문장을 지닌다 해도, 덕으로써 그것을 다스려야 합니다. 철교에게 드립니다. 항주에 산이 있으니 나물 캐어 먹을 만하고, 항주에 물이 있으니 몸을 씻고 고기를 잡을 만합니다. 부지런히 학문을 닦으면 후손들이 본받게 될 것이오……. 흠, 깊은 의미를 담고 있는 멋진 글이로군요."

육비가 읽기를 마치자, 엄성이 기쁜 얼굴로 말했다.

"담헌 선생께서 주신 이 말씀을 평생 간직하면서 후손들에게 일깨우겠습니다."

이날은 육비가 옴으로써 더욱 풍성한 만남이 되었다. 홍대용은 벗들과 맺은 우정의 끈이 단단하게 서로를 이어주고 있음을 깊이 느꼈다.

벗들과의 만남을 끝내고 조선관에 돌아온 홍대용은 커다란 만족감을 느끼며 중얼거렸다.

"큰 나라이건 작은 나라이건 벗들을 사귀는 도리는 어디나 다 똑같구나. 참으로 행복한 날이다."

며칠 뒤, 홍대용은 삼사를 모시고 이곳저곳 구경하러 다녔다. 그러는 동안 가뜩이나 짧은 2월이 순식간에 중순을 넘어가고 있었다. 하순으로 접어든 어느 날, 홍대용은 김재행과 더불어 엄성과 반정균, 육비를 만나러 갔다. 이날은 홍대용이 천승점에 들른 일곱 번째이자 마지막 만남의 날이었다.

"해원! 철교! 난공! 그동안 잘 지내셨소?"

"물론입니다. 담헌, 평중께서도 평안하셨는지요?"

육비, 엄성, 반정균, 홍대용과 김재행은 누가 나그네고 누가 주인인지 모를 정도로 친근하게 서로의 얼굴을 바라보며 안부를 물었다.

"우선 차부터 드시지요."

반정균이 차 주전자를 가져와 홍대용과 김재행의 잔에 가득 부어 주었다.

"고맙소. 따끈한 차를 마시니 얼었던 몸뿐만 아니라 마음도 훈훈해지는군요."

홍대용은 두 손으로 찻잔을 들어 한 모금 마신 뒤 활짝 웃었다.

이날은 서로 뒤질세라 오래도록 학문과 배움의 자세에 대해 필담을 했다. 탁자 위에는 흘려 쓴 붓글씨의 먹물이 마를 새 없이 금방 새로운 종이로 뒤덮여 갔다.

홍대용은 종이에 글을 쓰다가도 가끔은 중국어로 엄성, 반정균,

육비와 더불어 대화를 했다. 이야기하는 도중에도 부지런히 붓을 들어 종이에 썼다. 어떤 대목에는 동그라미를 그리고, 어떤 대목에는 점을 두 번씩 찍거나 손가락으로 가리키며 힘주어 강조하기도 했다.

"글 읽는 사람의 마음가짐이 가장 중요한 게 아니겠소? 고전을 읽는 것도 중요하지만 읽는 이의 자세가 가장 중요하다고 생각하오."

홍대용은 이같이 말하고 쓰면서 붓으로 동그라미를 두 번 그렸다. 필담을 적은 종이는 탁자 위에서 의자 위로, 나중에는 발밑에도 수북이 쌓여 갔다. 그러는 동안 어느덧 날이 저물고 있었다.

"나으리! 더 늦으면 조선관 문이 닫히고 맙니다."

마당에 있던 하인 덕유가 돌아가야 한다고 재촉했다.

"알았다. 조금만 기다려라."

김재행이 덕유에게 말했다. 시간이 자꾸 흐르자 육비, 엄성, 반정균은 홍대용, 김재행과 서로 헤어져야 하는 아쉬움을 감추지 못했다.

"다음 달 초하루에 우리는 조선으로 돌아갑니다. 우리가 이별해야 할 시간이 턱밑까지 왔군요. 우리는 우연히 유리창 거리에서 만났고, 이제 헤어지면 영영 다시 만날 수 없을 것이오. 다만, 공부를 게을리 하지 않고 깊은 깨우침을 얻는 것만이 우리의 우정을 저버리지 않는 길임을 잊지 않기를 바랄 뿐이오."

홍대용이 붓으로 이같이 쓰자, 엄성도 붓으로 한 마디를 썼다.

"바다가 마르고 돌이 썩을 때까지 오늘을 잊지 않겠습니다."

붓을 놓은 엄성은 벌써 눈물이 그렁그렁했다.

"나으리! 이제는 정말로 조선관에 빨리 돌아가야 합니다!"

밖에서 초초한 얼굴로 덕유가 거듭 재촉했다.

"그래, 이제 곧 나가마."

자리에서 일어선 홍대용과 김재행이 벗들과 작별인사를 했다.

"해원! 철교! 난공! 항상 평안하시길 바라오."

"담헌! 평중! 두 분 포함해 연행사 일행 모두가 조선으로 무사히 돌아가시길 빌겠습니다."

헤어질 때, 모두들 가슴이 먹먹해졌다.

조선관으로 돌아온 뒤, 홍대용의 가슴속에는 묵직한 뭔가가 자리 잡았다. 벗들과 다시 만날 수 없음을 인정해야 하는, 이별의 아픔이었다. 하지만 아픔만 남은 것은 아니었다. 진정한 우정을 나누는 데는 말이 중요하지 않았다. 마음이 통하는 이심전심이야말로 가장 중요한 소통의 창이었음을 확인하는 시간이기도 했다. 무엇보다도, 말하지 않아도 서로를 이해할 수 있는 벗들을 얻었다는 사실이 천하의 보물을 손에 쥔 것보다 더 소중한 일이었다.

우주는 무한하다

1766년 3월 초하루, 홍대용은 북경을 떠났다. 압록강을 넘어 수촌마을에 도착했을 때는 여름이 다 되어 있었다. 대문에 들어서자, 그 사이 더 늙으신 어머니가 주름진 얼굴로 맞이해 주었다.

"어머님 그동안 별고 없으셨지요?"

홍대용이 허리 숙여 절을 했다.

"어서 오너라. 그새 얼굴이 꺼칠해졌구나."

"아버지!"

"여보……."

어머니 뒤에 서 있던 두 딸과 아내가 눈물 그렁그렁한 얼굴로 홍대용을 바라보며 외쳤다. 아내의 등에는 세 살 된 아들 원이 업혀 있었다.

"오! 그동안 잘 있었소? 너희들도 다 건강해 보이는구나."

홍대용은 금성 관아에 계신 아버지께 편지를 부친 뒤 툇마루에 앉아 청명한 하늘을 바라보았다. 문득, 남천주당과 유리창의 진귀한 풍경들이 생생히 떠올랐다. 유리창에서 사귄 벗들의 다정한 말들도 귓가에 들려오는 듯했다.

'그래. 소중한 기억이 사라지기 전에 글로 남기자.'

붓을 든 홍대용은 중국에서 보고, 듣고, 겪었던 일들을 정성껏 쓰기 시작했다. 연행길에 겪었던 일들을 글로 옮기려 하니, 얼마 전에 경험했던 일들이 생생히 되살아나왔다. 유리창의 서점마다 가득히 쌓여 있던 서책들, 남천주당 벽에 걸려 있던 거대한 세계지도와 천문도, 바람의 힘으로 오묘한 음률을 쏟아내던 풍류라는 악기……그리고, 국경과 신분과 나이를 뛰어넘어 우정을 맺은 건정동의 벗들을 떠올리자 그리움이 사무쳐 올라왔다.

북경에서 벗들과 나눈 편지며 필담 뭉치를 상자에서 하나하나 꺼내 보았다. 필담을 모은 종이는 빠른 대화를 기록하느라 모두 흘림체로 쓰여 있었다. 이것을 반듯반듯한 정자체 글씨로 옮겨 썼다. 이 작업을 하는 데만 꽤 많은 날들이 흘러갔다.

고된 집필 작업이 결실을 맺은 것은 5월 중순경이었다. 홍대용은 건정동에서 만난 벗들의 편지를 4개의 첩으로 묶어 《고항문헌》이라는 제목의 책을 완성했다. 그로부터 한 달 후에는 엄성, 반정균, 육비를 어떻게 만났는지를 기록한 글, 그들과 나눈 필담, 함께 주고받은 편지를 3권으로 엮어서 《건정동 회우록》이란 제목을 붙였다.

이 원고들을 백탑의 벗들에게 맨 먼저 보여주고 싶었다. 엄성, 반정균, 육비 등에게도 편지를 보내어 벗들의 안부를 묻는 한편 조선에 돌아와 집필에 몰두하고 있는 자신의 근황을 알렸다.

홍대용은 가제본한 원고 뭉치를 보자기에 정성껏 싼 다음 한양으로 올라갔다. 남산골에 짐을 푼 뒤, 맨 먼저 들른 곳은 큰절골에 있는 박지원의 집이었다. 홍대용은 대문 앞에서 큰소리로 벗을 불렀다.

"연암! 게 있소?"

반가운 목소리가 들리자, 방안에 앉아 서책을 보던 박지원이 버선발로 뛰어나왔다.

"담헌 아니십니까? 북경에는 잘 다녀오셨는지요?"

"덕분에 이렇게 잘 다녀왔소."

"안으로 드시지요."

"그럽시다."

두 사람은 사랑채에 들어갔다. 방은 주인을 닮은 듯 소박했다. 윗목 구석의 횃대에 걸린 단벌 두루마기, 벽에 가득 쌓아올린 서책이 전부였다.

"북경은 어떤 곳입니까? 궁금한 점들이 많습니다."

자리에 앉자마자 박지원이 질문을 던졌다.

"그러지 않아도 연암이 궁금해 하실 것 같아서 집필한 원고 더미를 통째로 가져왔습니다. 여기 있소이다."

홍대용은 보자기에 싼 원고 뭉치를 꺼내서 보여주었다.

"《건정동 회우록》이라, 중국에서 만난 벗들에 관한 이야기인가 보군요."

홍대용이 건넨 가제본 상태의 원고를 받아 든 박지원은 흥분을 감추지 못했다.

"맞습니다. 연암이 이 원고에 서문을 좀 써 주시오."

"제가요?"

"서문을 쓸 이는 연암밖에 없소이다. 써 주시겠소이까?"

"아무렴요, 쓰다마다요. 담헌께서 친히 부탁하셨는데 제가 당연히 써야지요."

"고맙소, 서문을 쓰기 전에 한 가지 들려주고 싶은 이야기가 있소. 실은 북경에서 청나라 선비 세 사람을 사귀었소."

"그게 정말입니까? 조선에서는 신분상 차이 때문에 서로 알고 지내지 않는 사람과는 사귀기 힘든 법인데, 어찌 청나라에서는 마음을 허락하실 수 있었습니까?"

"실은, 우리나라에서는 인습에 얽매여 마음껏 벗 사귀기가 힘들어 답답했소이다. 그것은 연암도 마찬가지였을 거라 생각하오. 청나라가 옛날 중국은 아니지만, 제도가 바뀌었다 해도 도의마저 달라지기란 어려운 것이지요. 내가 그들과 국경을 초월해 사귀게 된 것은 역지사지의 마음을 가졌기 때문이오. 서로를 이해하려는 마음이 있었기에 번거롭고 까다로운 예절 따위는 잊고 순수하게 우정을 나누게 된 것이오."

"그렇군요. 방금 말씀해 주신 내용이 의미심장하군요. 서문을 쓰는 데 큰 도움이 되겠습니다."

설명을 다 듣고 난 박지원이 활짝 웃었다. 둘의 이야기는 밤늦도록 이어졌다.

며칠 후, 박지원이 남산골로 찾아왔다. 방으로 들어오자마자 박지원은 소매 속에서 반으로 접은 한지를 꺼내었다.

"서문을 써 왔습니다."

홍대용이 한지를 펼쳤다. 묵향이 코끝에 감돌면서, 박지원 특유의 활달한 문체가 눈길을 사로잡았다.

"한번 낭독해도 되겠소?"

"물론입니다. 이 글은 담헌께 바치는 글이니까요."

홍대용은 목소리를 가다듬어 시를 낭송하듯이 읊조렸다.

"나는 이 책을 다 읽고 탄복하여 이렇게 중얼거렸다. 담헌은 벗 사귀는 법에 통달했구나. 나는 이제야 벗 사귀는 법을 알았다. 그가 누구를 벗으로 삼는지를 보고, 누가 그를 벗으로 삼는지를 보며, 또한 그가 누구를 벗으로 삼지 않는지를 보는 것, 이것이 나의 벗 사귀는 방법이다."

"제가 담헌의 글에 누가 되지나 않을까 염려됩니다."

"아니오, 그 무슨 겸손의 말씀을. 과연 연암다운 필력이오. 무척 마음에 드는 글이오. 이처럼 좋은 서문을 써주어서 고맙소이다."

"과찬의 말씀입니다. 부끄러운 글이지만, 마음에 드셨다니 다행입니다."

남산골 홍대용의 집에서는 한동안 두 사람의 두런거리는 말소리, 간간이 들리는 유쾌한 웃음소리가 끊이지 않았다.

홍대용이 세 친구에게 보낸 편지는 국경 너머 수천 리의 땅을 넘나드느라 오랜 시간이 걸렸다. 마찬가지로 중국의 세 친구가 홍대용에게 보낸 편지 역시 그러했다. 홍대용과 작별한 뒤 엄성, 반정균, 육비 세 사람은 고향인 항주로 돌아갔다. 이 때문에 홍대용이 보낸 편지는 북경까지 배달되었다가 그곳에서 다른 사람의 손을 거쳐 항주로 다시 전해지는 복잡한 경로를 거쳤다.

"담헌 선생의 고상한 인품이 사무치게 그립구려."

엄성을 비롯한 반정균과 육비도 곧바로 답장을 보냈다. 이 편지 역시 항주로부터 북경을 거쳐 조선에까지 전해졌기에 대략 1년이 넘는 시간이 걸렸다.

이듬해의 어느 겨울, 엄성은 가정교사 자리가 나서 복건 지방으로 갔다가 그곳에서 그만 병에 걸려 죽고 말았다. 홍대용이 이 사실을 알게 된 것은 한 해가 지나서였다.

"담헌 선생님. 슬픈 소식을 전합니다. 건정동에서 밤새 우의를 다졌던 철교 형이 운명을 달리 하고 말았습니다."

반정균과 육비가 보낸 편지에는 청천벽력 같은 소식이 들어 있었다.

"아! 철교가 죽다니!"

홍대용은 저도 모르게 큰 소리를 질렀다. 순간, 무릎이 꺾였고 울음을 참느라 금세 눈앞이 흐려졌다. 홍대용은 제문을 지어 소량의 제물과 함께 북경으로 보냈다. 북경을 거쳐 인편을 통해 항주로 가는 긴 여정 끝에 편지가 도착한 것은 1년이 지난 후였다.

"이럴 수가!"

제문과 제물을 받아 든 엄성의 가족들은 모두 놀라서 어안이 벙벙해졌다. 마침 그날은 엄성이 죽은 지 2년째 되는 기일이었던 것이다.

엄성의 형 엄과와 이웃에 사는 친구 주문조는 곧 조선의 홍대용에게 정중한 답장을 보냈다. 이 편지는 우여곡절을 거친 뒤 사절단의 일원으로 북경에 갔던 이덕무의 손에 의해 홍대용에게 전달되었다. 항주에서 부친 지 꼭 십년만의 일이었다.

'존경하는 담헌 선생님께. 제 동생 엄성은 북경 유리창의 건정동에서 선생님과 우정을 나눈 이후 항상 선생님을 그리워했습니다. 병이 깊어 숨이 넘어갈 때, 제 동생은 담헌 선생님이 선물해준 묵향을 맡으며 눈을 감았습니다. 이 같은 사실을 장황하게 알려드리는 것은 두 분께서 천애지기를 맺은 사이임을 아는 까닭입니다. 담헌 선생님, 늘 건안하소서. 항주에서 엄과, 주문조 올림.'

홍대용은 엄성이 자신을 늘 잊지 못했으며, 북경에서 자신이 건네준 먹을 안고 눈을 감았다는 사실을 알고 나서 가슴이 찢어지는 듯한 고통에 휩싸였다. 곧 엄과와 주문조에게 감사와 위로의 편지를 보내었다. 항주로 보내는 생애의 마지막 편지였다.

십여 년 저쪽의 이야기야 그렇다 치고, 홍대용의 글쓰기는 섬돌 밑에서 귀뚜라미가 요란하게 울어 젖히는 가을까지 계속되었다. 한글로 정성스럽게 쓴 원고에 《을병연행록》이란 제목을 붙인 뒤 맨 먼저 어머니께 보여드렸다.

"우리 덕보가 참으로 실감나게 썼구나. 첫 대목을 대충 눈으로 훑었는데도, 내가 꼭 북경 거리를 다니고 있는 듯한 생각이 들 정도니 말이다. 어멈에게도 꼭 읽어 보라고 해야겠다."

홍대용의 어머니는 비단 실로 묶은 몇 꼭지를 받자마자 글자 하나하나를 빨아들이듯 읽으며 환하게 웃었다.

"그리 여기셨다면 퍽 다행이옵니다. 어머님께서 원이 엄마랑 같이 읽으시겠다니, 그 이상 바랄 게 없습니다. 이 원고는 초고에 지나지 않습니다. 앞으로 시간 날 때마다 고치고 덧대어서 계속 집필할 생각입니다. 완성되려면 멀었지만, 다 쓰고 나면 꽤 두터운 작품이 될 것입니다."

"그래, 나중에 꼭 잘 다듬어서 훌륭한 책으로 펴내기를 바란다. 그렇지만, 나는 초벌 원고라도 만족한다. 읽기 쉽게 써놓아서 좋구나."

어머니의 환한 모습을 바라보자, 여태 먹을 갈고 붓으로 쓰느라 묵직했던 팔이 거뜬해지는 느낌이 들었다.

다음날부터 어머니는 아내와 함께 일과시간이 끝날 때마다 홍대용이 쓴 글을 돌려보느라 바빴다. 두 사람은 나직나직하게 대화하면서 모처럼 웃음꽃을 피우곤 했다. 안방에서 어머니와 아내의 웃음소리가 들려오자, 홍대용의 가슴에는 행복한 물결이 번져갔다.

홍대용은 박지원의 서문까지 합쳐서 《건정동 회우록》을 매조지했다. 자신이 직접 글씨를 써서 진본을 만든 뒤, 글씨 잘 쓰는 이에게 품을 주어 필사본도 여러 권 만들었다. 그런 다음, 맨 먼저 큰절골에 사는 박지원에게 보여주었다.

"연암, 어떻소?"

"책이 아주 잘 나왔습니다."

홍대용에게서 필사본을 받아 든 박지원은 자신의 일처럼 좋아했다. 누구 못지않게 청나라에 가고 싶어 했던 박지원에게 이보다 더 훌륭한 참고서는 없을 터였다. 홀로 있는 시간이 되자, 박지원은 《건정동 회우록》에 기록된 청나라의 제도와 문화와 풍광뿐만 아니라 홍대용이 유리창에서 만난 세 친구와의 우정과 교유의 흔적들을 가슴속에 들이붓기 시작했다.

며칠 후, 박지원은 남산 밑 청교동에 사는 박제가의 집으로 찾아가 홍대용의 책자를 보여주었다.

"초정! 한번 읽어 보게나. 담헌 선생이 쓰신 연행록일세. 귀 담아 새겨들을 대목들이 참 많더군."

"연암 선생님, 고맙습니다."

박제가는 스승 박지원에게서 건네받은 《건정동 회우록》을 소중한 보물인 양 가슴에 꼭 껴안았다. 그는 낮이나 밤이나 이 책을 끼고 살았고, 나중에는 사소한 문장 하나까지도 달달 외울 정도가 되었다.

그로부터 한 해가 흐른 뒤, 홍대용이 쓴 책은 한양의 선비들 사이에서 '회우록'으로 불리며 큰 인기를 끌기 시작했다. 심지어 그 책을 서로 소장하기 위해 다투어 필사를 하는 진풍경까지 벌어질 정도였다. 그 사이, 홍대용은 다시 수촌마을로 돌아가 계속해서 집필에 전념했다.

한양의 선비들 사이에서 《건정동 회우록》이 회자되고 있을 때 뜻밖의 편지 한 통이 수촌마을로 날아왔다. 10년 위의 선배인 본암 김종후가 보낸 것이었다.

"담헌! 명나라가 멸망한 뒤, 천하에 조선이야말로 유일한 소중화로 자리 잡았소. 이제 우리 조선은 지상에 마지막 남은 군자의 나라가 되었소. 그러한 나라의 선비답게 우리는 드높은 자존과 체통을 지켜야 하오. 한데, 그대가 비린내 나는 원수의 나라에 가서 머리 깎은 청나라 선비들과 형제처럼 사귀었다는 사실을 듣고 경악했소. 그 소식을 들은 이상 나는 곧장 두 귀를 씻을 수밖에 없었소. 담헌! 제1등인하고만 어울려야 할 선비로서 더럽고 냄새 나는 부류들과 어울렸으니, 참으로 부끄럽지도 않소?"

가시 돋친 글귀가 가슴을 마구 후벼 팠다. 공교롭게도 김종후가 시비를 걸어오던 때는 몇몇 선비들이 삼삼오오 몰려다니며 홍대용의 흉을 보던 시기와 맞물렸다.

"담헌이 오랑캐 나라에 다녀왔다니, 조선 선비로서 이처럼 부끄러운 일이 어디 있겠소!"

"그냥 다녀온 것뿐만 아니라 오랑캐들과 사귀며 시시덕거리기까지 했다오. 청나라가 어떤 나라입니까? 병자호란 때 인조 임금님을 무릎 꿇리고 항복을 받아 낸 철천지원수의 나라가 아닙니까? 여태 담헌을 신실한 성리학자인 줄로 철석같이 믿고 있었는데 알고 보니 충절도, 예의도 모르는 사람이었던 것 같소. 엥이, 쯧쯧."

여기저기서 쑥덕대는 소리가 시끄러웠다. 그 소리는 눈덩이처럼 커져서 홍대용을 짓누르고 있었다. 그러던 차에 김종후의 편지까지 도착했으니 심사가 더욱 괴로울 수밖에 없었다. 홍대용은 간신히 마음을 다스린 뒤, 김종후에게 답장을 보냈다.

"본암! 군자가 어찌 제1등인하고만 사귀고, 나머지 사람은 더럽게 여겨야 합니까? 넓은 세상에 가보니 저야말로 우물 안 개구리였습니다. 중국에서는 길거리의 말똥 하나를 치우는 일도 소홀히 하지 않더군요. 제가 북경에서 사귄 벗들은 뛰어난 재주를 지닌 사람들이었지만, 작은 나라에서 온 저를 진심으로 대해 주었습니다. 진정한 군자라면 오히려 그들에게서 배울 점을 찾아야 하지 않을까요? 본암은 명나라가 멸망했으니 이제 조선이야말로 유일한 소중화라고 말씀하셨습니다. 하지만, 그것은 여전히 명나라를 중심에 두고 우리가 제2인자로 머물러야 한다는 비굴한 발상입니다. 이제는 우리가 변방이 아닌 중심으로 우뚝 서는 나라를 그려 보아야 하지 않을는지요?"

마무리 지은 답장 편지를 곧바로 김종후에게 부쳤다. 그 후로도 김종후에게서는 몇 통의 편지가 더 날아왔다. 편지에는 홍대용이 중국에 갔던 일, 청나라 선비들과 사귀었던 일을 비난하는 등 지난번과 비슷한 비난이 담겨 있었다. 다만, 편지의 수위는 지난번보다 훨씬 높아져 있었다. 격앙된 문장의 곳곳에서 날카로운 비수가 튀어나와 홍대용의 가슴팍을 마구 헤집고 후벼 파는 것이었다. 그와 논쟁을 하기는 싫었지만, 가만히 있을 수만도 없었다.

홍대용은 지난번처럼 반박하는 논조의 글을 다시 써서 보냈다. 그러자, 김종후는 이에 대한 재반박의 편지를 즉각 보내왔다. 그의 편지에는 가시 돋친 말들이 빼곡하여, 도무지 평안한 마음으로 읽을 수가 없었다. 하지만, 홍대용은 침착함을 유지하면서 편지 속의 가시를 발라내고 서늘한 반론으로 되받아쳤다. 그 뒤로 몇 번의 공방을 주고받은 뒤에야 김종후에게서 더는 편지가 오지 않았다. 한편으로는 다행이었지만, 이미 홍대용의 가슴속에 깊은 상처를 남긴 뒤였다.

"에잇! 이 지긋지긋한 편지!"

홍대용은 김종후의 편지를 마룻장으로 획 던져 버렸다. 똑같은 내용의 글들이 주절주절 박혀 있는 고지식한 글들을 보니 억장이 무너졌다. 조선이 명나라에 이어 법통을 이어받은 유일한 소중화라며 시종일관 떠드는 것이야말로 이미 망한 명나라를 여전히 떠받드는 사대주의에서 비롯된 것이었다. 김종후의 편지는 그것을 적나라하게 보여주고 있었다. 청나라에 가보지도 않은 그들이, 이미 북경의 진면목을 살피고 돌아온 자신에게 그릇된 주장을 하는 것 자체가 어불성설이었다. '편벽이 무지보다 무섭다.'는 윤증의 글이 다시금 떠올랐다.

"도대체, 언제까지 명나라를 떠 받들어야 직성이 풀리겠나?"

그는 화가 나서 크게 소리쳤다. 아무도 없는 빈방이었기에, 자신의 말은 텅 빈 울림통 속을 맴도는 것처럼 웅웅대다가 공중에서 흩어졌다. 사실, 그것은 김종후 한 사람에게만 내는 화가 아니었다. 성리학만이 진리라고 믿으며 다른 학문에는 눈도 돌리지 않으려 하는 수많은 선비들, 이 나라 조선의 답답하기 짝이 없는 사대부들에 대한 울분이었다. 오래 전에 무덤 속으로 사라진 명나라에 대해 변함없이 굴종의 자세를 유지하는 몽매한 유학자들에 대한 노여움이었다.

문득, 허공 위로 엄성과 반정균 그리고 육비의 얼굴이 떠올랐다. 그들과 나눈 무수한 대화들, 그들과 웃고 울었던 숱한 순간들이 떠올랐다. 그들과 한데 어울려 그림을 보고 거문고를 뜯었던 장면들도 눈앞에 그려졌다. 그들이 그리웠다. 그동안 그는《건정동 회우록》

완성 이후《해동시선》4책을 새로 집필하여 중국의 엄성에게 부쳤고, 또한 틈틈이《의산문답》을 쓰느라 심신이 노곤한 상태였다.

'그래. 북경의 벗들은 다시 또 보기 어렵지만, 한양의 벗들은 내일이라도 다시 볼 수 있지 않겠는가? 조만간 한양으로 올라가 봐야겠다. 사람이 너무 그리우면 견디기 힘든 법이지. 백탑 가까이 노니는 벗들의 얼굴을 보면 내 그리움도 치유가 되려나?'

그즈음 큰절골 백탑 근처에 몇몇 선비들이 모였다.

"연암 선생님! 저는 밥을 먹다가 숟가락질하는 것도 잊고, 세수하려다가도 씻기를 잊을 정도로 회우록에 푹 빠지고 말았습니다."

박제가가 말했다. 원래 그는 예민하고 날카로운 편이었으나, 평소의 그답지 않게 부드럽고 수더분한 어조로 수다스럽게 이야기하자 모두들 미소를 지었다.

"중미 선생님께서 영웅과 미인은 눈물이 많다고 하셨는데, 이도 저도 아닌 제가 회우록을 읽는데 갑자기 눈물이 흐르더군요. 담헌 선생님이 북경에서 맺은 천애지기를 생각하니, 하늘 아래 그토록 진실한 우정이 또 있을까 싶어 한없이 부러웠습니다."

호리호리한 몸집에 키가 껑충한 이덕무도 한 마디 했다.

"청장관의 생각처럼 나도 그러했다네."

박지원이 활달한 어조로 대꾸했다. 이때, 세 사람의 대화를 유심히 듣고 있던 유득공이 박지원에게 말했다.

"연암 선생님, 며칠 전 청장관 형님께서 저에게 들려주신 말씀이 생각납니다. '내가 회우록을 수없이 읽고 또 읽은 뒤 쓴 〈천애지기서〉라는 글의 말미에 다음과 같이 썼다네.'라고 말입니다. 그리고는 대뜸 '이 회우록을 읽고 마음이 상하지 않는 사람이 있다면, 그런 사람과는 친구를 맺을 수 없다.'라고 말씀해 주셨습니다."

"흠! 청장관은 늘 심각한 사람이긴 한데, 틀림없이 맞는 말이군 그래. 하하하."

박지원이 이덕무의 표정을 흉내 내어 말하자 모두 함께 따라 웃었다.

"저는 담헌 선생님의 회우록도 좋지만, 연암 선생님의 서문도 감명 깊게 읽었습니다."

이덕무는 여전히 진지한 표정으로 말했다.

"내 짧은 글을 감명 깊게 읽었다니 고맙네. 청장관이 실마리를 던졌으니, 그때의 일을 털어놓아야겠군. 어느 날 담헌이 회우록의 서문을 부탁하러 오셨지. 그분이 가져오신 원고를 읽다가 여러 날 밤을 꼴딱 새웠지 뭔가. 그때 나는 담헌이 벗을 사귀는 도리에 감탄하면서 크게 배웠다네. 거기서 얻은 감동을 바탕으로 서문을 쓰게 되었지. 그렇지만, 내가 쓴 서문은 담헌의 회우록을 빛내기 위한 뱀발에 지나지 않다네."

박지원이 이번에는 웃음기를 거두며 답변했다. 그가 말을 마칠 때, 남들보다 머리 하나는 더 커 보이는 억센 사내가 성큼성큼 걸어오며 소리쳤다.

“백탑의 문인들이 여기 다 계셨구려.”

걸걸한 목소리의 주인공은 백동수였다.

“어이구, 이게 누군가? 조선 최고의 검객 아니신가? 어서 오시게, 영숙.”

박지원이 반갑게 손짓했다.

“연암 선생님! 제가 그리우셨습니까? 이처럼 반색을 하시니 말입니다.”

백동수가 성큼 다가서며 호탕하게 웃었다. 달빛을 받아 더 희게 빛나는 백탑 위로 벗들의 정겨운 이야기가 실타래처럼 풀어져 나갔고, 간혹 누군가의 우스갯소리 끝에 폭죽과 같은 웃음소리가 한꺼번에 터져 나오기도 했다.

어느 날 저녁, 남산골 홍대용의 집 평상에 벗들이 둘러앉았다. 홍대용은 벗들을 위해 떡과 차, 빈대떡과 막걸리를 내놓았다.

“담헌, 요즘 쓰고 계신 글은 어떤 것입니까?”

박지원이 묻자, 차 한 잔을 음미하던 홍대용은 눈을 지그시 감고 읊조렸다.

“지구와 우주에 관한 내용이라오. 달걀처럼 둥근 지구는 회전하면서 하루에 한 바퀴씩 스스로 돌고 있다오. 땅의 둘레는 구만 리이고 하루는 열두 시이지요. 이 구만 리의 거리를 열두 시간에 달리기 때문에 그 움직임은 벼락보다 빠르고 포환보다 신속한 것이오. 대략 이런 내용에 대한 글을 쓰고 있소."

"정말 새롭고도 신기한 주장이군요. 지구가 달걀처럼 둥글다면, 평평하고 네모졌다고 믿는 사람들은 뒤로 자빠질 것 같습니다. 지구가 도는 속도가 벼락이나 대포알보다 빠르다니, 집과 사람들은 다 튕겨져 나갈 것이라고 반문할 게 아닙니까?"

빈대떡 안주를 집다 말고, 박지원이 되물었다.

"그런 질문을 할 만하지요. 그렇지만 지구에는 기운이 있고, 그 기운은 땅으로 모이기 때문에 지상의 사람들은 결코 떨어지지 않는 것이오. 땅에서 멀어질수록 끌어당기는 기운은 엷어진다오. 우주를 보시오. 우주는 끝도 갓도 없고 중심도 변방도 없지요. 우주는 무한한 것이오. 무한한 우주 속에서 본다면 지구는 작은 점이며 중국도 그저 티끌에 지나지 않소. 따라서, 중국만을 중화라 부르는 것은 옳지 않으며 중국 이외의 나라를 오랑캐라 부르는 것 또한 옳지 않은 것이오. 지구는 둥글기 때문에, 우리 조선의 관점에서 보자면 우리가 바로 우주의 중심, 세상의 중심이 될 수 있는 것이지요. 이것이, 요즘 집필하고 있는 책을 통해 주장하는 나의 이론입니다."

"담헌 선생님, 우주가 무한하다는 주장은 처음 듣는 이야기입니다. 게다가, 중국이 티끌에 지나지 않는다니요! 중국을 상전으로 떠받드는 조선의 사대부들이 담헌 선생님의 주장을 들으면 길길이 뛰겠군요."

박제가가 한 마디 했다.

"사대부들이 뭐라 하건 무슨 상관이겠는가? 하늘이 둥근 것은 일식을 보면 알 수 있다네. 일식 때는 태양에 둥근 고리가 생기지. 그건 바로 달이 해를 가리기 때문인데, 달에 비친 땅덩어리가 둥글어서 그렇다네. 월식 때 지구가 태양을 가리는 것도 지구라는 땅덩이가 둥글기 때문일세. 그런데, 한양의 사대부들은 물론이고 대부분의 사람들은 이런 말을 믿지 못한다네. 마치, 거울에 비친 스스로의 얼굴을 못 알아보는 것과 마찬가지 아니겠는가?"

"담헌 선생님의 말씀은 참으로 알쏭달쏭합니다."

고개를 갸우뚱하던 백동수가 한 마디 했다. 그러고는 막걸리 한 사발을 단숨에 들이켠 뒤 백김치를 쭉 찢어 입 속에 집어넣었다. 보는 이들도 군침을 돌게 할 만큼 맛있게 먹는 모습이었다.

"저도 오늘부터 하늘에 대해 연구해 봐야겠습니다."

"저 역시 천문에 관한 서책들을 좀 더 살펴봐야겠습니다."

유득공, 이덕무 등도 제각기 한 마디씩 하면서 고개를 갸웃거렸다. 그들도 백동수처럼 젓가락 대신 손가락으로 백김치를 찢어서 입 속에 넣고 우물거렸다.

"하늘의 일을 아는 것은 세상의 일을 아는 것만큼이나 매우 어려운 일이지. 하지만, 분명한 것이 있네. 한양에서든 북경에서든 사람의 도리를 지키는 게 가장 귀하다는 것 말일세. 언젠가 여기 있는 자네들이 나처럼 중국에 간다면, 내가 사귀었던 북경의 벗들을 만날 수 있도록 내가 소개장을 써주지. 소개장을 가지고 그들을 찾아 간다면, 그 벗들은 나를 보는 것과 다를 바 없이 자네들을 반갑고 기쁘게 대할 걸세. 만약 그리 된다면, 학문에 대해서든 예술에 대해서든 흉금을 터놓고 진실한 벗들과 마음껏 얘기를 나누길 바라네."

"정말, 저희들이 담헌 선생님처럼 북경에 가는 날이 올까요?"

박제가가 짙은 눈썹을 꿈틀거리며 말했다. 그의 눈동자가 유난히 반짝였다.

"사람 일은 모르는 법이라네. 만약 그런 날이 오게 된다면, 자네들은 틀림없이 나보다 더 좋은 벗들을 만나게 될 걸세. 자네들이 유리창 거리를 샅샅이 뒤지며 귀한 서책을 사고 멋진 풍광을 마음껏 가슴에 담아 두는 날들이 오게 된다면 여북 좋겠나? 헛헛헛."

홍대용은 환한 얼굴로 웃었다.

"담헌의 말씀을 듣고 보니 희망이 생기는군요. 시절이 좋아지면 여기 있는 벗들이 하나 둘씩 앞서거니 뒤서거니 북경에 발을 디디게 될 작은 희망 말입니다. 우리가 담헌의 소개장을 들고 자랑스럽게 북경 거리를 활보해 볼 날을 그려 보니 가슴이 부풀어 오르는군요."

박지원이 맞장구를 치면서 벗들을 돌아보았다.

"맞소이다. 그렇게 되기를 간절히 바랄 뿐이오."

홍대용의 희망사항은, 어쩌면, 모든 이의 가슴에 걸려 있던 빗장을 활짝 열어젖혀 주는 계기가 될지도 모를 일이었다.

"아무렴요. 꼭 그렇게 될 것입니다. 하하하."

백동수가 후렴구를 부르듯 하자, 모두들 즐거운 표정으로 따라 웃었다. 함께 마음껏 웃는 동안 평상에 앉은 벗들의 마음속에도 어느덧 북경의 거리가 들어앉기 시작했다.

봄 향기가 은은히 퍼지던 어느 날이었다. 어스름녘이 되자 목멱산 기슭에 한 무리의 사람들이 모여들었다. 갓 쓰고 도포 입은 양반들이 태반이었지만, 중인 신분의 사람들도 꽤 많았다. 장악원의 악공으로 보이는 서너 명이 각종 악기를 들고 걸어가는 모습도 눈에 띄었다. 그들을 바라보던 박지원이 홍대용의 집 현판을 올려다본 뒤 박제가에게 나직이 속삭였다.

"건곤일초정이라. 여보게, 정말 운치 있는 당호 아닌가?"

문설주에 매달린 등롱에서 은은한 불빛이 흘러나오고, 그 불빛에 현판 글씨가 도드라져 보였다.

"연암 선생님께서 그 이름을 좋아하시는 특별한 이유라도 있습니까?"

"그야, 두보의 시 구절을 집 이름으로 사용한 담헌 선생의 여유와 멋스러움을 좋아하기 때문이지. 하늘과 땅 사이의 초정이라니, 하늘과 땅을 초가집처럼 여기겠다는 기개가 아닌가? 이 얼마나 자유스럽고 시적이며 거칠 것 없는 발상인가? 두보도 좋고 담헌 선생도 좋지만, 나는 그저 건곤일초정이란 뜻이 그렇게 좋을 수가 없다네."

"그런데 오늘이 무슨 날이기에 담헌 선생님 댁에 사람들이 삼삼오오 몰려오는 것입니까?"

"오늘은 유춘오 음악회가 열리는 날일세."

"유춘오 음악회요?"

"저기, 저곳이 보이나?"

박지원이 길쭉한 손가락으로 한 곳을 가리켰다. 수풀이 우거져 더욱 운치 있는 정원의 뒤꼍이었다.

"예, 보입니다."

"담헌 선생께서는 바로 저곳을 유춘오라 부르신다네. 머무를 유, 봄 춘, 언덕 오, 봄이 머무는 언덕 말일세. 참으로 멋진 이름 아닌가? 담헌 선생께서는 저 유춘오에서 가끔 뜻 맞는 이들과 더불어 음악회를 베풀곤 하신다네."

"아, 그렇군요."

두 사람이 이야기를 나누는 동안 사람들이 얼추 모였다. 박지원의 설명처럼 그곳은 다른 곳과는 달리 언덕처럼 두두룩하게 솟아 있었다. 언덕 이곳저곳의 나무마다 등롱을 걸어놓은 게 눈에 띄었다. 등롱 아래 핀 영춘화와 홍매화가 어여뻤다.

"선생님, 과연 봄이 머무는 언덕다운 풍경이로군요."

박제가가 밝은 표정으로 말했다.

"비로소 눈이 밝아지는 모양이지?"

"이곳 언덕은 반달 모양이라 사람들이 모여 앉아서 놀 만한 곳이군요."

맨 아래쪽에는 반듯하게 다져진 평지였다. 마당놀이를 해도 될 만한 널따란 장소에 커다란 돗자리 여러 장을 잇대어 깔아 놓은 게 보였다. 그 위로 악기를 들거나 둘러멘 사람들이 하나 둘씩 올라와 자리를 잡았다.

"이제 시작하는 모양이로군. 모처럼 음악회 구경이나 해볼까?"

박지원이 박제가 쪽을 돌아보며 말했다.

"기대가 되는군요."

박제가가 침을 꿀꺽 삼키며 아래쪽을 내려다보았다.

"저쪽을 좀 보게."

박지원이 맞은편을 가리켰다. 어둠 속으로 호리호리하게 키가 큰 선비가 갓 끈을 고쳐 쓰고 있는 게 어렴풋이 보였다.

"어? 청장관 형님이 오셨네요. 바로 옆에는 영숙 형님도 계시고."

"이중과 영재도 보이는군. 잠깐만 교교재 선생님도 오셨군. 가서 인사를 드리세."

교교재는 사림의 선비들이 존경해 마지않던 김용겸이었다.

"그러죠."

박지원이 맞은편 쪽으로 이동하자, 박제가도 함께 따라 나섰다.

"선생님, 그간 옥체 평안하셨습니까?"

두 사람이 허리 숙여 인사를 했다.

"아니, 이게 누군가? 연암 아닌가? 초정도 오랜만일세. 허허허."

김용겸은 칠십 줄에 접어든 노인답지 않게 허리가 꼿꼿한 편이었다. 그가 웃으면서 흰 수염을 쓰다듬자, 등롱 불빛을 받은 까닭인지 산신령이 내려온 듯한 모습이었다.

"연암 선생님!"

그때, 저쪽에서 유금, 이덕무, 백동수, 서이수, 유득공, 이서구 등이 반가운 표정으로 박지원에게 인사를 했다.

"그래, 백탑의 벗들이 여기 있을 줄 알았지. 오랜만에 기하의 얼굴을 보니 더욱 반갑구먼."

박지원은 손을 들어 반가움을 표했다. 수학을 좋아해서 기하라는 호를 스스로 지은 유금은 유득공의 작은아버지였다. 서얼이었지만 학문이 뛰어난 그 역시 백탑파의 일원이었다. 이덕무와 둘도 없는 벗인 그는 천문에도 뛰어나 홍대용과 종종 토론을 벌이곤 했다.

"초정도 반가워."

이덕무가 박제가에게 아는 체를 했다.

"청장관 형님, 저는 아까부터 형님께 인사를 드렸어요."

박제가도 다른 벗들에게 목례를 했다. 한 곳에 무리 지어 자리를 잡고 앉은 그들은 바야흐로 펼쳐질 음악회를 기대하면서 무대 앞쪽을 주시했다.

"이것 좀 잡수십시오. 저희 주인 나리께서 소찬을 대접하라고 하셨습니다."

하인들 몇이 대나무 쟁반을 들고 다니면서 유춘오의 객석을 메운 관객들에게 마실 것과 먹을 것을 나누어 주고 있었다. 사람들은 이 집 하인들이 미리 깔아 둔 짚방석 위에 앉아 술과 안주를 먹기 시작했다.

"나으리를 상석으로 모시라는 저희 주인 나리의 엄명이 있었습니다."

"허, 고맙기도 하지."

하인 하나가 김용겸을 무대가 가장 잘 보이는 앞자리로 모셨다. 그는 하인의 안내를 받아 무대 앞쪽으로 가서, 미리 마련해 둔 대자리 방석 위에 앉았다.

자리가 정리되자, 무대가 된 돗자리 위에 홍대용이 가야금을 펼쳐 놓고 앉았다. 그 옆에는 나이가 더 들어 보이는 이가 거문고를 잡고 앉았다.

"담헌 선생님은 원래 거문고 연주를 잘 하시는 편이 아니신가요?"

박제가가 귓속말로 물었다.

"물론이지."

박지원은 박제가 쪽으로 고개를 돌리며 대답했다.

"그런데 오늘은 왜 담헌 선생님께서 가야금을 펼쳐 놓으셨을까요?"

"그야, 성경 저이 또한 거문고의 달인이기 때문이지. 가야금과 거문고가 어떻게 어우러지는지 볼 만하겠어."

박지원이 가리킨 사람은 풍류객으로 호가 난 문사였다. 이름은 홍경성이고 호는 성경이었으며, 홍대용보다 일곱 살 위였다.

"연암 선생님! 저분은 누구시죠?"

박제가가 또 속삭였다. 홍대용과 홍경성 옆으로 또 한 사람이 퉁소를 소매에서 막 꺼내어 들었다. 퉁소 옆자리에 앉은 사람은 사다리꼴 악기를 들고 와서 채를 손에 들었다. 바로 그 옆에는 두 손으로 생황을 든 이가 지그시 눈을 감고 있었다. 무대 중앙에는 부채 하나만 달랑 든 사람이 맨 앞에 우뚝 서 있었다. 연주를 맡은 이들이 각자 자신의 악기를 조율하기 시작했다. 그 소리가 마치 대숲을 스치는 바람 소리처럼 경쾌했다.

"가야금은 담헌 선생, 거문고는 홍경성, 퉁소를 든 이는 경산 이한진, 구라철사금을 들고 온 이는 풍무 김억, 생황을 든 이는 장악원의 악사 보안이지. 부채를 든 분이 오늘 노래를 할 성습 유학중이야. 저이는 담헌 선생보다 일곱 살 위인데, 조선에서 그를 따라갈 자가 없을 만큼 빼어난 소리꾼이지."

박지원은 옆에 앉은 박제가에게 빠른 속도로 설명을 마쳤다. 그가 구라철사금이라고 설명한 악기는 서양에서 유래했다는 양금이었다.

"모두 여섯 분이 무대에 섰군요."

"쉿! 이제 연주가 시작되려 하네."

박지원과 박제가는 무대를 바라보며 자세를 고쳐 앉았다. 그러는 사이, 무대에 앉거나 서 있는 사람들도 고요한 가운데 호흡을 가다듬었다.

이윽고, 연주가 시작되었다. 맨 먼저 이한진이 옆으로 비껴 든 퉁소를 불면서 연주를 이끌어갔다. 구슬프고 구성진 가락이 마디마디 끊어질 듯 이어지며 장내를 휘감았다. 이어서 김억이 양금의 채를 손에 들고 현을 때리며 연주했다.

띠리리리링.

아래가 넓고 위로 올라갈수록 좁아지는 사다리꼴의 양금에는 열네 줄의 금속 줄이 가로로 얹혀 있었다. 대나무 채로 현을 때리자 지극히 맑은 소리가 울려 퍼졌다. 채를 칠 때마다 처마 위의 물방울이 물웅덩이에 떨어지는 것처럼 투명하고 영롱한 음률이 퍼져 나와, 듣는 이의 귀를 사로잡았다.

곧이어 홍대용이 가야금을 연주했다. 한산모시와 같은 부드러운 가락이 나뭇가지 위로 하늘하늘 올라가더니, 학이 춤을 추는 듯 사뿐사뿐 등롱 위에 내려앉았다.

가야금 연주를 받아 홍경성이 술대로 거문고의 현을 내려쳤다. 그의 왼쪽 손가락이 괘를 지그시 짚으며 내리 누를 때마다 농현의 깊은 떨림음이 가슴속으로 파고들었다. 그와 동시에 장악원에서도 가장 으뜸가는 국수로 인정받는다는 보안이 생황을 불었다. 그가 두 손으로 가슴에 껴안은 것처럼 모아 쥔 생황은 열일곱 개의 가느다란 죽관에서 솟아오른 꽃봉오리 같았다.

보안이 생황의 취구에 입을 대고 날숨과 들숨을 불어대며 연주할 때마다 꾀꼬리가 지저귀는 듯한 명징한 음률이 피어올랐다. 그 소리는 높은 데서 내려와 객석의 청중들을 어루만져 주는 듯했다. 밀고 당기는 듯한 그 음률은 등롱 아래의 그늘진 곳을 쓸어주다가, 어둡고 습한 것들까지 몽땅 그러안아 천상으로 이끌어 올려주는 듯했다.

생황의 가락은 느리게 시작했다가 점차 빨라졌으며, 절정에 이르게 되자 맑고 고운 나팔 소리처럼 멀리멀리 울려 퍼졌다. 그 소리는 건너편 산등성이까지 갔다가 깊은 울림을 끌며 되돌아왔다.

"거 참, 선계의 소리로다!"

박지원이 무릎을 탁 치면서 나지막한 감탄사를 토해 냈다. 바로 그때, 유학중이 부채를 활짝 펴면서 노래를 했다. 〈영산회상〉 한 바탕을 긴 호흡으로 부르는 그 소리는 구성지고 직수굿했다. 처음에는 따로따로 연주하던 악기들이 노래와 어우러지면서 장엄한 합주를 이루었다. 유학중은 뒤이어 또 다른 노래를 불렀다.

조다가 낚시대를 잃고

춤추다가 되롱이를 잃의

늙은이의 망령으란 백구야 웃지 마라

십리에

도화 발허니 춘흥 겨워 허노라

유학중이 우조로 된 낙시조인 가곡 〈우락〉을 노래하자, 〈영산회상〉을 부를 때부터 이미 눈을 감고 감상에 여념이 없던 청중들이 흥에 겨운 듯 어깨춤을 들썩였다.

"졸다가 낚싯대를 잃어버리고 춤추다가 도롱이를 잃어버렸구나. 늙은이가 망령이 들었다고 백구야 웃지 마라. 십리에 복사꽃 만발하니 봄철에 절로 일어나는 흥취에 겨워하노라."

박지원이 〈우락〉의 내용을 해설하듯 설명하자, 이번에는 박제가가 볼멘소리를 했다.

"에구, 선생님! 저도 이 노래 구절을 알고 있답니다."

"누가 모른다더냐? 얼쑤!"

"지화자!"

"좋구나!"

박지원뿐만 아니라 구경하던 사람들이 저마다 무릎을 치고 추임새를 넣으며 즐거워했다. 목을 축이기 위해 마시던 술기운이 조금씩 올라오는 중인데다가 여러 악기가 한데 어우러지고 남창 가곡까지 그윽하게 울려 퍼지니 이 세상이 딴 세상인지, 저 세상이 이 세상인지 구분이 가지 않았다.

연주가 끝날 즈음, 객석의 맨 앞쪽에 앉아 있던 김용겸이 갑자기 자리에서 일어나 연주자들을 향해 큰절을 했다.

"아니! 선생님, 왜 이러십니까?"

홍대용이 급히 일어나면서 자리를 피했다. 어른에게서 큰절을 받을 수 없어서였다. 동시에, 무대의 연주자들도 황급히 일어나 옆으로 우르르 피했다.

"그대들은 이상하게 여기지 마시오. 옛날 중국의 우 임금은 옳은 말을 들으면 절을 했다는 고사가 있소. 오늘 이곳에서 베풀어진 음악은 필시 균천광악, 곧 천상의 음악일진대 늙은이가 어찌 절하는 것을 아까워하겠는가? 그대들은 마다하지 말고 내 절을 받으시오."

김용겸은 돌아서더니 객석을 향해 또다시 큰절을 했다.

"아이고, 어르신!"

이번에는 객석에서 절을 받지 않으려고 피하는 등 우왕좌왕했다. 객석의 사람들이야 그러건 말건, 절을 마친 김용겸은 얼굴 가득 흡족한 웃음을 지으며 흰 수염을 태연스럽게 쓰다듬고 있었다.

엉겁결에 김용겸의 절을 받게 된 연주자들과 객석의 구경꾼들이 모두 난감해할 때, 홍대용은 돗자리 한쪽에 서서 하늘을 우러러 혼잣말을 중얼거렸다.

'어허! 봄날의 음악 속에 피어난 화평한 웃음이로세! 오늘 같은 균천광악이 오래오래 이 뜨락에 가득 넘친다면, 아니 온 조선 땅에 넘실거린다면 더욱 좋으련만.'

그때, 어느 틈에 다가왔는지, 박지원이 갓을 어루만지며 홍대용에게 말했다.

"담헌! 아름다운 봄밤을 수놓은 한바탕의 음악회였습니다."

"선생님! 제 평생에 잊을 수 없는 유춘오 음악회, 정말 최고였습니다."

옆에 서 있던 박제가도 공손히 허리를 숙이며 찬사를 보냈다. 그 옆으로 이덕무, 유득공, 이서구, 백동수, 서이수 등이 모여 서서 홍대용 쪽을 향해 모두들 가볍게 목례를 했다. 그들의 얼굴에는 꽃보다 환한 미소가 번져 있었다.

홍대용은 그들을 한 사람 한 사람 쳐다보면서 진심을 담아 말했다.

"그대들이 있어서 오늘 밤은 더욱 행복했네."

밤이 깊어갈수록 등롱의 불빛이 미치는 곳은 더욱 밝았다. 사람들이 앉아 있던 계단 위로 꽃잎이 느릿느릿 떨어져 내렸다. 앉거나 서 있는 사람들의 그림자가 흐드러진 꽃떨기들을 배경으로 물결처럼 흔들렸다. 그들이 서 있는 곳을 중심으로 방금 전에 울려 퍼졌던 화평의 음률들이 그윽한 향기를 내뿜는 듯했다. 마술과도 같은 봄밤이었다.

홍대용은 뜻 맞는 사람들과 더불어 음악을 즐기는 이 순간을 기쁘게 여겼다. 실학에 대해 진지하게 논하고 북학을 이야기할 수 있는 사람들과 함께 해서 더욱 그랬을 것이다. 비록 가난하지만 꿋꿋하게 푸른 뜻을 간직한 벗들이 언젠가 자신의 자리에서 우뚝 서기를, 그런 날이 오기를 바라고 또 바랐다.

그해 겨울, 홍대용의 아버지가 영면에 들었다. 장남인 그에게 한

없이 따스하고 넉넉한 품을 내주었으며 언제나 무한한 신뢰를 보내주었던 아버지를 떠나보내는 것은 괴로웠다. 천붕의 막막함을 온몸으로 견뎌내야 하는 고통이었다. 홍대용은 묘소 옆에 움막을 짓고 지극정성으로 삼년상을 치렀다.

그로부터 이태 후, 석실서원의 김원행 원장마저 세상을 떠났다. 그는 서양의 학문을 폭넓게 받아들이는 개방적인 자세를 취함으로써 홍대용을 천문 역법 수리의 세계로 이끌었던 영원한 스승이자 정신적인 지주였다. 그의 부고를 받아 들었을 때, 홍대용은 육친의 아버지를 잃은 것과 같은 깊은 슬픔을 느꼈다.

홍대용은 스승이 별세한 다음해부터 집필에 더욱 전념하여 철학소설《의산문답》과 수학책《주해수용》을 완성했다. 3년 사이에 겪은 두 차례의 사별은 지독한 상실감을 안겨 주었다. 그런 상황 속에서도 집필을 강행했던 까닭에 육신의 피로는 이루 말할 수 없었다. 이듬해 가을, 쇠약해진 몸을 추스르기 위해 벗 이송과 더불어 거문고를 들고 양양 낙산사로 여행을 떠났다.

남산골에 돌아온 뒤, 홍대용은 백탑의 벗들과 가을 소풍까지 다녀왔다. 모처럼 다녀온 산행 덕분인지 몸은 예전처럼 활력을 되찾았고 마음도 넉넉해졌다. 그러는 사이 겨울이 찾아왔다. 추녀 끝에 매달린 고드름을 보며 책과 씨름하고 있을 때, 뜻밖에도 조정에서 그에게 세자익위사의 시직을 제수했다. 앞서 선공감 감역과 돈령부 참봉 등의 벼슬을 제수 받았을 때는 모두 물리쳤던 그였다. 하지만

이때만큼은 사양하지 않고 받아들였다. 여태 공부했던 것을 뜻 깊은 자리에서 펼쳐 나갈 기회라 여겼기 때문이었다.

새로운 길

옛 기억을 더듬는 동안, 세손이 다시 말했다.

"북경에 가 보았느냐고 물었소."

홍대용은 자세를 가다듬고 정중하게 대답했다.

"예, 가 보았습니다."

"북경에 오갈 때 옷차림은 어떠하였소?"

"다른 비장들처럼 전립을 쓴 군복 차림이었습니다."

"전립? 아하하하하."

홍대용의 설명이 끝나기도 전에 세손이 배꼽을 잡고 웃었다. 고깔 모양의 총벙거지를 쓴 우스꽝스러운 비장의 모습을 떠올리고는 곧장 웃음보가 터진 것이다. 세손의 파안대소는 전염성을 가지고 있었다. 가만 보니 옆에 있던 춘방의 겸필선 이보행, 겸사서 임득호도 웃음을 참느라 입술 꼬리가 실룩거렸다. 세손은 자신의 웃음소리가 지나치게 커서 민망했던지 설명을 덧붙였다.

"갓 쓴 도포 차림의 백면서생이 느닷없이 군복 차림을 했다니, 재미있구려."

세손은 구중궁궐에서 나고 자란 까닭에 바깥 나들이할 기회가 없었다. 홍대용의 설명을 듣고 북경에 대한 호기심이 부쩍 커진 세손은 질문을 연이어 쏟아냈다.

"북경 사람들은 오로지 상업에만 힘쓴다고 들었는데, 그렇소?"

"도성 안에서만 그렇습니다. 시골 백성들은 조선 백성들처럼 농사에 전념하고 있었습니다."

"서책을 파는 가게는 어떠했소?"

"유리창이라는 곳에 예닐곱 개의 서책 점포가 있다 해서 가보았습니다. 널빤지 시렁을 벽마다 선반처럼 두르고 그 위에 서책들을 가득 늘여놓았습니다. 판매하는 서책마다 각각 표제를 붙여놓아 찾기 쉬웠는데, 한 가게에 쌓인 것만도 몇 만 권이 넘어 보였습니다."

"창춘원과 원명원도 가 보았소?"

창춘원과 원명원은 청나라 황실 별장이었다.

"신은 창춘원을 보고서 강희제가 참으로 영특한 임금이라는 것을 알았습니다. 60년 동안 태평성대를 누린 것은 까닭이 있었습니다."

"어떤 까닭이오?"

"창춘원은 담장 높이가 두어 길에 지나지 않고 담을 따라가면서 보아도 높은 기와집은 없었습니다. 몇몇 기와집을 대문 틈으로 보

았는데, 모두 소박한 것들이었습니다. 중국 백성들이 지금까지도 강희제를 성군으로 칭송하는 이유를 짐작하게 되었습니다."

"원명원은 창춘원과 비교할 때 어떠하였소?"

"규모의 크기와 화려함이 백배도 넘었습니다. 황실의 사치스러움과 검소함을 보면 어진 임금인지 아닌지를 단박에 알 수 있었습니다. 백성들의 고혈을 짜내어 무가치한 놀음에 빠짐으로써 그 시대뿐만 아니라 지금까지도 모든 이들의 웃음거리가 되었습니다."

"북경의 선비들은 어떠하였소?"

"두서너 명을 만나 보았는데 시와 문장, 글씨와 그림이 모두 빼어났습니다."

"우리 조정에서 북경에 가져다주는 세폐미는 얼마나 되오?"

세손의 질문 방향이 바뀌었다. 북경의 선비들에 대해서는 관심이 없는 듯했다.

"명나라 때는 1만 석이었지만 청나라 조정에서 두어 번 줄인 까닭에 지금은 사오십 포에 지나지 않습니다."

"그처럼 줄였으니 청나라에 오가는 경비가 많이 줄여졌겠소."

"줄이는 쌀을 해마다 따로 쌓아 둔다면 효과가 클 것입니다. 그렇지 않고 다른 경비에 섞어 놓게 되면 한두 해 뒤에는 그것을 더했는지 뺐는지조차 모르게 될 것입니다."

다른 경비에 섞어 놓아서 허비되는 폐단을 지적한 말이었다. 하지만, 세손은 이에 대해서는 별 말이 없었다.

"듣자하니, 물러난 당상관이 말단 관리의 녹봉을 받는다는데, 이것은 전에 없던 일 아니오?"

세손이 또 다른 질문을 하자, 이번에는 옆에 있던 임득호가 뜬금없는 답변을 했다.

"한양과 경기도의 백성이 농사도 짓지 않고 장사를 하지도 않으면서 먹고사는 데는 대개 이런 후한 녹봉에서 남아 흘러 나가는 것 때문입니다. 모두 국가의 은덕이 아니겠습니까?"

이 말을 들은 홍대용은 '이거야말로 용비어천가가 아닌가? 세손의 총명을 어지럽히는 말이로군.' 하는 생각이 들었다. 그는 세손에게 곧바로 아뢰었다.

"요행수나 노리며 놀고먹는 백성이나, 나라를 좀먹고 백성을 괴롭히는 벼슬아치들에 대해서는 윗전에서 더 깊이 생각을 하셔야 할 것입니다."

"지극히 옳은 말씀이오."

세손도 임득호의 말이 거슬렸는지 흔쾌한 음성으로 맞장구를 쳐주었다.

1775년, 무더위가 한풀 꺾이기 시작하던 늦여름에 다시 서연이 열렸다. 홍대용이 참여한 마지막 서연이었다. 이날, 세손이 물었다.

"계방은 벌써 과거를 그만두었소?"

"그만둔 지 이미 사오 년이 되었습니다."

"계방 같은 재주로 어찌 과거를 못하겠소? 이는 분명히 달갑게 여기지 않아서일 거요."

세손은 홍대용이 과거에 급제하여 조정에 들어오기를 바라는 눈치였다. 지금부터 벼슬하는 사람들은 모두 자신과 더불어 세상사를 논하고 바른 정치를 펴는 신하가 될 터였다. 하지만, 홍대용은 벼슬길에 나아가 부와 명예를 쌓는 일에 대해서는 터럭만큼의 미련도 없었다. 세손은 홍대용의 의중을 알고 있었기에 강권하지는 않았다. 다만, 식견 넓고 학문의 깊이가 남다른 인재를 곁에 두지 못함을 아까워했다.

"꼭 그런 것만은 아니옵니다."

홍대용은 구구한 설명을 하지는 않았다.

"참, 계방의 곁에는 좋은 벗들이 있다고 언뜻 들었던 것 같소. 그들은 어떤 사람들이오?"

"백탑시파(白塔詩派) 문인들이온데 흔히 백탑파라 부르고 있사옵니다."

"백탑시파? 흥미롭구려. 그들에 대해 말해 보오."

"예, 저하. 백탑파라는 모임을 이끌어가는 사람은 금성위 대감 박명원의 8촌 동생 박지원입니다. 그는 문장이 빼어날 뿐만 아니라 식견이 높고 인품도 넉넉해 많은 이들이 따르고 있사옵니다."

"박지원이라. 그가 화평 고모님과 결혼한 금성위 고모부의 동생이었소?"

"그러하옵니다."

"계속해 보시오."

"박지원의 제자로는 이덕무, 서이수, 박제가, 유득공, 이서구 등이 있사옵니다. 또한, 이덕무의 처남인 백동수도 이 모임에 자주 나타나곤 하옵니다."

"그는 어떤 사람이오?"

"백동수는 일찍이 무과에 급제했지만 벼슬을 하지 못하고 기린협에 은거 중이온데, 가끔은 바람처럼 한양에 나타났다가 홀연히 사라지기도 하옵니다."

"모두 반가의 후손들이오?"

"명문가의 자손인 박지원과 이서구를 제외하면 나머지는 서얼들이옵니다. 하지만, 모두 높은 학식을 지닌 자들입니다. 임금님께서 서얼허통을 명하셨지만, 관직의 수가 턱없이 모자랄 뿐만 아니라 사대부 집안의 적자가 서자를 여전히 경시하는 풍조 때문에 이들은 벼슬할 기회조차 주어지지 않는 현실을 아파하면서도 오로지 책을 벗 삼아 때를 기다리고 있는 중이옵니다."

"음, 아까운 사람들이로군……. 오늘 서연은 이만 마칠까 하오."

홍대용의 설명을 들은 세손은 무슨 말인가를 더 할 듯했지만, 잠시 사이를 띄었다가 종료를 선언했다. 존현각을 나온 홍대용은 춘방의 관리들에게 인사를 한 뒤 세자익위사 쪽을 향해 천천히 걸었다.

돌이켜보니, 9개월이라는 짧은 기간 동안 서연에 참여해 세손과 문답을 나누었던 것은 의미 있는 일이었다. 홍대용은 이 기간 동안 기회 있을 때마다 진실한 마음, 사실로 있는 일, 실질적인 쓸모, 실제로 행동에 옮기는 일에 대해 힘주어 말했다. 실사구시가 결국 백성을 잘 살게 하고 나라를 강하게 하는 부국강병의 길이라는 것을, 장차 군주가 될 세손이 알아주기를 간절히 원했기 때문이다.

하지만, 세손은 홍대용의 실학적 가치에 대해 깊은 관심을 두지 않았다. 사실, 세손에게 더 급했던 것은 따로 있었다. 사도세자의 아들인 자신을 음해하는 세력들로부터 벗어나, 확실하게 세손으로서의 입지를 굳건히 하는 게 급선무였다. 머지않아 보위에 오른 뒤 왕권을 탄탄히 다지게 된다면, 그는 장차 신료들과 백성들을 가르침으로써 튼튼한 나라를 만드는 데 온 힘을 기울일 학자 군주가 될 터였다.

'서연 기간 동안 내놓았던 나의 여러 개혁적인 방안을 저하께서 받아들이기에는 아직 시기상조인가.'

그 생각을 하니 조금 안타까웠다. 금천교를 지나 홍화문을 나설 때, 인왕산 능선 위로 하현달이 떠 있는 게 보였다. 홍대용은 뒷짐을 지고 가며 중얼거렸다.

'이럴 때 서림이 한양에 와주면 좋으련만. 그가 온다면, 전에 낙산사에 같이 갔을 때처럼 거문고를 후련하게 타 보련만. 이왕이면 이재도 함께 와준다면 더욱 좋겠지.'

서림 이송은 조정에서 몇 번이나 벼슬자리를 주었으나 번번이 사양했던 벗으로서, 서산에 은거하면서 실학 연구에 온 정성을 기울이고 있는 선비였다. 이재 황윤석은 석실서원의 동문으로서 천문, 역학에 대해 가장 많이 토론하며 이용후생을 고민했던 벗이었다.

늦은 밤, 남산골을 향해 터벅터벅 걸어가는 길은 고즈넉했다. 까닭 없이 불쑥 찾아올 리 없는 이송과 이재가 그리웠고, 멀리 연암골에서 마른 삭정이로 불을 때고 있을 박지원은 더더욱 그리웠다.

1776년 3월 5일, 영조가 83세의 나이로 승하하였다. 닷새 후인 10일, 법통을 이어받은 세손이 경희궁의 숭정전에서 즉위했다. 조선의 제22대 왕인 정조의 시대가 열린 것이다. 옥좌에 앉은 새 임금은 대신들을 굽어보며 명을 내렸다.

"창덕궁의 후원에 규장각을 창설하라!"

얼마 전의 서연에서 세손은 홍대용이 강조한 격물치지보다 치국평천하가 더 급선무라고 주장한 바 있었다. 정조가 내린 명은 왕실 도서관인 규장각을 설치함으로써 왕통을 바로 세우려는 구상으로서 치국평천하를 위한 첫 걸음인 셈이었다.

왕명이 떨어지자 서까래를 깎아 거는 연목편수, 공포를 짜는 공도편수, 기둥과 보를 비롯한 지붕 기울기를 담당하는 정현편수, 기와장이, 흙벽장이, 단청장, 석수 등 궁궐 건축에 대해 경험 많고 노련한 이들이 속속 궁궐로 모여들었다. 곧 이들 목수와 인부들을 진두지휘하는 우두머리 도편수와 부편수가 선정되었고, 그 뒤로 규장각 짓는 일이 본격화되었다.

그즈음 홍대용은 사헌부의 정6품 벼슬인 감찰로 승격되었다. 어느 날, 모처럼 일찍 퇴청한 그가 큰절골 이덕무의 집에 들렀다.

"청장관! 여보게, 청장관!"

사립문을 열고 들어가자 조그마한 방에서 이덕무가 황급히 뛰어나왔다.

"담헌 선생님! 어서 오십시오."

"책을 읽고 있었는가?"

"예, 《좌씨전》을 읽고 있었습니다."

"이제 보니 자네는 소문난 책벌레가 맞구먼. 아무리 책이 좋다 해도 눈이 진무를 정도로 읽지는 말게나."

홍대용은 안쓰러운 마음에 지청구까지 주었다. 이덕무는 스스로 책만 읽는 바보, 간서치라 부를 정도로 책을 좋아했다. 동쪽 창으로 들어오는 햇볕 아래서 책을 펼치면 쌀이 떨어져 끼니를 거르면서도 시간 가는 줄 몰랐다. 해의 방향이 바뀌는 대로 남쪽과 서쪽의 창가로 차례로 옮겨 앉아 하루 종일 책을 들여다보는 게 그의 일과였다. 그런 까닭인지 그의 맑은 눈은 책을 읽느라 충혈될 때가 많았다.

"책을 끼고 사는 것이 저의 유일한 낙이라서요. 그나저나, 선생님께서 조복을 입으신 모습을 뵈니 참으로 보기 좋습니다."

이덕무는 아무렇지도 않게 대꾸하면서 소매가 넓고 깃이 곧은 홍대용의 관복을 유심히 쳐다보았다.

"그런가? 새내기 노릇을 톡톡히 하느라 그간 정신이 없었다네."

"일은 할 만하십니까?"

"웬만큼은. 실은 지방의 외직으로 나갈 궁리를 하고 있다네."

"남들은 중앙의 관리가 되고 싶어 안달인데 한직으로 여기는 지방관이 되려 하시는 이유는 무엇입니까?"

"사헌부에서 뿌리 내릴 생각이었다면 굳이 외직으로 나가려 했겠나? 나는 출세 따위에는 관심이 없다네. 감찰 업무를 보는 것도 의미 있는 일이지만, 그보다는 한 고을을 다스리면서 백성들의 고충을 헤아리고 보듬어주는 일을 하고 싶기 때문이지."

"이해가 됩니다. 선생님께서 언젠가 저희들에게 '기회가 된다면 좋은 목민관이 되고 싶다.'고 하신 말씀이 떠오르는군요."

"기억해주니 고맙구먼. 허나, 뜻이 좋다 해도 막상 지방에 내려가면 호락호락하지는 않겠지. 그건 그렇고, 청장관은 요즘 시국을 어떻게 보는가?"

"새 임금님께서 규장각을 지으라 명하신 것은 좋은 조짐으로 여겨집니다."

"나도 같은 생각이네. 새로운 시대가 열리고 있다는 느낌이 들어. 새 술은 새 부대에 담아야 되는 법이니, 자네 같은 젊고 패기 넘치는 선비들이 조정의 일을 맡아 하게 된다면 얼마나 좋겠는가?"

"그야말로 꿈같은 말씀이십니다. 저희 같은 처지의 사람들이야 언감생심이지요."

"아니야, 꼭 그렇지만도 않아. 당색을 구분하지 않고 좋은 인재들이 그 자리에 들어간다면 머지않아 호호탕탕한 일들이 펼쳐질 걸세. 만약 연암이 이 자리에 있다 해도 나와 같은 얘기를 하겠지."

"틀림없이 담헌 선생님과 같은 말씀을 하셨을 겁니다."

"무소식이 희소식이라던데, 연암골에서 잘 지내고 있을까?"

"연암 선생님께서 평안하시길 빌 뿐입니다."

그날 두 사람은 늦은 시간이 되는 줄도 모르고 인생사와 세상사에 대해 많은 이야기를 나누었다.

그로부터 몇 달이 지났다. 9월이 되자, 그동안 진행되던 궁궐의 건축 공사가 마무리되었다. 창덕궁에서 경관이 가장 아름다운 영화당 옆에 2층 누각으로 지어진 건물은 1층이 규장각, 2층 누각이 주합루로 명명되어 당당한 자태를 드러내고 있었다.

사무실로 지어진 이문원, 역대 임금들의 초상화와 어필을 보관하는 봉모당, 수많은 국내 서책을 보관하는 서고, 서책을 햇볕이나 바람에 말리는 공간인 서향각, 중국에서 들여온 서적을 보관하는 개유와와 열고관, 휴식 공간인 부용정 등 여러 부속 건물에 둘러싸인 규장각은 새 임금의 개혁 의지를 보여주는 멋진 건물이었다.

이듬해 1월, 정조 임금은 신하들 앞에서 중대한 명을 내렸다.

"조정의 벼슬아치들이 반드시 모두 어진 것은 아니고 초야의 인물들이 반드시 모두 어리석은 것은 아니다. 이제부터 서얼들도 벼슬길에 오를 수 있는 법제를 만들라."

정조의 명이 있고 나서 두 달 후인 3월에 '서류소통절목'이라는 법이 만들어졌다. 이 법이 제정됨으로써 서얼들도 관직에 진출할 수 있는 근거가 마련된 것이다.

'참으로 가문 날의 단비와도 같은 소식이로다! 머지않아 백탑의 벗들에게도 좋은 일들이 생기겠구나.'

이날 홍대용은 흥분된 마음을 감추지 못했다. 그의 눈에 이덕무, 박제가, 유득공, 서이수, 백동수 등의 얼굴이 스쳐 지나갔다.

6월 하순경, 홍대용에게는 새로운 벼슬이 주어졌다.

"사헌부 감찰 홍대용에게 태인 현감 직을 제수하노라."

승지가 임금의 교서를 낭독하자, 말로는 도저히 표현 못할 감격이 찾아왔다. 한 고을의 수령이 되는 일은 홍대용의 오랜 숙원 가운데 하나였기 때문이다. 업무가 끝난 뒤 남산골 집에 돌아와 쉬고 있을 때 이덕무와 유득공, 박제가, 이서구가 찾아왔다.

"담헌 선생님! 태인 현감이 되셨다는 소식을 들었습니다. 감축드립니다."

네 사람이 앞서거니 뒤서거니 축하의 인사말을 건넸다.

"청장관, 영재, 초정, 낙서! 이렇게들 찾아와 주어서 고맙네."

홍대용이 네 사람을 차례차례 쳐다보며 다정하게 말했다.

"한 고을의 수령이 되시면 장차 어떻게 행정을 펼치실지 궁금해서 찾아뵈었습니다. 선생님께서 북경에 다녀오신 뒤부터 숙고를 거듭하여 쓰신 《임하경륜》이라는 책이 기억납니다. 나라를 경영하고 백성을 다스리는 원칙이 수록되어 있는 훌륭한 책이라고 입에 침이 마르도록 격찬하던 연암 선생님도 생각납니다."

이덕무가 먼저 운을 떼었다. 《임하경륜》에서 두드러진 내용은 전국을 아홉 개의 도로 나누고 각 도에 도백을 두어 아홉 개의 군을 다스리도록 하자는 제안이었다. 전국 아홉 개의 도와 한양에 각 10만 명의 군대를 두어 총 100만 명의 군사를 갖추게 하는 군사 제도의 제안도 담겨 있었다. 이덕무는 이 같은 효율적인 행정 조직과 강력한 군사력을 바탕으로 백년대계를 꿈꾸자는 저자의 취지에 공감한다는 말을 했다.

"저는 과거 제도를 폐지하자는 과감한 개혁안에 눈길이 갔습니다. 각 면에 학교를 세워 전국의 여덟 살 이상의 아이들에게 도덕 교육을 실시하고 활쏘기, 말 타기, 글씨 쓰기, 셈하기, 갈고 닦은 기술이나 재주 등 육예로써 교육하자는 주장이 신선했습니다."

이번에는 박제가가 진지한 어조로 말했다. 그는 재능만 있다면 신분에 얽매이지 않고 조정에 추천하여 인재를 뽑아 쓰자는 제안이 마음에 든다고 덧붙였다.

"뜻이 깊고 재주가 많은 자는 조정에서 쓰고, 솜씨가 빠른 자는 공업에서, 이익에 밝고 셈이 빠른 자는 상업에서, 꾀가 많고 용맹한 자는 무반에서 쓰도록 하자는 선생님의 제안은 하나도 버릴 것이 없었습니다."

유득공은 정말로 속이 후련했는지 가슴까지 탁 치며 말했다.

“듣지 못하는 자, 일어서지 못하고 앉아서만 지내야 하는 자에게까지 일자리를 갖도록 하자는 주장은 파격적이더군요. 나라를 경영하는 이들이 반드시 선생님의 책《임하경륜》을 보고 거울로 삼았으면 좋겠습니다.”

이서구도 상기된 표정으로 맞장구를 쳤다.

“자네들처럼 열린 생각을 가진 사람들이 많으면 오죽 좋겠나? 내 책 이야기만 하지 말고 자네들 이야기 좀 하세. 지난번 사절단의 일원으로 중국에 갔던 탄소가 북경에서 우촌 이조원과 난공 반정균의 서문을 얹어《한객건연집》을 펴냈다는 소식을 들었네. 참으로 흐뭇하고 대견한 일일세. 중원 땅에 청장관, 영재, 초정, 낙서의 시와 이름이 널리 알려지고 또 좋은 평까지 얻었다니 이 얼마나 멋진 일인가? 헛헛허.”

화제가 바뀌자, 네 사람의 표정이 아까보다 환해졌다. 일찍이 그들은 시문집《건연집》을 출간한 바 있었다. 유득공의 숙부이자 거문고를 잘 타서 탄소라는 호가 붙은 유금은 이 책을 연행 길에 가지고 가서 북경 선비들의 서문을 받아《한객건연집》이란 제목으로 펴낸 적이 있었다. 그 책의 서문을 써준 이조원은 청나라의 시인이자 학자로 이름 높은 선비였고, 반정균은 홍대용이 유리창에서 만나 천애지기를 맺은 벗이어서 의미가 남달랐다.

《한객건연집》은 중국에 소개되자마자 북경의 식자들 사이에서 단번에 뜨거운 독서 열풍을 몰아올 만큼 화제의 책이 되었다. 이 소식을 접한 한양의 선비들은 부러움과 찬탄을 금하지 못했고, 백탑파 문인들도 너 나 없이 기뻐해마지 않았다.

"서툰 시편들로 헛된 이름을 얻은지라 부끄럽기 짝이 없습니다."

이덕무가 겸손한 어조로 말했다.

"저희들은 지금도 북경의 선비들이 준 푸른색 비평과 붉은색 비평 두 가지를 보물처럼 여기고 있습니다."

박제가는 뿌듯한 마음을 굳이 숨기려 하지 않았다.

"정말 자랑스럽고 멋진 일일세. 조선 시인들의 시편들이 북경의 선비들에게 널리 소개되어 격찬을 받은 일은 만고에 드문 일 아닌가?"

홍대용은 감격스러운 표정으로 서가에서 《건연집》을 꺼냈다.

"어? 그 책은……."

이서구가 책 표지를 보더니 미소를 지었다.

"그래. 조선에서뿐만 아니라 북경에서까지 이름을 떨친 자네들의 시문집이지. 축하하는 의미에서 지금부터 한 편씩 낭독해 보려네."

"그럼, 저희들은 편안히 감상하겠습니다."

유득공은 이렇게 말하며 눈을 감았다. 홍대용은 미리 끼워 둔 책갈피를 하나씩 빼내며 이덕무의 〈윤회매〉, 유득공의 〈단오〉, 박제가의 〈빗소리 들으며〉, 이서구의 〈갯가의 저녁〉을 차례대로 읽어 나갔다.

윤회매

벌통 드나들며 삼생에 맺은 인연
꽃들과 나란히 형제처럼 피어 있네

정말 꽃들이 눈을 떠서 볼라치면
향기 서로 통하는 손자라고 기뻐하리

단오

보릿가을 되어 새 술 빚어 놓고
초여름 그늘 아래 옛 책을 뒤적이네

석류꽃 타는 듯 붉으니
따가운 햇살에 창이 더욱 밝아라

빗소리 들으며

문 밖에도 안 나가고 우두커니 앉았노라니
돗자리는 적적하고 사람은 메말라 가네

글 읽는 창문 밖에 푸른 박 넝쿨

온종일 퍼붓는 빗소리는 오동잎에 떨어지는 듯하네

갯가의 저녁

저녁 비에 후줄근히 어부는 돌아오니

께딱지만 한 집에 찬 연기가 서렸구나

두어 점 반짝이는 갯가의 불빛이여

아마도 저 멀리에 상곳배가 있나 보이

"선생님께서 저희들의 시를 낭독해 주시니 참 좋습니다."

시 낭독이 끝나자 이서구가 밝은 얼굴로 말했다.

"자네들의 시가 좋아서 저절로 흥이 났네그려."

홍대용의 말에 이덕무, 유득공, 박제가도 즐거운 표정을 지었다.

남산골에서 조촐한 모임을 가진 뒤, 노루 꼬리만큼 짧은 6월 하순의 며칠도 훌쩍 지나가 버렸다. 7월 초, 홍대용은 부푼 꿈을 안고 태인으로 떠났다. 마흔일곱 살이 되어서야 얻은 지방관 벼슬이었다. 현감이 된 그는 백성들의 아픔을 어루만지는 어진 수령이 되겠다는 다짐을 했다.

한 해가 지난 뒤, 홍대용의 벗들에게 좋은 일들이 잇따라 생겼다. 맨 먼저 유득공이 연행사의 일원이 되어 중국으로 떠났다. 그해 여름, 이덕무와 박제가 또한 그 뒤를 따랐다. 유득공은 심양을, 박제가와 이덕무는 북경을 여행했다. 홍대용은 중국의 선비들에게 편지를 보냈다. 이덕무, 박제가, 유득공에 대한 소개장을 써 준 것이다. 이들은 홍대용이 먼저 갔던 길을 따라 심양과 북경으로 갔고, 홍대용과 교유했던 청나라 선비들을 만나 시와 예술과 학문에 대해 마음을 터놓고 깊은 대화를 나누었다.

북경에 다녀온 박제가는 《북학의》를 써서 편찬했다. 책을 다 쓴 그는 맨 먼저 홍대용에게 부쳤고, 얼마 후 태인 관아로 찾아왔다. 홍대용은 박제가를 친 혈육처럼 반겨 맞아 주었다. 관아에 며칠 머무르는 동안 박제가는 밀린 이야기보따리를 풀어놓았다.

"선생님, 중국에 가서 보니 정말 수레가 많았습니다. 선생님께서 쓰신 《회우록》을 보고 이미 알고 있었지만, 변방의 작은 고을부터 북경에 이르기까지 거리마다 수없이 굴러다니는 수레를 직접 보니 깜짝 놀라지 않을 수 없었습니다. 수레는 신라 때부터 사용했던 것인데, 우리나라에서는 이 편리한 것을 왜 사용하지 않을까 하는 생각에 이르자 가슴이 꽉 막혀 오더군요."

"나도 북경에 갔을 때 초정과 비슷한 심정을 느꼈지. 지난번에 자네가 보내준 《북학의》를 찬찬히 읽어 보았더니, 깊이 공감할 만한 대목이 참으로 많더군."

홍대용은 이같이 말하면서 책갈피를 꽂아두었던 부분을 펼쳤다. 그는 붓으로 표시해 놓은 곳을 가리켰다. 거기에는 이렇게 적혀 있었다.

'두메산골에 사는 사람들은 풀명자나무의 열매를 담갔다가 그 신맛을 된장 대신 사용하며, 새우젓이나 조개젓을 보고는 이상한 물건이라고 생각한다. 그들이 왜 이렇게 가난한 것일까? 단언컨대 수레가 없기 때문이다.'

박제가는 자신이 쓴 구절을 들여다보며 빙긋 웃었다. 홍대용에게서 칭찬을 듣는 기분이었기 때문이다.

"담헌 선생님께서는 '수레가 다닐 수 있는 길을 닦으려면 토지 몇 결은 없어지겠지만 수레를 사용해서 얻는 이익이 그것을 넉넉히 보상할 수 있을 것이다.'라는 글을 쓰신 적이 있으셨지요. 저는 수레뿐만 아니라 중국에서 보편화되어 있는 벽돌의 쓰임새를 보고 매우 감탄했습니다. 또한, 목재를 정밀하게 다듬어놓아 물이 차오르지 않는 배에 대해서도 주의 깊게 보았습니다. 이 모든 것이 우리나라가 배워야 할 것들이었습니다. 북경에 다녀온 뒤, 오랫동안 그릇된 관습에 얽매이면서도 고치려 하지 않는 조선의 타성에 대해 깊이 생각하는 계기가 되었습니다."

열정적으로 말하는 박제가의 눈에는 안타까움과 분노가 넘실거렸다. 홍대용은 그와 이야기를 나누는 동안 조선의 앞날이 지금과는 많이 달라질 것이라는 희망의 싹을 보았다. 박제가가 쓴《북학의》는 발전된 청나라의 문물을 받아들여 조선을 변화시켜야 한다는 주장으로 가득 차 있었기 때문이다.

"우리는 이제 미래를 일구어야만 하는 새로운 길에 들어선 것이 분명하네. 그러자면 어제를 박차고 오늘을 살아야 하며, 오늘을 딛고 내일을 힘껏 열어 가야 하는 것 아니겠는가?"

홍대용은 이렇게 말하며 박제가의 두 손을 꽉 맞잡았다. 하지만, 그 길이 꽃길이 될지 가시밭길이 될지는 아무도 몰랐다. 다만, 안개 속일지언정 묵묵히 앞으로 걸어 나가야 한다는 것만 다짐할 뿐이었다.

이듬해 3월 중순, 정조가 새로운 명을 내렸다.

"이덕무, 박제가, 유득공, 서이수 네 사람을 규장각의 검서관으로 임명하노라."

이 소식을 듣게 된 홍대용은 자신의 일처럼 기뻐했다. 좋은 재능을 지니고도 오랫동안 뜻을 펼칠 수 없어 답답해하던 백탑의 벗들이 마침내 벼슬길로 나아가게 되었으니, 이보다 더 큰 희소식이 또 있겠는가 싶었다.

'서연에서 했던 나의 말을 지금의 전하께서 결코 흘려들으신 게 아니었어.'

생각이 여기에 이르자, 흐뭇하고 감격스러운 나머지 온 몸에 전율이 일었다.

얼마 후, 한양에 갈 일이 있던 홍대용은 남산골 집으로 벗들을 불러 모아 조촐한 저녁식사를 대접했다.

"여보게들! 검서관이 된 것을 진심으로 축하하네."

홍대용의 말에 모두들 큰소리로 웃으며 한 목소리로 즐거워했다.

"담헌 선생님! 저희가 이제야 사람 노릇을 하게 된 것 같습니다."

활달하게 말하는 박제가의 음성을 듣고 모두 고개를 끄덕였다. 밥을 먹고 숭늉을 마시는 동안, 벗들의 눈동자에는 형언할 수 없는 기쁨의 빛이 서려 있었다.

"이제부터 자네들의 시대가 활짝 열리게 되었네 그려."

홍대용은 검서관에 임명된 이덕무와 유득공, 박제가, 서이수의 얼굴을 차례로 바라보았다. 그들이 모처럼 그늘 한 점 없는 얼굴로 환하게 웃었다.

서얼이라는 이유로 적자들로부터 차별 받았던 그들의 설움을 누가 알 것인가. 과거시험에서조차 소외되어 벼슬길이 막힌 울분을 삭이는 것은 오직 책 읽는 일밖에 없었다. 시를 쓰고, 그림을 그리고, 무술을 익히고, 밀랍으로 윤회매를 만들며 시름을 잊었던 그들이었다. 이제 그들에게도 새로운 길이 열리게 되었다고 생각하니, 홍대용은 먹장구름이 물러난 파란 하늘을 보는 것처럼 개운해진 기분이 들었다.

"이 모두가 바다 같은 임금님 은덕이지요. 그렇지만 담헌 선생님께서 저희를 천거하셨다는 것은 모두가 아는 사실입니다."

이덕무가 나직하게 말했다.

"원, 별 말씀을. 아 참, 좋은 일이 또 있지? 지난번에 영재가 쓴 《이십일도회고시》가 북경의 선비들에게서 큰 호평을 받았다는 얘기를 듣고 무척 기뻤네."

홍대용은 서가 위에 놓인 서책을 집어 들며 화제를 돌렸다.

"제가 명례방 북고개 중턱에 머물 때 우리나라의 지지(地誌)를 자주 들춰보면서 지은 것이 바로 《이십일도회고시》입니다. 청장관 형님과 초정 아우가 북경에 갔을 때 난공께 그 책을 보여주었는데, 난공께서는 찬찬히 다 읽은 뒤 분에 넘치는 칭찬을 해주었다고 들었습니다."

유득공은 쑥스러워하는 표정으로 홍대용을 쳐다보았다.

"초정한테 들은 말로는 난공이 '영재의 《이십일도회고시》는 후세에 반드시 전해질 작품이다.'라고 극찬했다고 해서 기분이 좋았네. 내가 읽어 보니, 첫머리에 쓴 '단군조선' 구절부터 읽는 이의 눈을 단숨에 사로잡는 힘이 있더구먼. 자네의 시편들을 읽으면서 우리의 옛 역사를 되찾은 기분이었어. 그런 의미에서 그 부분만 한번 읽어 보겠네."

말을 마친 홍대용은 곧 낭랑한 음성으로 앞의 한 구절을 낭독했다.

대동강은 안개 낀 벌판을 적시며 흘러가고
왕검성에 봄이 드니 한 폭의 그림일세.
만 리 밖 도산에 옥을 갖춰 참예하니

아름다운 아들 해부루를 지금껏 기억하네.

"좋을시고!"

홍대용이 낭독을 끝내자 모두가 무릎장단을 치며 좋아라 했다. 이덕무와 박제가는 한동안 이 시집이 북경에서 얼마나 주목을 받았는지, 그 때문에 얼마나 자신들의 어깨가 으쓱해졌는지에 대해 이야기꽃을 피웠다. 말하는 이도 듣는 이도 흥이 나는 시간들이 이어졌다.

그로부터 2년 뒤, 홍대용은 영천 군수로 승격되었다. 영천은 그의 아버지가 군수로 재직하던 곳이어서 더욱 각별한 감회가 서린 곳이었다. 홍대용이 영천으로 내려간 사이에 박지원은 한양으로 올라와 있었다. 한 해 전 홍국영이 벼슬을 잃게 되자 연암골 생활을 접고 백탑 근처로 돌아온 것이다.

그해 5월, 그의 친족 형 박명원이 건륭 황제의 70세 생일인 만수절을 축하하기 위한 진하사 겸 사은사로 청나라에 갈 때 박지원도 자제군관으로 동행하게 되었다. 홍대용이 중국에 다녀온 지 15년 만에 떠나는 연행 길이었다. 이 소식을 듣게 된 홍대용은 매우 기쁜 마음으로 중국 삼하의 선비인 손유의에게 편지를 썼다.

"손공 보십시오! 이번 사절단의 일원으로 나의 벗 박지원이 동행하게 되었습니다. 그는 문장이 빼어나고 학문이 출중할 뿐만 아니라 뛰어난 인품까지 갖춘 선비입니다. 내가 존경하고 신뢰하는 벗이니, 부디 나를 대하듯이 따뜻하게 맞아 주시길 바랍니다."

소개장을 쓰면서도 자꾸만 뿌듯한 마음이 들었고, 까닭 모르게 가슴이 벅차올랐다. 백탑의 벗들 가운데 가장 늦게 중국으로 떠나는 박지원이었지만 그에게 거는 홍대용의 기대는 상상 이상이었다.

박지원의 중국 여행은 지금까지의 사절단과는 전혀 다른 방식으로 이루어졌다. 북경에 도착한 사절단은 뜻밖에 내려진 황제의 특명을 받았다.

"짐을 알현하러 빨리 열하로 오라!"

사절단 일행은 북경에 짐을 풀지도 못하고 급히 말을 몰아 황제가 머무는 피서산장으로 가야 했다. 그 바람에 박지원은 여태까지 사절단이 한 번도 가보지 못했던 만리장성 너머 북쪽의 열하에 처음으로 발을 디디게 되었다. 머나먼 길을 가는 동안 일행은 수차례의 죽을 고비를 넘기며 갖은 고초를 다 겪었다. 하지만 박지원에게는 그 험난한 여정이야말로 중국 밖의 또 다른 세계를 엿보게 된 기회가 되었다.

중국 여행을 마치고 조선에 돌아온 박지원은 연행기를 집필했다. 3년여의 집필 기간이 끝난 뒤, 모두 26권 10책으로 된 방대한 저술본의 제목을《열하일기》라 정했다. 책이 출간되자마자 가장 먼저 편지와 함께 홍대용에게 부쳤다. 얼마 후, 홍대용은 큰절골 박지원의 집으로 찾아갔다.

"연암! 안에 계시오?"

"어서 오십시오, 담헌!"

벗의 목소리를 듣고 박지원이 뛰어나와 홍대용의 손을 반갑게 잡았다.

"거질(巨帙)을 선물 받고 벅찬 마음에 이렇게 왔소이다."

"모친께서 편찮으시다고 들었습니다. 지금은 좀 괜찮으신지요?"

"어머니께서는 다행히 좋아지셨소이다. 실은 벼슬살이가 싫어져서 핑계를 대고 영천 군수를 그만두었소. 수촌마을에 내려가 지내다 보니 두통도 없어지고 편안해져서, 모처럼 벗들을 보고자 한달음에 한양으로 온 것이오. 지난번에 연암이 보내준 책은 잘 읽었습니다. 실로 엄청난 대작을 만드셨더군요. 진정 축하하오."

"지나친 칭찬이십니다."

"연암의 책이 한 권씩 나올 때마다 한양의 선비들이 열광했다고 들었소. 다투어 서로 읽고 베껴 쓰면서 여러 권의 필사본이 만들어져 널리 퍼져 나갔다는 소문이 자자하더군요."

"거 참, 저도 그 이유를 모르겠습니다. 어쨌든 저는《노가재 연행록》과《담헌 연기》에서 많은 빚을 졌습니다. 그 책들 덕분에 제 책이 빛을 본 것이니까요. 하하하."

박지원이 너털웃음을 웃자, 부채수염이 활짝 펴졌다.

"겸손의 말씀! 내가 보기에 연암이 쓴《열하일기》는 김창업 선생이나 나의 연행기를 한 길이나 뛰어넘는 책으로 기억될 것이오."

홍대용도 빙긋 웃으며 덧붙였다.

"과찬이십니다."

"연암의 책이 하도 방대하여 지금도 끝까지 다 읽지는 못했지만 생생히 기억하는 문장이 있소이다. 요양 백탑쯤에 이르러 천 리까지 광활하게 펼쳐져 있는 요동 벌판을 보며 '큰 울음터로다.'라고 했던 문장에서 숨이 턱 막히더이다."

홍대용도 오래 전의 연행길에서 끝 간 데 없이 펼쳐진 광막한 요동 벌판을 보고 격렬하게 심장이 뛰었던 적이 있었다. 박지원의 글을 보니 그때의 감동이 새삼 되살아났던 것이다. 홍대용은《열하일기》첫머리의 '도강록' 7월 8일 갑신일의 기록 가운데 한 구절을 떠올려 보았다. 하도 여러 번 읽어서 아예 통째로 외워 버렸던 문장이었다.

'산모롱이에 가려 아직 백탑은 보이지 않는다. 빨리 말을 채찍질해 달렸다. 수십 보를 채 못 가서 겨우 모롱이를 벗어나자, 눈앞이 어른거리고 갑자기 한 덩이 검은 공이 오르락내리락 한다. 내 오늘에야 처음으로 알았다. 인생이란 본디 아무런 의지할 곳 없이 하늘을 이고 땅을 밟은 채 떠돌아다니는 존재임을. 말을 세우고 사방을 돌아보다가 나도 모르는 사이에 손을 들어 이마에 얹고 아, 참으로 좋은 울음 터로다. 가히 한 번 크게 목놓아 울 만하구나, 하고 외쳤다.'

"담헌께서 그리 말씀하시니 몸 둘 바를 모르겠습니다."

"우리가 천애지기를 맺은 지도 어언 삼십여 년이 가까워지는군요. 생각해 보면 나의 거문고 소리를 마음으로 들어주는 이는 연암밖에 없었소. 내가 북경에 가서 수레와 선박과 벽돌을 보고 감탄했듯이, 초정은 나보다 더욱 세심한 시선으로 내가 미처 언급하지 않은 다른 점까지《북학의》에 기술해 놓았소. 그런데, 연암은 조선 선비들의 발길이 닿지 않던 만리장성 북쪽의 열하에 다녀와 모두를 놀라게 하였소. 그뿐만 아니라《열하일기》곳곳에 우리 조선이 배워야 할 청나라의 여러 제도와 문물의 형상을 손에 잡힐 듯이 유려한 문체로 그려놓았소. 그 파장은 실로 엄청날 것이오."

홍대용은 오랜 벗과 모처럼 속마음을 털어놓고 얘기에 열중하게 되자 무척 기분이 좋아졌고 행복한 느낌마저 들었다.

"어찌 그리 과분한 말씀을 하십니까?"

"있는 그대로 말씀드리는 것뿐이오. 다만, 걱정되는 바가 없지는 않습니다. 뼛속까지 중화주의에 물든 일부 고루한 사대부들은 여전히 박제가를 중국 풍습에 미친 당괴라며 멸시하고 있기 때문이오. 나의 회우록이 나왔을 때는 또 어떠하였소? 심지어 석실서원의 동문인 본암조차 나를 향해 제1등인이 어떻게 더러운 오랑캐들과 만나느냐며 노골적으로 비방하지 않았소? 연암의 문장은 활달하고 수려하기로 정평이 나 있지만,《열하일기》속에 북학의 의지가 담겨 있다는 이유만으로 또 다른 무리가 나타나 눈을 흘기며 헐뜯을지도 모른다는 우려가 듭니다."

"그건 두렵지 않습니다."

"그들의 수가 많다 한들 진실을 바라볼 눈이 없는 자들이니 언젠가는 역사에서 도태되리라 생각합니다. 반면, 연암의 글에 공감하며 열광하는 선비들이 많다는 것 또한 사실입니다. 그것은 무척 반가운 일이지요. 수백 년 간 지속돼온 명나라에 대한 환상에서 벗어나 청나라를 현실로 인식하고 있는 사람들이 있다는 명백한 증거이니까요."

"북경에 다녀온 뒤로 한 가지 분명해진 것은, 더 이상 북벌을 논한다는 것이 진부해졌다는 사실입니다. 과거에는 명분 때문에 통했을지 모르지만 말입니다."

"그렇소. 이제는 북벌 같은 낡은 이념에서 벗어나 하루빨리 이용후생의 길로 나아가야 하오. 그것만이 조선의 살길이 아니겠소? 세월이 흐르고 보니, 백탑에서 노닐 때가 그립구려."

"저도 그때가 그립습니다. 가난하지만 살가운 벗들이 있어 든든했던, 백탑에서의 맑은 만남이 스스럼없이 이루어지던 그 시절 말입니다."

박지원의 말이 끝났을 때, 홍대용은《백탑청연집》에 부친 박제가의 서문을 떠올렸다.

'그 무렵 형암 이덕무의 사립문이 그 북쪽에 마주 대하고 있었고, 낙서 이서구의 사랑이 그 서쪽에 우뚝 솟아 있었다. 또한 수십 걸음

가다 보면 관재 서상수의 서재가 있고, 북동쪽으로 꺾어져서는 유금과 유득공이 살고 있었다. 그래서 한번 그곳을 찾아가면 집에 돌아가는 것을 까마득히 잊고 열흘이고 한 달이고 머물러 지냈다. 곧잘 서로 지어 읽은 글들이 한 질의 책을 만들 정도가 되었고, 술과 음식을 구하며 꼬박 밤을 새우곤 했다.'

"백탑에서의 맑은 만남이 일상이었던 그때는 벗들과 밤새워 학문을 논하고 답답한 세상에 대해 토론하던 푸른 시절이었소. 그러나, 벗들은 이제 규장각 검서관으로서 하루의 대부분을 일터에서 보내고 있구려."

침묵을 깨고 홍대용이 입을 열었다.

"학문은 깊고 뜻은 높아도 아무런 쓰임이 없던 때보다는 진일보한 것이 분명하지요. 다만, 하루 종일 문서를 정리하고 틀린 곳을 바로잡느라 청장관과 초정의 눈이 날마다 침침해진다니 염려가 됩니다. 세월이 흐르는 동안 뿔뿔이 흩어져, 옛날의 벗들이 한자리에 모이지 못하는 것도 아쉽군요. 하지만, 담헌께서 첫발을 내디딘 이래로 백탑의 벗들이 거의 모두 북경에 다녀와 새로운 세계를 경험한 것은 매우 보람된 일이 아닐 수 없습니다. 아 참, 유춘오 음악회 자리를 언제 한 번 더 베풀어 주시겠습니까?"

박지원은 답변 끝에 음악회 이야기를 꺼내었다.

"시간이 된다면 응당 그렇게 하지요."

"그때 들려주셨던 연주회가 참으로 좋아서, 지금도 가끔 그 가락이 떠오르곤 합니다."

박지원의 말이 끝나자 홍대용은 균천광악, 하늘로부터 내려와 지상의 모든 것들을 품어주던 가락을 떠올렸다. 교교재 김용겸이 낮은 신분의 사람들에게 허리 숙여 절을 하게 만들었던, 퉁소와 생황과 거문고와 양금과 가야금과 유학중의 노래가 어우러지며 모여 있던 사람들을 하나로 이어지게 만들었던 천상의 음악을.

'나와 연암을 비롯한 백탑의 벗들이 보고 왔던 청나라의 실상을 언젠가는 조선의 사대부들도 보게 되리라. 청나라를 통해 우리가 엿보았던 서양의 문물과 과학에 대해서도 알게 되는 날이 반드시 올 것이다. 그렇게 되면 백성을 위한 이용후생의 길이 무엇인지, 나라를 경영하는 데 필요한 실사구시의 길이 무엇인지 바른 판단을 내릴 때가 올 것이다. 비록 지금은 단단한 편견의 벽이 가로막고 있지만, 얼었던 대동강물이 봄 되어 풀리듯 모든 것이 순리대로 흘러가는 때가 꼭 오고야 말 것이다.'

홍대용은 이 같은 생각을 하며 주먹을 꽉 쥐었다. 밤새워 얘기를 나누던 두 사람이 서로를 가만히 바라보며 은은하게 웃을 때, 어느 집에선가 닭이 홰를 치며 울었고 백탑 위로는 새벽빛이 푸르게 끼쳐오고 있었다.

작가의 말

조선에서 우주를 읽은 홍대용

요즘, 산책길에서는 빨간 산수유 열매 사이사이로 샛노란 꽃망울이 피어나고 있다. 꽃과 열매가 서로 만나니 참으로 흐뭇한 풍경이다. 이 말랑말랑한 봄의 길목에서 18세기 조선의 뒷골목으로 훌쩍 떠나 보는 것도 각별한 의미가 있을 터이다.

돌이켜보니, 큰절골 부근에서 자주 모였던 백탑시파에는 매력적인 인물들이 많았다. 조선 제일검 칭호를 듣던 백동수, 스스로 간서치라 자처하던 이덕무, 시대의 반항아로 불린 박제가, 고구려와 발해를 우리 역사의 영역으로 불러들인 유득공, 빼어난 문장가로 이름을 떨친 연암 박지원이 그들이다. 그중에서도 특히 내 눈길을 끌었던 사람은 홍대용이었다. 그는 당대의 지배 이념인 성리학의 견고한 질서 속에만 매몰되지 않고 자연과학의 여러 영역을 두루 섭렵했다.

조선조 후기, 바깥세상에서는 서학의 물결이 몰려오고 있었지만 사대부들은 문 밖의 세상사에 대해서는 도통 캄캄했다. 물론, 깨어 있는 사람들도 있었다. 그중에서도 홍대용은 조선 과학정신의 끝에 올곧게 서서 세계를 바라보고자 노력했던 선비였다.

홍대용은 일찍이 석실서원의 개방적인 분위기 속에서 학문을 연마했다. 그는 소년기에서 청년기에 이르는 동안 성리학뿐만 아니라 역법, 수리 등에 대한 학문을 집요하게 파고들었다. 홍대용이 일생 동안 붙잡았던 화두는 천문(天文)이었다. 그는 천체 현상의 온갖 법칙과 별의 흐름을 알아가면서 우주에 대한 끝없는 질문을 던졌다. 거문고의 명인이기도 했던 그는 천인들과 서얼들에게도 예의를 갖춘 인품의 소유자였다. 그는 이 같은 넉넉한 품성을 바탕으로 북학파 사단의 맏형 노릇을 톡톡히 해냈다.

홍대용은 서른다섯 살 무렵 서장관인 작은아버지를 수행하여 중국 사절단의 일원으로 북경에 갔다. 거기서 청나라의 눈부신 문물을 보고 깊은 충격을 받았다. 이때 그는 북경 유리창에서 청나라 선비인 엄성, 반정균, 육비와 만나 국경을 뛰어넘는 우정을 쌓았다. 조선조의 선비로서는 최초라 할 만한 국제 교류의 길을 튼 것이다. 귀국 후, 홍대용이 쓴 중국 여행기는 한양의 선비들에게 회자되면서 북경 여행의 열망을 키우는 기폭제가 되었다.

몇 년 뒤 박제가, 이덕무, 유득공 등 백탑파의 문인들도 하나둘씩 중국에 건너갔다. 그들은 저마다 홍대용이 써준 소개장을 들고 북경의 선비들을 차례로 만났다. 이들의 만남으로 동아시아 선비들 간 지적 교류의 장이 더욱 두터워졌다.

북경에 다녀온 박제가는 북학론의 주창자가 되었다. 박지원은 조선 사신단 가운데 최초로 청나라 건륭 황제의 피서산장인 열하를 방문하고 돌아왔다. 그가 남긴 불후의 여행기는 장안의 화제가 되었다. 큰절골과 남산골에서부터 시작된 변화의 물결은 바야흐로 조선 선비들의 가슴에 커다란 꿈을 심어 주었다. 조선의 뒷골목에 스며든 실바람은 머지않아 문학, 미술, 음악 등 여러 방면에 새바람을 몰고 왔다. 훗날 박제가의 제자인 추사 김정희에 이르러 금석문과 서예가 찬란히 꽃피웠던 것은 숱한 예 가운데 하나이다.

홍대용은 묵묵한 공부와 깊은 사유를 통해 마침내 중화와 오랑캐의 경계마저 허물었다. 그는 자신의 저서에서 중심과 주변부란 처음부터 고정된 것이 아니며, 조선 또한 세상의 중심이 될 수 있다고 당당히 외쳤다. 무엇보다도 주목해야 할 점은, 홍대용이 자신의 사유를 우주의 한복판으로 끌어올림으로써 조선 천문학의 최전선에 우뚝 서게 되었다는 사실이다. 내가 홍대용에 관해 글을 써야겠다고 마음먹은 것은 바로 이 지점에서 비롯되었다. 집필하는 내내 조선 후기 르네상스의 문이 홍대용에 의해 활짝 열렸다는 사실을 독자들과 함께 나누고픈 열망 또한 컸다.

이번에 펴내는 장편소설 《조선의 별빛-젊은 날의 홍대용》은 여러 문헌과 사료를 바탕으로 얼개를 세웠다. 등장인물들의 생각과 지향하는 바는 상상력을 통해 입체화하고자 했다. 각 인물들의 행적과 사건을 되짚어 가면서 내가 지속적으로 관심을 가졌던 것이 있다. 홍대용은 대체 무슨 뚝심으로 자신만의 고독한 길을 개척해 갔을까 하는 궁금증 말이다. 그 답을 찾기 위해 원고지와 씨름했던 일들은 힘에 부치면서도 행복했다. 글을 쓰는 내내 홍대용과 그의 벗들이 있었기에 정조시대의 하늘 한 귀퉁이가 푸른빛으로 빛나지 않았나 하는 생각이 마구 밀려왔다.

끝으로, 내 안에 있는 글들이 세상에 나올 수 있도록 손을 내밀어 준 김관호 아우, 어려운 시절에 흔쾌히 출판을 맡아준 평사리출판사 홍석근 대표에게 고마움을 표한다.

2021년 봄날 고봉산자락에서 윤평 박선욱